NOEL the mortal fate
피학의 노엘
Movement1 - vow revenge
Presented by Masami Molockchi
The original and illust Kanawo

CHARACTERS

대악마 카론

시장 버로우즈와 비서 시빌라의 부추김에 노엘이 소환한 악마. 까마귀 같은 머리와 붉은 눈을 가진 검은 옷의 악마.

노엘 체르퀘티

라프라스 시에서 음악의 명문이라고 불리는 체르퀘티 가의 딸. 15세.
피아노 콩쿠르에서 우승할 것으로 촉망받고 있었는데…….

시빌라 베커

버로우즈 시장의 여성 비서. 28세.
무표정하고 쿨한 버로우즈의 오른팔 겸 보디가드. 노엘에게 악마 소환을 직접 부추긴 장본인.

러셀 버로우즈

라프라스 시장.
아직 32세라는 젊은 나이에나가 그 수완으로 유명하지만, 그의 진짜 얼굴은 라프라스의 어두운 부분을 돈의 힘으로 지배하는 냉철한 남자.

Mr. 보머 후고 드레셀

최근 라프라스시를 공포에 빠뜨리고 있는 폭탄마. 그린 카키색 코트의 후드를 눈까지 깊숙이 뒤집어쓰고, 가스마스크를 장착하고 있어 얼굴은 보이지 않는다.

질리안 리트너

노엘의 친구이자 피아노 라이벌이다. 15세. 그다지 유복하지 않은 시가지 출신. 노엘이 확실시되었던 식전 연주자의 자리를 차지했다.

NOEL
the mortal fate

피학의 노엘

Movement1
vow revenge

저자 / 모로쿠치 마사미
원작 · 일러스트 / 카나오
옮긴이 / 안수지

CONTE

Movement 1

vowrevenge

N T S

과학의 노엘

NOEL the mortal fate

복수만큼 비싸고 무익한 것은 없다.

—윈스턴 처칠

Prelude

노엘 체르퀘티는 항상, 언제나 1등이어야만 한다.

피아노에 관해서는.

아무리 어려운 곡도, 아무리 긴 곡도, 노엘은 항상 완벽하게 연주해왔다. 설령 그것이 연습이나 리허설이라도 대충하지 않았다.

특히 오늘, 시에서 주최한 라프라스 피아노 콩쿠르에 노엘은 전력으로 임했다. 이날의 연주도 역시, 노엘 체르퀘티가 자아낸 최고의 한 곡임에 틀림없었다.

노엘은 당당하게 허리를 꼿꼿이 세우고 다른 콩쿠르 참가자와 나란히 서 있다.

관객 전원이 자신만을 보고 있다.

그들이 자신의 연주에 감탄한 것을 노엘은 알고 있었다. 연주가 끝나자 우레와 같은 박수를 보내왔기 때문이다.

사회자가 마이크를 잡자 회장의 웅성거림이 잦아들었다.

"오래 기다리셨습니다. 그럼, 올해의 라프라스 피아노 콩쿠르, 최우수 연주자를 발표하도록 하겠습니다. 여러분도 잘 알고 계신 것처럼, 최우수 연주자는 시의 기념식에서 피아노 연주를 하게 됩니다. 맑고 아름다운 음악에는 퇴마의 힘이 있다고 여겨지며, 라프라스의 거리를 또 일 년간 재앙으로부터 지켜줄 것입니다."

사회자의 뒤에서 노엘은 가늘고 긴 한숨을 쉬었다.

매년 이 콩쿠르의 결과발표는 장황했다. 특히 올해는 왜인지 심사가 꽤 길어졌다. 노엘이 연주자로서 참가한 것은 처음이었지만, 부모님과 함께 매년 관객으로 콩쿠르 회장에 찾아오곤 했었다.

"이제 기다리다 지쳤어요."

노엘은 불쑥 작은 목소리로 불만을 입 밖으로 꺼냈다.

"매년 같은 서론. 저런『틀에 박힌 말』은 나중에 해 줬으면 싶네요."

"노, 노엘. 그렇게 안절부절 하지 않아도 결과는 도망가지 않아."

노엘의 옆에 선 소녀가 작은 목소리로 대답했다.

그녀는 질리안 리트너. 노엘의 친구이며, 이번에는 일단 라이벌이다.

"질리안. 당신은 여전히 태평해 보여서 참 부럽군요."

그렇게 말하기는 했지만, 질리안에게는 허세처럼 들렸을지도 모른다. 적어도 질리안의 눈에는 노엘이「안절부절 못하는 것처럼」보인 모양이니까.

긴장했는지 어떤지는 몰라도, 노엘은 확실히 반쯤은 마음이 붕 떠 있었다.

결과는 뻔했다. 다른 연주자와 노엘의 연주는 레벨이 달랐다.

노엘은 이 콩쿠르의 최우수 연주자, 올해의 식전 연주자에게 있을 인터뷰에서 어떤 말을 하면 좋을지 이것저것 생각하고 있었다.

그래서—.

"최우수 연주자는— 질리안 리트너 양입니다! 축하합니다!"

함성 소리.

"……네?"

충격.

"와아, 저, 정말로……?!"

질리안이 놀라움에 소리를 질렀다.

성대한 박수.

노엘의 머릿속이 울릴 정도로.

노엘 체르퀘티는 최고의 연주를 했다. 스스로도 납득할 만한 최고의 연주. 최우수 연주자는 노엘일 수밖에 없었다. 그것은 노엘의 자만이 아니었을 터였다.

사회자가 목소리를 드높여 발표한 질리안의 이름에 회장이 떠들썩해졌다. 박수는 한 박자나 두 박자 뒤늦게 터져 나왔다.

모두가 노엘이 선택될 것이라 생각했던 게 틀림없었다.

질리안조차 기뻐하기보다 그저 놀라고 있었다.

그래서 노엘은—.

뭔가 잘못되었다고 생각했다.

최우수 연주자 발표 후, 그대로 축하 회장으로 자리를 옮겼다.

노엘은 자신이 파티회장까지 어떻게 이동했는지 기억이 나지 않았다. 발표를 기다리고 있던 순간 이상으로 마음이 붕 떠 있었다. 질리안이 뭔가 말을 걸어왔던 것 같지만, 그것도 기억이 나지 않는다. 질리안의 뒷모습이 보였다. 그녀는 누군가에게 불려, 빠른 걸음으로 복도를 걸어갔다.

질리안의 옆에 서 있던 것은……, 질리안을 재촉해서 축하회장에 들어간 것은—.

노엘도 본 적이 있는 남자였다.

남자는 아주 잠깐 뒤돌아, 1초도 되지 않는 순간 동안 노엘을 바라보았다.

노엘은 그 사람이 누구인지 생각이 나지 않았다. 금방 생각이 날법한 유명한 사람인데 생각하는 것을 뇌가 거부하고 있었다.

—어째서. 왜. 어째서.

파티 회장에는 좋지도 나쁘지도 않은 피아노곡이 흐르고 있었다. 라이브 연주는 아니었다. 어딘가의 피아니스트의 무난한 연주를 녹음한 CD 데이터가 스피커에서 작게 흘러나오고 있었다.

와인과 고기 요리와 과일의 냄새. 따뜻한 공기. 담소.

"축하해."

"축하해, 질리안."

짝짝짝.

여기저기서 울리는 박수와 축하의 말. 그 끝에 있는 것은 쑥스러운 듯 푸른 머리칼을 긁적이는 소녀.

—어째서. 어째서 거기에 있는 게 내가 아니야?

라프라스시의 유력자와 저명한 음악가에 둘러싸여 축복받고 있는 사람은 노엘 체르퀘티가 아니었다. 질리안 리트너였다. 집안은 그다지 유복하지 않고, 부모님 모두 음악의 재능 따위 전혀 없었다.

여기에서 신분 차이를 끌어오는 것은 그다지 바람직하지 않다는 것은 노엘도 알고 있었다.

게다가 질리안에게도 분명 피아노의 재능이 있었다.

그래도.

그녀보다.

내가 더 훌륭한 연주를 했다.

쓰러질 듯 비틀거리며, 노엘은 요리와 술이 놓인 테이블에 다가갔다. 파티의 참가자는 대부분이 초대객이며 음악에도 조예가 깊었다. 그들의 대화가 들려왔다.

"우승은 질리안이라는 아이인가. 리트너 가는 들어본 적이 없군."

"시가지에서 자란 아이라던데요."

"약간 예상과는 달랐어요. 저는 노엘의 연주가 제일 좋았는데 말이죠……"

"아아. 역시 체르퀘티 가의 혈통이라는 생각이 들더군."

"네, 뭐 처음에는 저도 그렇게 생각했지만……"

아무것도 아닌 대화일 터인데, 말 하나하나가 노엘의 가슴에 꽂혔다. 더는 견딜 수 없어진 노엘은 그 테이블에서 벗어났다.

"스텔라 스테이지가 이곳에 진출하리라곤 생각지도 못했어."

"아아, 해운회사라면 아쿠에리어스만으로도 충분한데."

다른 테이블에 다가가니 음악과는 전혀 상관없는 대기업의 화제가 들렸다. 피아노 하나만 보고 살아온 노엘은 전혀 모르는 어려운 이야기지만, 지금은 어떤 음악보다도 마음을 차분하게 해주는 것 같았다.

해운 관련 이야기에 꽃을 피우고 있는 것은 옷차림도 풍채도 좋은 신사들이었다.

"이봐, 버로우즈 시장 아닌가."

그중 한 사람이 회장의 한 가운데를 보며 턱을 치켜올렸다.

"바쁠 텐데 축하회에는 얼굴을 보이는군."

"이번 심사에도 참여하고 있었지? 그렇다면 아무리 바빠도 인사 정도는 하고 돌아다녀야지."

"그런 것 치고는, 수상자하고만 이야기하고 있지 않은가."

"……이 자리니까 하는 얘기인데, 심사에 큰 변경이 있었다고 하더군."

"호오?"

"어쩌면 버로우즈 시장은—."

『비밀 이야기』라 그런지, 신사들의 목소리가 작아져서 노엘은 제대로 들을 수 없었다.

노엘은 신사들이 힐끔힐끔 쳐다보는 남성을 주목했다.

버로우즈 시장. 이 라프라스시의 정점에 선 남자. 라프라스 〈시민의 자랑〉.

정치가로서는 젊다고 할 수 있었다. 안경을 쓰고 빈틈없이 정돈된 머리와 복장에서 지적이고 성실한 인상이 전해졌다.

노엘도 그를 알고 있었다. 이제야 겨우 어떤 것을 생각하거나 기억을 더듬거나 할 수 있게 되었다. 평정심과는 좀 거리가 먼 상태이지만.

시장은 복도에서 질리안을 불러내, 함께 파티 회장에 들어갔다. 그리고 지금도 담소를 나누고 있었다.

"어이, 자네."

느닷없이 누군가 노엘을 불러 세웠다. 음악과는 관련이 없는 이야기만 하던 신사 중 한 사람의 눈에 멍하니 서성거리던 노엘이 띄었던 것 같다.

"실망할 필요 없어. 나는 네 연주가 제일 좋다고 생각했으니까."

"……!"

정말 짧은 순간이었지만 피아노와 이번 심사결과를 잊고 있었는데.

노엘은 그 **따뜻한 한마디**에 현실로 이끌려 돌아왔다.

일부러 위로해준 신사에게 뭐라고 대답해야 할지 도무지 몰랐다. 노엘은 답답했다. 도대체 왜 내가 여기에 있어야 하는지. 『패자』가 여기에 있었어야 할 이유가 있는 것인가.

……있었다.

노엘의 눈은 질리안을 따라갔다.

질리안 리트너는 노엘과 같은 피아노 교실에 다니고 있었다. 어릴 적부터 알고 지냈다.

이번 콩쿠르에서는 라이벌이 되었지만, 평소에는 피아노를 계기로 좋은 관계를 쌓고 있었다. 질리안은 노엘을 목표로 하고, 노엘도 그녀의 실력과 재능은 인정했다.

지금 당장이라도 이 회장에서 사라지고 싶지만, 최우수 연주자에게 축하의 말도 건네지 않고 돌아가는 것은 음악가로서, 아니한 사람의 인간으로서 품위에 상처를 내고 말 것이었다.

나는『패자』.

하지만 명문 체르퀘티 가의 딸.

노엘은 스스로를 고무하며 질리안을 향해 걸어갔다. 하지만 아무리 굳세게 행동하려 해도, 손발 끝이 차갑게 식은 채 떨리고 있었다.

"아, 아니에요. 저 같은 게 그런……. 집안도 별로 대단하지 않고……."

질리안의 당황한 목소리가 들렸다.

"자네는 분명 시가지 출신이었지?"

버로우즈 시장의 목소리도 들려왔다.

"확실히 음악에 뜻을 둔 사람 중에는 부자가 많지만, 그것은 재능이나 연주 그 자체와는 관계가 없다네. 좀 더 본인의 피아노에 자신을 가지는 게 좋겠어."

"네……, 네! 감사합니다!"

버로우즈 시장을 올려다봐서 샹들리에의 빛을 받은 탓도 있겠지만, 질리안의 보랏빛 눈동자는 반짝반짝 빛나고 있었다.

『승자』가 발하는 절대적인 눈빛.

평소에도 쾌활하고 표정이 풍부한 소녀이기도 하지만.

그 커다란 눈이 노엘을 발견했다. 눈빛이 한순간에 잠잠해지고,

보랏빛 눈동자가 흔들리는 것을 노엘은 놓치지 않았다.

"아……, 노엘."

"흠, 친구 사이인가. 그렇다면 내가 자리를 피하는 게 좋겠군."

시장은 노엘을 슬쩍 보고 질리안의 앞에서 물러났다.

비서의 전형 같은 차림의 안경을 쓴 여성이 나타나, 시장에게 귓속말했다.

스케줄에 관련된 이야기를 하는 것 같았다.

노엘은 질리안의 앞에 섰다. 다리의 떨림을 눈치채이지는 않을까 몹시도 걱정되었다.

목소리를, 축하의 말을 짜냈다. 있는 힘껏 웃었지만, 노엘은 자신의 미소에 경련이 이는 것을 느꼈다.

"……수상 축하해, 질리안. 좋은 연주……였어."

"고마워, 노엘."

안심한 듯 질리안이 웃었다.

"후후, 조금 전에 어머니와 통화했는데, 축하 케이크를 구웠다고 하시지 뭐야. 여기에도 케이크가 잔뜩 있는데."

노엘은 고개를 숙였다.

"그래도…… 정말 나로 괜찮은 걸까? 피아노 교실에서 제일 집안도 가난하고, 이런 장소의 식사 예절도 잘 모르는데……. 콩쿠르 예선을 통과한 것만으로도 감사한 일이었는데, 내가 식전 연주자가 되다니 믿을 수 없어. 모두 굉장히 좋은 연주를 했지만, 나는 분명 노엘이 선택되리라고 생각했어. 최고의 연주였는걸!"

노엘은 입술을 깨물었다.

"그런데도 이렇게 식전 연주자에 뽑힌 건, 모두 노엘 덕분이야. 노엘은 나의 선—."

"……그러니까."

"어?"

"그러니까 지금 무슨 기분이 드냐고, 비웃고 싶은 거죠?!"

나도, 내가 무슨 말을 했는지 모르겠다.

어째서 옆에 있던 테이블에 놓인 유리컵을 쳐 날렸는지 모르겠다.

유리컵이 깨지며 노엘의 고함소리가 울리자 회장에 있던 사람들은 완전히 얼어붙었다.

"체르퀘티 가의 딸이 한심한 모습을 드러낸 지금! 제 꼴을 보며 우월감에 젖고 싶은 거죠?!"

명문 체르퀘티 가의 딸로서, 이미 수많은 상을 탄 피아니스트로서. 품위와 긍지에 흠집을 내는 어린아이 같은 언동은 조심해야 한다. 항상 이 점을 명심하며 살아왔지만, 지금 노엘은 머리를 마구 흩뜨리며 소리를 질러대고 있었다.

질리안은 숨을 들이켰다. 커다란 보랏빛 눈동자가 흔들렸다.

그녀는 비웃거나 하지 않았다. 그럴 의도도 없었다. 질리안은 그

런 소녀가 아니니까.

노엘의 어른스럽지 못한 매도에 질리안은 놀라고 상처 입었다.

“자, 잠깐만 노엘. 나는 그럴 의도로 말한 게 아…….”

“……큭, 먼저 실례하겠어요!!”

시선이 따갑다. 이 모든 시선이 비웃는 것처럼 느껴졌다.

그리고 무엇보다 질리안의, 그 상처받은 표정이 견딜 수 없었다.

말해버린 것, 저질러 버린 것은 돌이킬 수 없다.

—왜. 어째서.

어째서 이렇게 되어 버린 걸까.

—최악이다.

나도 알고 있었다.

최악의 행동을 저질러 버렸다.

콘서트홀을 나와 노엘은 정처 없이 바다를 따라 걸었다.

라프라스는 바다를 접한 아름다운 도시다. 특히 해 질 녘의 하늘과 바다를 물들이는 붉은 빛의 그라데이션은 전 세계의 사진작가를 매료시켰다. 라프라스의 노을을 담은 엽서는 세계 어디서나 볼 수 있다.

매일같이 노엘은 이 풍경을 봐왔다. 바다와 하늘을 물들이는 이 색을 실제로 볼 수 있는 것은 분명 호화로운 일이다. 낯익은 모습이지만, 언제나 무심코 걸음을 멈추고 잠시 넋을 잃고 만다.

그리고, 두서없이 생각에 잠겼다.

오늘은 질리안이 머릿속 가득 떠올랐다.

상을 받은 기쁨에 반짝반짝 빛나던 눈동자. 그렇지만 동시에 당황하기도 했다.

그리고 노엘의 말에 상처받은 그 얼굴.

질리안도 이제는 피아니스트라고 할 수 있다. 하지만 어릴 적부터 그녀는 언제나 노엘보다 한 발치 뒤에 있었다. 재능은 있어도 노엘 이하였을 것이다.

그것을 질리안 자신도 인정했다. 선생님이 아닌 노엘에게 자주 피아노 치는 법을 물어왔다. 노엘이 한 곡을 치면 언제나 박수를 치며 칭찬해주었다.

노엘과 질리안이 다닌 피아노 교실은 프로 양성소라고 해도 과언이 아니었다. 항상 긴장감이 넘쳤고, 다른 학생을 어떻게 밀어낼지만 생각하는 녀석도 있을 정도였다.

이번에는 마침내 질리안도 라이벌이 되어버렸지만, 그녀는 노엘의 친한 친구였다.

그 피아노 교실에서의 단 한 명인 내 편이었다.

그런데도 —최악이다.

그녀의 수상을 기뻐해주기는커녕 자신이 선택되지 않았다는 사실의 분함과 질투를 터뜨리고 만 것이다.

질리안은 언제나 노엘을 응원했고, 어떠한 콩쿠르에서 수상하면 누구보다도 빨리 축복해주었는데 막상 입장이 반대되니…….

—그것은…… 그저 화풀이예요. 하지만, 어쩔 수 없잖아요.

이런 한심한 결과를 남기고 내일부터 어떤 얼굴로 피아노를 쳐야 할까. 어떤 마음으로 피아노를 마주하면 될까.

"……나는 어떤 얼굴로 체르퀘티 가의 이름을 대면 좋을지……."

이제 와서, 여기까지 와서. 이제야 간신히라고 말할 수 있을까.

노엘의 눈에 눈물이 차올랐다.

하지만, 아슬아슬하게 그것이 넘쳐 흐르는 일은 없었다.

"여어, 아가씨."

"다, 당신은…… 버로우즈 시장님……."

어느새 여기에 온 걸까. 노엘의 바로 뒤에 버로우즈 시장이 혼자 서 있었다.

"방해해서 미안하네. 하지만, 콘서트홀을 빠져나가는 자네가 신경 쓰여서 말이야."

그 추태를 전부 본 모양이다. 너무 부끄러워서 노엘은 아무 말도 못 하고 고개를 숙였다.

"노엘 체르퀘티 양. 나는 연주가는 아니지만, 자네 마음을 모르는 것도 아니라네. 명가로서의 자긍심이나 친구와의 경합……. 떠안고 있는 것들이 가볍지만은 않겠지. 이번 결과가 분한가?"

“물론이에요. ……저는 그 아이에게 지고 싶지도 않았고, 식전 연주자도 되고 싶었어요. 아니, 되어야만 했어요.”

“질리안 양과는 꽤 친한가?”

“같은 피아노 교실을 다니고 있어요. 알고 지낸 지 꽤 됐죠.”

“그렇군. 친구이자 라이벌인가. 그렇다면 더욱 분하겠군.”

“…….”

“그렇지만, 자네의 연주도 질리안 양에게 지지 않을 정도의 좋은 평가를 받았다네. 올해는 안됐지만, 내년에 식전 연주가 될 수도 있지 않은가?”

“읏, 그건 의미가 없어요! 제가 원하는 건 그 장소의 누구보다도 …… 질리안보다도 뛰어났다는 증거. 그것뿐이에요.”

버로우즈 시장은 자기도 모르게 흥분해서 떠드는 노엘을 지그시 내려다볼 뿐이었다.

버로우즈의 말투는 온화했지만, 그 말은 확실히 노엘의 아픈 곳을 찔렀다.

“2등도 대단한 거라고, 좋은 평가를 받아도 소용없어요……. **지금**, 1등이 아니면 의미가 없어요. 그러니까 저는, 항상, 언제나…… 1등이 아니면 안 되는걸요. 그렇게 살아온 걸요…….”

노엘 체르퀘티는 항상, 언제나, 1등이어야만 한다.

피아노에 관해서는.

부모님이 직접적으로 말했던 것은 아니지만, 노엘이 혈통에 그것을 강요당한 것은 당연했다.

1등이 되고 싶은 건 아니다. 잘 생각해보면 노엘이 1등을 **원했던 적**은 한 번도 없었다. 그런 인생을 살아왔으니까. 눈에도 보이지 않는 체르퀘티 가의 혈통이라는 개념에 내몰렸던 것이다.

버로우즈는 「그런가」하고 작은 말로 흘려 말한 것이 다였다.

동정받는 느낌이 들었다.

"……그럼 이만 가보겠습니다."

노엘은 발길을 돌려 해 질 녘을 등지고 걸어갔다.

집에 도착할 즈음, 부모님은 이미 집에 계시겠지. 무슨 말씀을 하실까……. 뭐라고 하면 좋을까.

노엘의 머릿속은 이 생각으로 가득 찼다.

하지만.

"만약, 정말로 포기할 수 없다면—."

버로우즈는 그 자리에 서서, 천천히 그렇게 말을 꺼냈다.

"올해 식전 연주자의 자리를 마음속 깊은 곳에서 원한다면. 어떤 일이 있어도 질리안 양을 앞질러 가고 싶다면—."

뒤돌아본 노엘의 눈에 시장의 표정이 강렬히 새겨졌다.

"오늘 밤, 오전 두 시. 혼자서 항구 옆 폐빌딩으로 오게."

웃고 있었다.

"네……? 그, 그게 도대체 무슨……."

"올해의 콩쿠르 심사는, 실은 어떠한 이유로 그 순위에 커다란 변경이 있었다네."

"네!?"

그렇다. 확실히 축하 회장에서도 그러한 얘기를 하는 사람들이 있었다. 그리고 심사가 유난히 길어져 프로그램이 지연된 것도 사실이었다.

무심결에 노엘은 몸을 앞으로 내밀었지만, 버로우즈는 미소를 지으며 가볍게 고개를 가로저었다.

"……아니, 『어떠한 이유』는 자네가 온다면 그때 알려주지. 진짜로 알고 싶은지 우선 혼자 잘 생각해 봐. 하지만, 어쩌면…… 선택하기에 따라 오늘 밤 자네 인생이 크게 달라질지도 모르지."

버로우즈에게는 지금 여기에서 이야기할 마음이 전혀 없어 보였다.

그 말투와 목소리는 매우 차분했지만, 노엘의 마음에는 칼처럼 날카롭게 파고들었다.

마치…… 마치 그것은……, 유혹 같았다…….

하지만 노엘은 이미 평정심을 잃었다.

"저의…… 인생이……?"

심사결과의 큰 변경. 그 이유를 알게 되는 것으로 내 인생이 바뀐다. 게다가 그것은 한밤중의 폐빌딩이라는 장소에서만 얘기할 수 있다는 내용.

혹시. 어쩌면.

—사실은 질리안이 아니라 내가……?

노엘의 사고가 거기까지 이르는 순간, 휙하고 검은 그림자가 스쳐 지나갔다.

그리고 커다란 울음소리.

까마귀였다.

노엘은 살짝 뛰어올라 하늘을 올려다보았다. 해는 바다 건너편에 가라앉았고, 오렌지색은 남색으로 변하기 시작했다. 해 질 녘의 하늘을 수많은 까마귀가 가로질러 갔다. 그들이 보금자리로 돌아갈 시간이었다.

길가에 검은 고급 승용차가 멈춰 섰다.

"**그럼, 또 보지.** 노엘 체르퀘티 양."

덤덤한 버로우즈의 작별인사. 거기에는 미소가 서려 있었다.

그가 어떤 표정을 했는지 노엘은 보지 않았다. 그럴 때가 아니었다.

오늘 밤.

오전 두 시.

노엘에게는 선택지 따위 없는 게 당연했다.

NOEL the mortal fate

Movement1 - vow revenge

Passage 1

유혹

노엘 체르퀘티가 피아노를 시작한 것은 태어나기 전부터라고 할 수 있다. 부모님은 모두 유명한 피아니스트로, 노엘은 아직 어머니의 뱃속에서 잠들어 있을 때부터 피아노곡을 들었다. 가장 처음 받은 장난감은 아기용 피아노였다.

사리 분별이 가능할 때쯤엔 이미 노엘은 피아노를 칠 수 있었다. 부모님이 말하길 레슨다운 레슨을 시작한 것이 두 살 때쯤이라고 했다. 노엘은 올해 15세가 되었다. 피아노를 시작했을 즈음의 기억은 이미 떠오르지 않는다.

노엘은 피아노로 이름을 날려온 체르퀘티 가의 딸로서 항상, 언제나, 1등이어야만 했다. 그것은 노엘에게 있어 당연한 일이며 고생이랄 게 아니었다.

부모님은 혼자서 집에 돌아온 노엘을 혼내지는 않았지만, 위로도 하지 않았다.

두 분은 노엘에게, 「네 실력이 부족했다」며 타일렀다.

하지만 그 말은 노엘의 마음에 전혀 와닿지 않았다. 버로우즈 시장에게 그런 이야기를 듣고 나서는 「내 실력은 충분했어」, 「나는 지금까지와 같이 최고의 연주를 했어」라는 반론이 의식에 들러붙어 떨어지지 않았다.

노엘은 부모님의 말을 겉으로만 받아들인 척하고, 식사에도 거의 손대지 않고 자기 방에 틀어박혔다. 저녁 식사가 자신이 좋아하는 음식들이었다는 것은 꽤 지난 후에 깨달았다.

날이 바뀌고, 부모님이 잠자리에 들고, 체르퀘티 저택이 완전한 침묵에 빠지기까지, 노엘은 침대 속에서 숨죽인 채 뜬눈으로 지새웠다. 이불을 머리까지 뒤집어쓰고.

시계의 째깍거리는 소리가 들렸다.

이불에서 머리를 꺼냈다. 옛날부터 깜깜한 곳에서 자는 게 무서워서 밤새도록 희미하게 불을 켜놓고 잠에 든다.

살짝 침대에서 빠져나와 불이 희미하게 켜진 방안을 둘러보았다.

악보와 음악 관련 책밖에 없는 책장.

부모님이 사주셨지만, 거의 써본 적 없는 노트북.

그리고 훌륭한 그랜드 피아노.

이 방은 방음 설비가 갖추어져 있다. 노엘은 마음이 내키면, 언제든지 피아노를 칠 수 있었다. 이렇게 늦은 시간에 친 적은 거의 없지만.

노엘은 건반을 만졌다.

유행하는 만화나 소설도 읽지 않고, 컴퓨터로 게임도 인터넷도 하지 않고 그저 피아노에만 몰두했다. 그런데— 식전 연주자 역할은 질리안에게 뺏기고, 부모님에게는 「실력이 없다」라는 소리를 들었다.

—어째서…….

하지만, 오늘 밤 그 의문에 대해 시장이 대답해줄 것이다.

이 시간까지 침대에 누워있었지만, 잠옷으로 갈아입진 않았다. 이대로 외출할 수 있다.

문을 열어보니 복도는 상상 이상으로 어두웠다.

소리가 나지 않도록 신중하게 방으로 돌아와 서랍을 뒤졌다. 목적은 회중전등이었지만, 문득 한 권의 얇은 책자에 눈이 갔다.

최근 피아노 교실 근처에서 받은 『악마 박멸 캠페인』 책자였다. 그러고보니 오늘도 콘서트홀 입구 부근에서 어떤 여성이 같은 것을 나누어주고 있었다.

『악마 소환·계약은 법으로 금지되어 있습니다. 당신만의 인생, 사람으로서의 생활을』

어릴 적부터 학교와 TV에서 아주 많이 들었던 문구였다. 이제 와서 노엘의 마음을 움직이게 할 만한 것도 아니었다. 그것은 이미 노엘에게 있어 「상식」에 지나지 않았다.

회중전등의 스위치를 켜고 노엘은 숨을 죽이면서 다시 복도로 나갔다.

—이런 시간에 밖에 나가는 건 처음이에요. ……아버님, 어머

님. 저, 오늘 밤만 나쁜 아이가 될게요. 용서해주세요.

복도 맨 끝방에서 부모님은 잠들어 있을 것이다.

노엘은 어둠 속을 힐끗 보고 저택을 빠져나왔다.

문이 닫혀있다. 열면 분명 큰 소리가 날 것이다. 노엘은 뒤로 돌아가기로 마음먹었다.

커다란 사이프레스[#1] 아래를 통과한 그 순간.

"핫?!"

날개 소리와 귀에 거슬리는 울음소리에, 노엘은 화들짝 놀랐다. 새까만 나무의 가지에서 새까만 하늘을 향해 날아오른, 새까만 새.

"까, 까마귀라니…… 불길하네요."

까마귀는 어둠 속으로 녹아들었다.

노엘은 튀어나올 것 같은 심장을 어떻게든 달래고 저택의 뒤뜰로 향했다.

식품과 와인을 비축하기 위한 나무상자가 쌓여 있었다. 노엘은 고심하며 기어오르고, 담을 타고 넘어— 밤의 라프라스시 거리로 빠져나왔다.

꺼림칙한 무언가를 느끼면서, 하지만 동시에 무언가 기대도 하

#1 사이프레스 측백나무의 변종. 유럽에서는 죽음의 상징이며 묘지 주변에 많이 심는다.

면서.

노엘은 까마귀 색 어둠 속을 걸었다.

항구 근처 폐빌딩까지 도보로 30분 정도 걸렸다. 손목시계를 보니 시각은 약속한 오전 두 시 조금 전이었다.

주위에도 빌딩 안에도 사람의 기척은 없었다.

"……저, 전혀 무섭지 않아요. 저도 이제 열다섯 살이에요. 무섭긴……."

사실 어두운 곳은 자신 없지만, 노엘은 거의 망설이지 않았다.

죄책감보다도, 공포보다도, 의무감 같은 감정과 모종의 검은 감정이 이기고 있었다.

알고 싶었다.

진실이.

어째서 자신이 식전 연주자로 뽑히지 않았는지. 질리안보다도 자신이 열등하다니 그럴 리가 없었다. 도대체 어떤 일이 일어나 심사결과가 바뀐 것일까.

심사위원이기도 했던 버로우즈 시장이 말한 것이다. 억측일 리가 없다. 신빙성이 있었다. 폐빌딩의 문은 열려 있어서, 간단하게 안으로 들어올 수 있었다.

"……아."

바닥은 쓰레기와 낙엽으로 더러웠지만, 새것 같은 봉투가 떨어져 있었다. 고급스러운 종이였다. 게다가 앞에는 『노엘 체르퀘티 님에게』라고 쓰여있었다.

안에는 한 장의 종잇조각이 들어있을 뿐.

『옥상으로 오십시오』

그렇게만 쓰여있는 종잇조각이.

확실하진 않지만 여성의 필적으로 보였다. 노엘은 편지를 주머니에 넣고 지시대로 옥상으로 향했다.

바다 내음이 감돌았다. 하지만 기묘할 정도로 바람이 불지 않았다.

하늘은 구름 한 점 없이 맑았고 별들이 반짝였다.

멀리서 순찰차와 소방차의 사이렌이 들렸다. 또야, 노엘은 생각했다. 요즘 시민들은 수수께끼의 폭탄마 때문에 불안에 떨고 있다. 단단히 머리가 이상한 놈이라는데, 일주일에 한 번은 폭발소동을 일으키고 있다. 오늘 밤도 어딘가를 폭파한 모양이다.

빌딩은 오랫동안 사용되지 않은 것 같다. 그뿐 아니라, 해체 작업을 하던 도중에 그대로 방치한 듯한 모습이었다. 옥상의 상태도 엉망이었다. 허드레 물건과 잔해들이 여기저기 흩어져 있었다.

하지만 그 공간만은 정리되어 있었다. 헬리콥터가 이착륙할 수 있을 정도의 공간이 있었다. 거기엔 한 명의 여자가 서 있었다.

여자는 노엘의 모습을 확인하자 안경을 고쳐 썼다.

"오셨군요, 노엘 님. 당신이라면 오실 거라고 확신했습니다."

노엘은 주변을 다시 둘러보았지만, 시장의 모습은 없었다. 이 여자 한 명뿐이었다. 그러자, 노엘이 곤혹스러워 하는 것을 눈치 챈 듯 여자는 자신의 이름을 댔다.

"안심하십시오. 저는 버로우즈 시장님의 비서로 있는 시빌라 베커라고 합니다."

비서. 그러고 보니 콩쿠르 축하 회장에도 있었던 것 같다.

시빌라 베커는 심하게 무표정한 여성이었다. 미인이지만, 그 인상은 너무나도…… 차가웠다.

"시장님은 다른 용건 때문에 오지 못하시므로, 제가 대신 이야기를 전하러 왔습니다."

"그, 그렇군요. 그래서 그…… 이야기라는 건 대체……?"

"노엘 님. 이제부터 여기서 하는 것은 저희와 시장님만의 비밀 이야기. 비밀…… **거래**입니다."

거래?

노엘에겐 그럴 생각은 전혀 없었다.

단지 콩쿠르 심사에 대해 진실을 알고 싶었을 뿐.

시빌라는 거침없는 발걸음으로 노엘에게 다가왔다. 그녀의 눈은 그저 반복적으로 깜빡일 뿐, 감정이라고는 전혀 느껴지지 않았다.

하지만, 그렇기 때문에…… 그 거침없는 시선을 마주하자……

노엘은 마른침을 삼키며 시빌라의 이야기에 귀 기울일 수밖에 없었다.

“이 라플라스시는 그다지 큰 도시는 아닙니다. 수년 전까지 이 나라의 『변방의 작은 도시』였습니다. 마피아가 활개를 치고 다닌 건 아시지요?”

“네, 네…… 하지만, 분명…… 시장님이.”

시빌라는 고개를 끄덕였다.

버로우즈 시장이 시민의 〈자랑〉이라고까지 일컬어지며 지지받는 큰 이유는 거기에 있었다.

수년 전까지 마피아가 시장보다도 강한 권력을 누렸었다. 두 개의 큰 조직이 있었고, 오랜 기간 항쟁을 해왔다. 빗나간 총에 생명을 잃은 선량한 시민은 그 수를 헤아릴 수 없을 정도로 많았다.

더러운 돈도 라프라스에서 세계로, 세계에서 라프라스로 계속해서 흘러나갔다.

버로우즈 시장은 그런 사회(라프라스)의 암을— 마피아를 제거했던 것이다.

“그럼에도 사람과 돈은 나라의 중앙으로 흘러가기 때문에, 라프라스는 산과 바다 사이에서 미약하게 기능하는 작고 오래된 도시의 모습을 그대로 가지고 있습니다. 하지만 시장님은 라프라스를 사랑하시죠. 풍요로운 도시는 아니어도 여기에는 평화와 아름다운 풍경과 음악이 있습니다.”

"……저, 그게 그래서요?"

"아주 최근 일입니다만, 이 도시에 스텔라 스테이지라고 하는 어느 거대 해운 회사가 진출했습니다."

시빌라는 먼 곳을 손으로 가리켰다.

그 끝에는 건설 중인 빌딩이 있었다. 심야지만 조명이 몇 개나 켜져 있었다. 희미하지만, 연기가 피어오르는 것처럼 보였다. 순찰차와 소방차의 푸른 경광등이 깜빡였다. 혹시 오늘 밤 폭탄마는 저기에서 일을 저지른 것이 아닐까.

피아노 한 길만 걸어온 노엘은 경제에 어두웠다. 어디의 어떤 회사가 라프라스에 몇 개 지사를 만들려 하던지, 자신과는 상관없는 일이라고 생각했다.

시빌라가 무엇을 말하고 싶은지 노엘은 전혀 알 수 없었다. 그녀는 연기와 순찰차의 불빛을 보고도 아무런 반응도 보이지 않고, 아무 일도 없었던 듯 자신의 이야기를 이어나갔다.

"그들은 실로 큰 파도로 비유할 수 있겠죠. 라프라스 수준의 도시에서, 그들은 모든 것을 새로 바꿔버릴 수 있을 정도의 존재라는 겁니다."

"아하……."

"노엘 님. 당신은 오늘— 아니, 어제 피아노 콩쿠르에서 식전 연주자 자리를 놓치셨지요."

시빌라의 이야기 전환은 너무나도 급작스러웠다. 허를 찔린 노엘은 그녀를 올려다보았다.

뭐라고 말했는지 바로 이해할 수 없었다. 하지만—.

"그것조차 스텔라 스테이지와 관계가 없다고는 할 수 없습니다."

"……네?!"

설마 대기업의 이야기가 피아노와 자신의 이야기로 이어질 거라곤 전혀 생각도 못 했다. 노엘은 눈을 크게 떴다.

"스텔라 스테이지에서 콩쿠르 운영위원회에 거액의 보조금을 냈습니다. 이를테면 갑자기 등장한 초VIP 스폰서이지요. 그렇지만, 모든 일이 깔끔하게 정리되지 않지요. 노엘 님, 상상해보십시오. —만약, 스텔라 스테이지가 연주자 중 누군가와 연결되어 있다면?"

"앗!"

"스텔라 스테이지가 추천하는 연주자가, 조건 없이 식전 연주자에 선택된 것이라면?"

"읏!"

"회장에선 노엘 님의 연주를 지지하는 목소리가 컸던 것……. 심사가 길어져 순위에 변경이 있었던 것……. 관계가 없다고 할 수 없겠지요."

시빌라의 얼굴에 표정이 떠올랐다. 그녀는 조용히 미소를 지었다.

"그, 그 말은 즉 질리안이…… 부정을?! 하지만, 질리안이라면 그럴 리…… 없어요!"

"질리안 님이 접근한 건지, 스텔라 스테이지 측이 일방적으로 질리안 님을 마음에 들어 한 건지, 그것은 제가 알 수 없습니다. 다만— **질리안 님은 스텔라 스테이지가 추천했기 때문에 식전 연주자가 되었다**. 그뿐입니다."

"질리안의 실력이 아니었다…… 라는 말이죠?"

역시.

역시 그랬다.

그 생각이 노엘의 마음을 관통했다.

역시 내가. 질리안이 아닌 내가.

1등이었다!

"저는 감정표현이 서툴러서 잘 모르겠지만…… 시장님은 물론, 저도 이 결과를 안타깝게 생각합니다. 원래라면 노엘 님이 식전 연주자가 되어야 했습니다. 그리고 지금도 그래야 한다고 생각합니다."

"……."

"노엘 님과 관계가 있는 것은 콩쿠르 건만일지도 모릅니다만, 이 외에도 스텔라 스테이지의 횡포는 수없이 많이 확인되고 있습니다. 그들은 돈으로 매수하여 아름다운 라프라스를 잠식하려는 외부인. 당신은 바로 그 피해자입니다."

피해자.

왜인지 그 표현에 내가 해당하는 게 『안성맞춤』이라는 생각이 들었다. 그리고 묘하게 안심이 되었다.

자신은 『피해자』인데, 어째서 이런 기쁨과 비슷한 감정을 느끼는 걸까.

그 이유는 역시, 원래 내가 1등이었다는 것을 알았기 때문일까.

"라프라스에는 이미 오랫동안 지역에 뿌리내린 해운회사인 아쿠에리어스가 있습니다. 경합에 따른 기업의 성장이라는 좋은 측면도 있을 수 있지만, 저와 시장님은 라프라스에는 아쿠에리어스로도 충분하다고 생각합니다. 후안무치한 외부인의 참여는, 도시 경제에 있어 마이너스가 될 것으로 판단합니다."

마치 대본을 외운 것처럼 막힘없이 말하던 시빌라가, 흘끗 손목시계를 확인했다. 그 표정에 변화는 없었다. 정해진 시간표대로 설명이 진행되고 있는 듯했다.

"—그럼. 슬슬 거래에 대한 이야기로 들어가 보지요. 노엘 님, 예를 들어 여기에 스위치가 있다고 해봅시다. 누르면, 스텔라 스테이지 사장이 죽습니다. 물론 스위치를 누른 사실도, 애초에 그런 스위치가 있다는 것조차 아무도 모릅니다. ……노엘 님이라면 스위치를 누르시겠습니까?"

"……네?"

시빌라가 다시 아주 희미하게 미소를 지었다.

아름답고 반듯한 얼굴이…… 약간 일그러진 것 같았다.

"있습니다, 여기에. 마법의 스위치가."

"서, 설마, 그건……."

"—맞습니다. 악마입니다."

악마.

이 세상에는 악마가 있다.

사람의 욕망을 맡고 살며시 찾아와, 타락의 길로 유혹하는 소악마.

그리고 올바른 의식을 행하여 소환할 수 있는, 온갖 소원을 이루어주는 대악마.

그들은 역사가 시작되기 전부터 존재하던 초현실적인 존재이며, 신과 정반대에 위치하는 〈사악〉 그 자체다.

"저는 어떤 대악마를 소환하는 방법을 알고 있습니다. 노엘 님 지금 바라시는 대로 악마와 계약하고 콩쿠르를, 그리고 라프라스를 망치는 악의 기업을 없앨 수 있습니다. 조사에 의하면 스텔라 스테이지의 사장은 놀라울 정도로 우수하지만, 부하는 그렇지 않다고 합니다. 사장만 없으면 스텔라 스테이지는 가라앉을 겁니다."

"자, 잠깐만 생각할 시간을 주세요! 악마와의 계약은 엄연한 범죄— 저는 그렇게 배웠어요! 게, 게다가 살인을 의뢰하라니?!"

"말씀하신 대로. 이것은 중대한 위법 행위입니다."

악마와의 계약은 세계에서 가장 확실하고 손쉽게 소원을 이루는 방법이었다. 그리고 그렇기 때문에, 사회의 질서를 지키기 위해 모든 나라의 법률과 모든 종교의 계율로 엄격하게 금지되어 있었다.

노엘이 사는 이 나라도 물론 예외는 아니었다. 라프라스에서는 현재 『악마 박멸 캠페인 중』이었다—. 다름 아닌 버로우즈 시장 지휘하에.

"하지만, 노엘 님. 여기에서 일어나는 일은 저와 시장님 그리고 당신만 압니다. 그리고 이것은 악마와의 계약…… 아무도 보지 못하고, 알아채지 못하며 증거도 남지 않습니다."

하지만 시장은 시빌라를 통해 악마의 힘을 이용하라는 것이다. 노엘은 혼란스러웠다.

"일단 질리안 님의 일은 잊어주십시오. 문제는 콩쿠르가 제대로 기능하지 못한 것입니다. 우린 당신이 원한다면, 당신을 식전 연주자로 해드리겠습니다. 지금이라면 아직 제때 맞출 수 있을 겁니다."

"그, 그것은…… 하지만……."

"이것은 시장님의 바람이기도 합니다. 아니, 시민의 바람이라고 할 수 있겠지요. 노엘 님께서 꼭 악마와의 계약이라는 각오를 통해 라프라스의 피아노를 지켜주셨으면 좋겠습니다.”

“저, 저는.”

“부디 결단을 내려주십시오. 질리안 님도 분명 옳은 결과를 바라고 계실 겁니다. 노엘 님, 아무쪼록 식전 연주자로서 연주해주십시오. 그리고 일류 피아니스트, 연주가로서 올바른 음악을 지켜주십시오. 여기에서 도망가면 식전 연주도 사퇴하는 것과 같은 것입니다……!”

“저는…… 읏!”

시빌라의 말은 노엘의 마음을 찌르며 뒤흔들었다.

악마와 얽히게 된다니—. 그 이전에 자신이 커다란 범죄에 손이 더럽혀지는 일 따위 말도 안 된다고 생각해왔다. 부모님께 올바르게 살라고 엄하게 가르침을 받았던 것은 아니었다. 단지, 그것이 인간으로서 당연한 삶이라고 생각해왔기 때문이었다.

상식이 뒤집히려 했다.

『선택하기에 따라 오늘 밤 자네 인생이 크게 달라질지도 모르지.』

잘못된 선택을 해선 안 돼.

올바르게 살아야 해.

그 안에서 나는 항상, 언제나—.

“분명 노엘 님은 내년에도 또 기회를 잡겠지요. 하지만, 올해 패했다는 사실은 평생 지워지지 않습니다. 사실은 이겼는데. **원래**

는 당신이 1등이었는데. 그걸로 괜찮으신가요?"

노엘 체르퀘티는 항상, 언제나 1등이어야만 한다.

뚝, 노엘의 마음속에서 무언가가 부러졌다.

부서지고 사라졌다.

"……으……, 하…… 하겠어요."

노엘의 입에서 메마른 대답이 흘러나왔다.

"계약, 하겠어요……. 제가…… 진짜 식전 연주자가 되겠어요!"

시빌라는 노엘이 그렇게 대답하리란 것을 확신했던 것 같다. 크게 고개를 끄덕이더니, 손에 들고 있던 몇 장의 자료를 건넸다.

첫 번째 장에는 꺼림칙한 주홍색의, 복잡한…… 마법진이 그려져 있었다.

시빌라가 자세하게 알려주었지만, 노엘은 거의 비몽사몽 상태였다. 기계적으로 지시에 따라 피같이 붉은 분필로 빌딩 옥상에 마법진을 그려나갔다.

그려 넣어야만 하는 것의 대부분이 글자겠지만, 노엘은 읽을 수도 없고 의미도 모르기에 그저 어떤 문양이나 다름없었다. 오로지 종이에 그려진 것을 콘크리트에 따라 그렸다.

마법진은 복잡기괴해서 그리는데 얼마나 시간이 걸렸는지 알 수 없었다. 시빌라는 여러 번 손목시계를 확인했고, 마지막에는 노엘을 재촉했다. 그녀가 말하기로 시각과 별의 위치도 중요한 것 같았다.

졸음은 느끼지 못했다. 하지만 납작 엎드려서 복잡한 마법진을 그리는 것은 체력을 쓰는 일이었다.

간신히 다 그렸을 때 노엘은 완전히 녹초가 되었다.

“겨, 겨우 다 됐어요……. 이걸로 다 됐나요?”

“네, 문제없을 것 같습니다. 수고하셨습니다. 그리고 노엘 님이 직접 마법진 안에 서서, 이것을 중앙에 흘리면 완료입니다.”

“어, 그게 다인가요? 그…… 주문 같은 건?”

“필요 없습니다. 노엘 님이 그리신 마법진이 주문 그 자체라고 할 수 있습니다.”

노엘은 시빌라가 내민 작은 병을 받았다. 안에는 검붉은 액체가 들어있었다. ……꺼림칙한 예감이 들었다.

“뭐, 뭐죠, 이게?”

“까마귀 피입니다.”

“피?! 그, 그것도 까마귀의?”

“악마 소환에는 이런 도구가 필요한 법이죠.”

“……최악이군요.”

이런 거, 만지기만 해도 저주에 걸릴 것 같았다. 노엘은 노골적으로 얼굴을 찌푸렸다.

“정말로, 이걸로…… 제가 식전 연주자가 될 수 있는 거죠?”

"네, 걱정하지 않으셔도 됩니다. 정말로 나쁜 것은 콩쿠르를 모독한 스텔라 스테이지……. 노엘 님에게 죄 같은 건 없으시므로."

시빌라는 무표정인 채 어느 연극의 대사처럼 말했다.

"지금, 여기서. 진짜 수상식을 시작하지 않으시겠습니까?"

노엘은 숨을 죽이고, 시빌라가 말한 대로 붉은 마법진 중심에 섰다.

자신의 손으로 그린 마법진이 자신이 아닌 무언가에 의해 만들어진, 사악한 생물처럼 느껴졌다. 빨간 글자와 모양이 꿈틀거리는 듯한 착각에 사로잡혔다.

전신이 심장이 된 것 같다. 어떤 콩쿠르 연주 전에도 이만큼 긴장한 적은 없었다. 노엘은 병의 뚜껑을 열어, 끈적끈적한 검붉은 액체를…… 흘려보냈다.

별이 흔들렸다.

바람이 멈췄다.

바다 내음이 마르고 공기에서 빠져나갔다.

온몸의 솜털이 곤두섰다. 모든 공기가 차가운 정전기를 머금은 듯.

눈앞이 번쩍번쩍 붉게 반짝였다.

머릿속에서 울리는 까마귀 울음소리.

시간조차 멈췄다.

폭풍우의 낙뢰와 똑같은 소리를 내며, 붉은 번개가 마법진 중심에 떨어졌다.

탄 냄새 속에서 어렴풋한 피 냄새.

붉은 번개에 눈이 어두워, 무심코 감은 눈꺼풀을 열자—.

그곳에는—.

"대악마 카론. 소환의식에 따라 찾아왔다."

악마다!

그것이 사람이 아니라는 것은, 바로 한눈에 알아차릴 수 있었다.

얼굴은— 머리는— 새였다! 까마귀의 모습을 했지만 까마귀는 아니었다. 후두부에는 긴 깃털이 뻗어 있었다. 어둠에 스미듯 빛나는 것은 두 개의 붉은 눈. 이름을 말했을 때 그 커다란 부리는 전혀 움직이지 않았다. 어디에서 그 낮고 예스러운 목소리가 나왔는지 전혀 알 수 없었다.

2m는 족히 될 법한 장신. 늘씬한 몸에 칠흑같이 검은 예복을 걸치고 있다. 그중 베스트만은 피처럼 붉었다. 소매에 나온 양손도 칠흑같이 검고 날카로운 손톱이 자라있었다. 게다가 어떤 남성의 손보다도 커 보였다.

날개는 느낌상 없는 것 같았다.

이 악마가 까마귀의 화신이라니.

이것이 악마. 그것도 대악마.

압도당해 말을 잃은 노엘을 내려다보고 대악마 카론은 살짝 붉은 눈을 가늘게 떴다.

"뭐야, 이번 계약자는 꽤 어리군. ……뭐 됐어. 소녀여, 너는 나에게 무엇을 빌겠나?"

"……어……, 그러니까……."

"확고한 소원이 있으니까 나를 소환한 거겠지. 말하지 않으면 모른다."

카론의 말투는, 약간 귀찮아하는 듯 들렸다. 소환이란 인간이 악마를『사역(使役)』하는 것이 아닌가. 그렇게 보기엔 악마의 태도는 건방졌다.

인간 따위 발톱의 때만큼도 못한 존재처럼 깔보는 듯했다.

노엘은 말을 더듬으며 소원을 말했다.

"……스, 스텔라……. ……해운회사 스텔라 스테이지의…… 사, 사장을……."

눈을 질끈 감은 노엘은 큰맘 먹고 소리를 질렀다.

"……사장을……! ―죽여주세요!!"

참으로 무서운 소원이었다.

하지만 악마는 이런 소원은 질리도록 들은 듯한 모습이었다.

"그렇군. 살인인가. 그럼 묻겠는데, 왜 스텔라 스테이지의 사장을 죽이고 싶은 거지? 말해보아라."

"그, 그것은…… 피아노 콩쿠르를, 원래 모습으로……."

"뭐?"

악마가 불쾌한 듯 얼굴을 찌푸렸다. 노엘은 무심코 주춤했다.

"뭐야, 그 시시한 이유는. 정말로 그게 전부인가?"

"그, 그래요."

악마는—.

"거짓말이군."

하고 비웃었다.

붉은 눈을 초승달처럼 불쾌하게 일그러뜨렸다.

"그럴싸한 말로 포장한 거짓말이군. 사람이 사람을 죽이는 이유는 하나밖에 없다. 그렇게 해서 자신이 이득을 얻을 수 있기 때문이다!"

꿰뚫어 보고 있다. 마음이 읽혔다. 그의 붉은 눈앞에서 노엘은 벌거벗겨진 것 같았다. 비수를 꽂는 말은 시빌라 이상으로 마음을 후벼팠다. 낮은 목소리가 지독히 듣기 좋아서…… 계속 듣고 있으면 머리가 어떻게 될 것 같았다—.

"자, 네 진짜 더러운 욕망을 말해보아라. 그걸 말한다면 계약을 맺어주지."

—뭐, 뭐죠, 이분은?! 이게 진짜 악마인가요?!

진짜 소원, 진짜 욕망. 소원 뒤에 감춘 본성.

여기까지 와서, 노엘은 그것이 천박하고 하찮은 듯한 생각이 들었다.

"시시한 이유라면 바로 돌아가겠다. 그것은 너는 나와 계약할 자격이 없다는 뜻이다."

악마는 나에게 점점 흥미를 잃어가고 있었다.

이대로라면 계약을 맺을 수 없었다. 여기까지 왔는데, 더는 물러날 수 없어!

"……가……, 되……."

노엘은 떨리는 입술로 겨우 목소리를 짜냈다.

"응?"

"……제가……, 식전 연주자가 되고 싶으니……까요!"

말했다.

말해버렸다.

"……큭. 크크큭……."

악마은 더욱더 크고 간사하게 일그러졌다. 열리지 않는 부리에서는 낮은 웃음소리가 흘러나왔다.

"식전 연주자가 되고 싶어서, 악마의 계약으로 살인을……?"

당장이라도 소리 내 비웃을 것 같다. 악마는 밤하늘을 올려다보며, 어딘가 황홀한 모습이었다.

"그래, 그거참 멋지군, 소녀여! 진심인가? 이 무슨 모순인가. 하지만 그야말로 인간의 욕망이다! 유쾌하군, 유쾌해. 역시 이렇지 않으면 안 되지!"

"무, 무슨 영문을 모를 말을. 이걸로 됐죠? 빨리 소원을 들어주세요!"

"좋다, 하지만 마지막으로 한 번 더 묻지. 너의 의지로, 악마의 계약으로 사람을 죽이는 것이 소원인가?"

"……? 그, 그럼요! 가능하다면…… 부탁드립니다……!"

"좋다, 마음에 들었어. 너의 욕망과 그 **말로**…… 나와 계약을 맺기에 제격이군. 소녀여, 이 대악마 카론이 너의 〈소원〉을 들어주겠다!"

대악마 카론은 우아하게, 오른손을 가볍게 들어 올렸다.

갈고리 모양의 날카로운 발톱을 지닌 큰 손가락이—.

딱하고 소리를 냈다.

그 짧은 한순간, 노엘의 눈앞이 암전되었다.

머릿속에서 불길한 종소리가 울려 퍼졌다.

카론이 천천히 오른손을 내렸다.

"끝이다. 그를 죽였다."

그 말을 믿을 수 없어 노엘은 눈을 동그랗게 떴다.

"……어. 그렇게 간단하게……?"

"이것이 악마의 계약이라는 거다. 믿을 수 없다면 내일 뉴스라도 기다리도록."

카론은 눈을 감고 새침한 얼굴로 말했다.

노엘은 뒤돌아 시빌라를 향해 웃어 보였다.

"시, 시빌라 씨! 해냈어요! 전혀 실감은 나지 않지만요!"

"네, 훌륭한 성과입니다, 노엘 님. 내일 다시 그의 죽음을 확인해보겠습니다."

시빌라도 옅은 미소를 지었다.

노엘은 양손을 꼭 쥐었다. 사람을 죽였다는 실감은 전혀 없었다. 악마와의 계약이라는 중죄를 범한 것에 대한 꺼림칙함도 없었다. 모든 것은 결과였다. 정체를 알 수 없는 기쁨이 노엘의 가슴에 밀려왔다. 스텔라 스테이지 사장이라는 악당이 라프라스에서 없어졌으므로, 피아노 콩쿠르도 방해물로부터 해방될 것이다. 분명 심사도 다시 하겠지. 그때 최고의 연주를 했던, 그날의 1등 피아니스트였던 노엘 체르퀘티가, 원래 있어야 할 자리에 앉게 될 것이었다.

"이, 이걸로…… 제가 식전 연주자가……!"

악마가 차갑게 속삭였다.

"—이봐."

털썩

"……?"

노엘의 시야 한가득 새까만 밤하늘이 펼쳐졌다.

"……?!"

자신이 왜 쓰러져 있는지 모르겠다.

"……읏……?!"

왜 온몸이 심한 통증에 시달리는지 모르겠다.

모르겠다……. 온몸이, 손과 발이, 움직이지 않았다. 고통 속에서 철철 피가 쏟아졌다. 드레스가, 긴 머리칼이, 온몸이 피로 물들어갔다.

"〈대가〉를 지불해야 하는 걸 잊지 마."

카론이 냉철한 목소리로 노엘에게 조용히 쏟아부었다.

"너 정도의 정신과 몸으로 대기업의 사장 살해를 셈한다면, 뭐……양팔, 양다리면 되겠지. 말해두겠는데, 그릇의 가치가 너무 달라. 이것도 서비스해준 거다."

—양팔, 양다리? 뭐? 도대체 무슨 일이 일어난 거지? 이게 뭐죠? 이건……, 어? 아니, 하…….

부들부들 떨면서 고개를 들어 올린 노엘의 눈에, 흩어진 팔다리가 보였다.

—윽? 으악, 기분 나빠, 팔과 다리에요, 사람의 손과 다리가 떨어져 있어요, 사람의 팔다리라니요. 어? 저 손가락…… 엇, 저 손가락은 나의, 저 손은, 제 것이 아닌가요?

피바다에 잠겨있는 것은,

노엘의 양팔과 양다리였다.

엇.

어?

의미를.

모르겠.

어.

카론은 미간을 찌푸리며 힐끗 시빌라를 바라보았다.

"어이, **시빌라 베커**. 이 녀석, 아무래도 자신의 팔다리가 없어져서 놀란 것 같은데."

시빌라는 태연하게 있었다.

노엘은 커녕 카론도 쳐다보지 않고 태블릿으로 메일을 확인하고 있었다.

"팔다리가 잘리면 누구라도 놀라겠지요."

"얼렁뚱땅 넘어가려고 하지 마. **악마와의 계약에는 〈대가〉가 필요하다는 것, 이 녀석은 제대로 알고 있었나?"**

"……저는 그저 그녀에게 악마를 소개하기만 했을 뿐."

시빌라는 태블릿에서 눈을 떼지 않고 안경을 고쳐 썼다.

카론의 붉은 눈은 한층 더 빛을 내뿜었다. 주변의 공기가 순식간에 얼어붙었다. 악마는 시빌라에게 한 걸음 다가가, 고함을 쳤다.

"까불지 마라, 여자! 그걸로 발뺌할 수 있다고 생각하는 건가?! 이 녀석의 소원은, 자신의 목숨을 걸 만큼 경솔하고 추악한 야망이 아니었냐고 묻고 있다!"

이제야 시빌라는 태블릿을 내렸다. 하지만 카론을 바라본 얼굴은 평정 그 자체. 가면처럼 얼어붙었다고 해도 좋을 만큼.

"진정하십시오. 저는 그저 사실을 말했을 뿐입니다. —노엘 님과 카론 님 사이에 계약이 성립했다. 그래서 당신은 스텔라 스테이지의 사장을 죽이고, 〈대가〉로서 노엘 님의 팔다리를 빼앗았다. 거기에 악마로서의 잘못은 없다고 생각하십니까?"

"『내가』 누구와 어떤 계약을 맺을지는 『나의』 방침에 따라 『내가』 정한다! **네 녀석들은 아직도 이런 일을…… 아니, 이전보다도 더 지독해졌구나!"**

"……."

"네 녀석들의 사정으로 손쉽게 악마를 부르지 마라! 이 녀석도

러셀의 사주를 받은 것이냐?!"

"시장님께 하실 말씀이 있다면, 시장님께 직접 하십시오. 당신이라면 가능하겠죠?"

"……큭!"

카론은 말문이 막혔고, 그 자리에는 냉랭한 침묵만이 내려앉았다.

그때.

"……구……."

"뭐?"

"……구해…… 주, 세……."

피범벅이 된 노엘이 숨이 끊어질 듯한 목소리로 말했다.

시빌라는 노엘을 내려다보고 두 번 정도 눈을 깜빡였다.

"이거 면목이 없습니다. 이미 사망하신 줄 알았는데. 그대로 계시면 괴로우시겠죠. 지금 바로 편하게 해드리겠습니다."

"……어째서…… 이런……. 도대체…… 무슨 일이……."

시빌라는 서서히 노엘의 긴 머리칼을 잡았다. 그리고 그대로 성큼성큼 옥상의 끝으로 향했다. 시빌라의 가는 팔은, 겉으로 보이는 것으론 상상도 할 수 없을 만큼의 힘이 있는 것 같았다. 팔다리를 잃었다고는 해도, 노엘 정도의 소녀 한 명을 한 손으로 아무렇지 않게 질질 끌고 갔다.

옥상 바로 아래는 바다였다.

노엘의 귀에 바닷바람과 파도 소리가 들렸다.

시빌라는 한 손으로 노엘을 들어 올렸다.

"안녕히 가십시오, 노엘 님."

"……그, 그만둬……! 구해주……."

지푸라기라도 잡는 심정으로 말해보았지만.

노엘 체르퀘티는 그때, 악마에게 매달렸다.

까마귀 악마의 붉은 눈을 그녀는 똑바로 보았다.

"구해줘."

커다란 음식물 쓰레기라도 떨어뜨리는 것처럼, 시빌라는 노엘을 바다에 버렸다. 잠시 생각에 잠겼던 그녀는, 이윽고 흩어져 있던 노엘의 팔다리도 하나하나 바다에 던져버렸다.

"그럼 카론 님, 고생 많으셨습니다. 혹시 또 소환하게 될 일이 있다면, 그때 잘 부탁드리겠습니다."

카론은 시빌라에게 곁눈질을 하며, 속삭이듯 낮은 목소리로 말했다.

"너도, 러셀도…… 그렇게 악마를 얕보다간 큰 코 다칠 줄 알아라."

"충고 감사합니다."

시빌라는 돌아보지도 않았다.

카론은 옥상에 가장자리에 서서 바다를 내려다보았다.

심야의 바다는 별들의 약하디약한 빛조차 삼켜버렸다. 그저, 암흑. 그 속에서 완전히 새로운 물거품이 일었다.

"『내가』 누구와 어떤 계약을 맺을지는 『나의』 방침에 따라 『내가』 정한다!"

카론은 예스러운 목소리로 중얼거렸다.

『구해줘』

"소녀여, —나 대악마 카론이, 너의 〈소원〉을 들어주겠다."

NOEL the mortal fate

Movement1 - vow revenge

Passage 2

계약

몸이 무겁고, 차갑고 쓰라린 물속에 휩싸였다. 발버둥 치고 또 쳐봐도 빠져나갈 수 없었다. 게다가 몸이 맘대로 움직이지 않았다.

마치 팔다리가 없어진 것처럼.

—구해줘. 죽기 싫어…… 고통스러운 건 싫어…….

몸은 점점 더 깊이 가라앉았다. 필사적으로 고개를 들어도 보이는 건 암흑뿐.

그런 어둠 속에서 시빌라 베커의 모습이 떠올랐다.

쓱 안경을 고쳐 쓰고 무표정하게 내뱉었다.

"노엘 님은 악마와 계약한 살인자이시죠. 스스로 저지른 일에 대해 생각해본다면, 그 고통 또한 당연한 것 아닌가요."

—하지만, 당신도 스텔라 스테이지의 사장은 나쁜 사람이라고…… 죽는 게 나은 사람이라고 했잖아……. 나는 그저…… 식전 연주자가 되고 싶을 뿐이었는데…….

시빌라의 환영이 흔들리며 귀에 거슬리는 까마귀의 울음소리가 울렸다.

시빌라의 모습은 대악마 카론의 모습으로 바뀌어 갔다.

무대에 열중한 연기자처럼 카론은 양팔을 펼쳤다.

"아아 훌륭하군. 그런 이유로 살인을 빌다니. 대가는 너의 영혼이라고 했을 텐데!"

—그런 대가가 필요하다니, 들은 적 없어요.

"사람을 죽여놓고 변명하는 건가? 자네는 자네밖에 모르는군, 노엘 양."

버로우즈 시장까지 노엘을 몰아세웠다.

하지만, 1등, 대답한 것은…… 다음에 나타난 질리안의 표정이었다.

"그렇게 식전 연주자가 되고 싶니? 그렇게 다음엔 나를 죽이고 식전 연주자가 되려는 거지?"

질리안은 새하얀 드레스를 입고 있었다. 칠흑 같은 어둠과는 너무나 대조적이라 눈이 따끔따끔했다. 그렇지만, 자신을 경멸하는 질리안의 눈은 확실히 보였다.

질리안의 발아래에서, 노엘은 그저 애벌레처럼 몸부림쳤다. 숨이 금방이라도 넘어갈 듯 피범벅인 채로.

—질리안. 저는, 그런 일, 하지 않아요. 저는……, 단지……, 구원받고 싶었어요…….

질리안의 모습이 사라졌다.

쿨럭, 입에서 거품이 나왔다. 여기는 여전히 물속. 깊은 바다의 한가운데. 노엘은 계속해서 가라앉았다. 수면으로 올라가려 해도 …… 몸이…… 팔다리가…….

—싫어……. 구해줘……. 살려주세요…….

멀리서, 저 멀리서 종이 울렸다.

장례식을 알리는 듯한, 낮고 불길한 종소리가 들렸다.

"……!!"

갑자기 호흡이 편해졌다.

꿈이다. 악몽을 꾸었다.

하아 하아, 거친 숨을 쉬면서 노엘은 벌떡 일어났다.

하지만, 몸이 움직이지 않는다. 몸이 묶여 있는 걸까.

아니다.

"파, 팔이…… 없어……?!"

양팔이 없어졌다. 이상하게 아픔은 없었다. 그 대신 형용할 수 없는 위화감과 상실감이 있었다. 검은 드레스의 소매가 팔꿈치보다도 위에서 묶여 있었다.

어째서.

순간 그런 의문이 머리에 떠올랐지만, 노엘은 바로 생각이 났다.

자신이 폐빌딩에서 시빌라 베커가 말한 대로 악마와 계약한 것.

악마는 계약에 따라 노엘이 얼굴조차 모르는 대기업의 사장을 죽이고…….

『〈대가〉를 지불해야 하는 걸 잊지 마.』

털썩.

양팔, 양다리가 잘려나간 것을 기억하고 있다.

무슨 의미인지 잘 몰랐다. 악마가 뭔가를 한 것처럼 보이지는 않았다. 자신의 팔다리는 잘려나가는 것이 당연한 것처럼 날아가 버렸다. 지독한 고통. 멈추지 않는 피.

"……어라? 웬일인지 다리는 있는데요……."

노엘은 몸을 꼼지락거리며 침대에서 발을 내렸다.

다리도, 팔에 남아 있는 부분처럼 무시무시한 위화감이 느껴진다. 마루에 발을 내디뎠을 텐데, 마루의 감촉이 전혀 전해지지 않았다. 태어난 후로 쭉 함께해 온 무게와 달랐다.

"설마, 의족?"

누가, 언제, 달아 준거지.

거기에다가 다시 자신의 모습을 바라보니, 본 적 없는 검은 드레스를 입고 있었다. 우아한 드레이프 스커트다. 이대로 식전 연주를 해도 부끄럽지 않을 만큼.

"……."

여긴 지금 식전 회장이 아니다. 피아노 앞에 앉아 있지도 않았다.

본 적도 없는 집 안이었다. 공기는 마치 창고 속 같았다. 먼지가 많은 걸 보니 꽤 건조한 방이었다. 덮고 있는 담요도 주변의 가구도 상당히 오래된 것이었다.

"앗!"

무의식에 일어서려다 노엘은 앞으로 고꾸라졌다.

아니, 고꾸라진 것에 그치지 않고 꽤나 꼴사납게 넘어지고 말았다.

"아야야……. 제대로 걸으려면 요령이 필요하겠군요……."

일어서려다가 중대한 사실을 깨달았다.

"아, 이거, 어떻게 일어서면 되나요?"

이제까지는 넘어져도 일어서는 것 정도는 아무것도 아닌 동작이었다.

그것은 팔이 있었기 때문이었다.

"누, 누가! 누가 좀 와주세요!"

무심결에 집에 있는 것처럼 외쳤지만, 사람이 올 기미는 없었다. 노엘은 어쩔 수 없이, 엄청난 고생을 하고서 일어섰다. 벽과 전신을 써서, 말을 듣지 않는 의족과 씨름하면서.

"너, 넘어질 때마다 이렇게…… 힘들어야 하는 건가요?"

팔이 없다는 것은, 상상을 훨씬 뛰어넘은 불편함이었다. 지금까지 자신이 무의식적으로 얼마나 손을 써왔는지 알 수 있었다.

손으로 중심을 잡는 것도, 벽에 손을 짚는 것도, 흐트러진 머리칼을 넘기는 것조차 할 수 없었다.

비틀비틀, 아장아장, 노엘은 두 번 다시 넘어지지 않도록 신중하게 집안을 걸었다.

모든 가구가 오랫동안 사용되지 않았는지 먼지가 쌓여 있었다.

화장실로 향했다. 얼굴을 씻고 싶었다. 세면대를 발견하고 수도꼭지를 틀려고 하자…… 또, 팔이 없는 것이 떠올랐다.

망연자실한 노엘의 얼굴이 지저분하고 오래된 거울에 비쳤다.

금발이 흐트러져 있었다. 눈도 부어 있었다.

귀엽다는 둥, 미래에 미인이 될 거라는 둥 용모에 대해서도 자주 칭찬받아왔다. 얼굴 생김새는 몰라도, 카시스 빛 눈동자는 노엘의 남모를 자랑거리였다. 이 섬세한 색조는 어머니에게 물려받았다. 가족 이외에 이 색을 가진 사람은 만난 적이 없었다.

질리안의 보랏빛 눈동자도 독특하고…… 아름답다고 생각했었다.

"……."

비참했다.

지금의 나는 얼굴도 씻을 수도 없다.

넘어지지 않도록 걷는 것만으로도 기운이 다 빠졌다.

—아니, 그래도……. 아픈 곳은 없었다. 의족을 달아서 드레스까지 입고 있다. 애초에 분명 시빌라가 나를 바다에 떨어드렸는데…….

팔다리는 없지만, 나는 살아 있었다. 어디인지도 모르는 장소에서.

"누군가…… 구해주신 건가요?"

그렇게 된 것이겠지.

의족이 닿은 부분이 아프지만, 그것은 몸의 무게에 눌려 절단면이 압박되기 때문인 것 같았다. 상처의 아픔과는 전혀 달랐다.

그때는 심한 출혈이 있었다. 그대로 과다출혈로 죽었어도 이상하지 않았을 것이다. 그런데도, 상처가 아물었다. 어쩌면 그날로부터 꽤 시간이 흐른 것일까.

죽지 않았다는 사실에는 안심했지만, 많은 시간이 흘렀다면 부모님이 걱정하고 계시진 않을까. 그 생각에 이르자, 등골이 오싹해졌다.

돌아가야 해.

마음이 조급해졌지만, 발은 생각처럼 움직이지 않았다. 현관을 찾아 노엘은 낯선 폐가 안을 여기저기 걸어 다녔다.

그리고 피아노를 발견했다.

먼지투성이의 낡은 업라이트 피아노. 분명 조율되어 있지 않겠지. 그래도 소리가 듣고 싶어졌다. 건반을 치려는 순간—.

"……!"

그럴 수 없다는 것을 깨달았다.

"피아노를…… 칠 수 없어……."

몸이 저절로 떨렸다. 어째서 지금까지 이 사실을 깨닫지 못한 것일까. 넘어져도 쉽게 일어날 수 없는 것, 얼굴도 씻지 못하는 것. 그것보다도 중대한 불편함이 있지 않은가.

피아노를 칠 수 없다. 두 번 다시.

건반을 치는데 꼭 맞는 그 길고 가는 손가락이 없었다.

피아노를 칠 수 없다면, 그 손가락이 없다면. 노엘 체르퀘티란 존재는 의미가 없었다.

노엘은 비틀거리며 뒷걸음질 치려다 또 넘어지고 말았다. 아픔도 충격도 남의 일 같았다. 피아노를 칠 수 없다. 이제 자신은 피아노를 칠 수 없다. 식전 연주는커녕, 아이나 초보자를 위한 연습곡조차 칠 수 없다.

더는 피아노를 바라볼 수 없게 된 노엘은 기어가듯 그 자리에서 도망쳤다. 어떻게 일어섰는지 잘 기억이 나질 않았다.

"……어, 여, 여기는……?"

노엘은 자신의 눈을 의심했다. 그리고 자신이 라프라스가 아닌 동네에 있다는 생각이 들었다. 이런 풍경은 전혀 본 기억이 없었다. 이런— 이런 더러운 곳에는 가까이 가려 하지 않았으니까.

하늘은 조금 흐렸다. 밝기로 봐서 시간은 정오를 지난 무렵이겠지.

주변 이곳저곳에 쓰레기가 떨어져 있고, 마을 전체에 이상한 냄새가 풍겼다. 건물의 벽은 낙서 천지였다. 어떤 남자의 화난 목소리가 들리는가 하면, 젊은이들의 바보 같은 웃음소리도 들려왔다.

어안이 벙벙한 채 노엘은 느릿느릿 걸어갔다.

노엘이 있던 건물의 주위에 인기척은 없었지만, 조금 걸어 나가 보니, 사람들의 생활감이 나타났다.

건물과 건물 사이에 매달린 빨랫줄에는 여기저기 해진 싸구려 옷이 널려있었다.

노후화된 맨션의 입구에는 수염이 덥수룩한 중년의 남자가 담배를 피우고 있었다. 노엘을 찌푸린 얼굴로 노려보았다.

노엘은 당황하여 눈을 피했다. 발아래 신문이 떨어져 있었다. 일상적으로 봐 온 지역신문이었다.

『또다시 상업구에서 폭발. 폭탄마의 범행인가』

라프라스에서 빈번히 일어나고 있는 폭파사건의 기사가 눈에 띄었다. 그렇다면 여기도 라프라스 시내거나, 아니면 근교의 마을일 것이다.

갑자기 믿기는 어렵지만, 노엘의 저택에서 그리 먼 곳은 아닐 것이었다.

조금 더 앞으로 가자, 계단이 나왔다. 아직 익숙하지 않은 의족으로 계단을 오르내리는 것은 위험했다. 노엘은 어쩔 수 없이 되돌아왔다.

낯선 거리에 낯선 건물뿐이었다. 더욱 머리가 혼란스러워졌다. 어떤 건물을 외웠는지 제대로 알 수 없게 되었다.

좁은 골목길의 입구에 까마귀 두 마리가 있었다. 땅 위의 뭔가를 쪼아먹고 있었는데, 노엘이 다가가자 커다란 날개를 펼치고 날아갔다.

이 골목으로 나왔던 것 같다. 노엘은 머뭇거리며 좁은 골목을 지나, 문이 열려 있는 건물로 들어갔다.

"어서 와라."

"힉?!"

갑자기 어딘가에서 들은 적 있는 차분한 목소리가 맞이하자, 노엘은 살짝 뛰어올랐고 하마터면 엉덩방아를 찧을 뻔했다.

"당, 당신은!"

메마른 공기. 먼지투성이인 폐가. 너덜너덜한 커튼과 판자로 가린 창문. 한낮이지만 어두침침했다. 그리고 까마귀 같은 머리를 가진 남자가 서 있었다.

잊을 수도 없었다. 이 녀석은……, 이, 악마는……!

대악마 카론이다!

"뭐, 진정해라. 대악마는 함부로 사람을 덮치지 않으니."

"어…… 어떻게 진정할 수 있나요! 당신이 제 양팔과 양다리를……, 자, 잘도…… 잘도……!!"

악마에 대한 공포보다도, 그가 그날 밤의 고통과 혼란을 가져온 분노가 먼저 떠올라 노엘은 격분했다. 하지만 카론은 전혀 동요하지 않고 노골적으로 질린 모습으로 탄식할 뿐이었다.

"……역시 그런 반응인가. 너는 정말 아무것도 모르는 것 같군."

"무, 무슨 말이죠?!"

"네가 **그렇게 된** 것은 다른 누구의 탓도 아니다. 틀림없이, 네 경솔함 때문이다. 자업자득이라는 말을 알고 있나?"

"윽, 그, 그렇게까지 말씀하신다면, 우선 설명부터 해주세요. 여기는 어디죠? 그 후 도대체 무슨 일이 있었던 거죠? 이 상황은 대체 어떻게 된 거죠?!"

"알았다, 알았다. 바보도 알 수 있도록 하나하나 알려주지."

"바보?!"

"큰 소리 내지 마라. ―어차피 더는 잃을 것도 없겠지. 조급할 이유도 없다는 말이다."

카론은 천천히, 먼지투성이의 소파를 가리켰다.

앉으라는 뜻일 것이다.

카론은 낮고 예스러운 목소리로, 정말로 하나하나 알려주었다.

여기는 라프라스 시내이며, 흔히 말하는 슬럼 지대였다. 부유층인 노엘이 살고 있던 라프라스 상류층 지구와는 정반대되는 환경이었다.

매일 크고 작은 범죄가 일어나고, 건축물의 무허가 증축과 해체가 반복되고 있었다.

사람의 드나듦도 잦아서, 가난한 마을과 시골에서 돈을 벌기 위해 올라온 노동자도 많았다. 그리고 라프라스에서 범죄를 저지른 자가 숨어 있기도 했다. 이 지역의 인구는 관공서에서도 정확하게 파악하지 못했을 것이었다.

그래서 빈집이 상당히 많았다. 여기는 그런 집 중 하나였다. 범죄자가 몸을 숨기기에 안성맞춤이었다.

악마와 계약하고 살인을 의뢰한 노엘은 더할 나위 없는 범죄자였다.

여기도 임시 거처에 지나지 않았다. 이제 경찰의 눈을 속이며 살아갈 수밖에 없었다.

"……계약. 그렇게 되었군요. 저는 당신과 계약을……. 하지만, 뭐가 어떻게 된 건지 잘 몰랐어요. 특히 후반부."

"그것에 대해서 알려주는 것은 상관없다만, 각오해라."

"어째서죠?"

"개중에는 너에게 괴로운 사실이 있을지도 모른다."

"……아, 알겠어요."

팔다리를 잃어, 만족스러운 생활을 할 수 없을 뿐만 아니라, 두 번 다시 피아노를 칠 수 없다. 이 이상 충격적인 일이 거듭되어도,

이제 이렇다 할 일은 없을 것이다. 노엘은 마음을 단단히 먹으며 진지한 시선을 카론에게 보냈다.

"너는 페빌딩에서 시빌라 베커— 버로우즈 시장의 비서가 말하는 대로 따라 나를 소환했고, 그리고 살인을 부탁했다. 하지만 너는 어리석게도 악마와의 계약이 어떤 것인지도 모르고 계약하였다."

"어, 어떤 것인지…… 라뇨?"

"알겠나? 악마와의 계약은 공짜가 아니다. 계약자는 반드시 대가를 치러야 한다는 말이다."

노엘은 무심결에 자신의 몸을 보았다.

『—어이, 〈대가〉를 지불해야 하는 걸 잊지 마.』

그날 밤, 카론이 그렇게 말한 직후, 노엘의 팔다리는 한 번에 전부 날아가 버렸다.

『너 같은 정신과 몸으로 대기업의 사장 살해를 지불한다면, 뭐…… 양팔, 양다리면 되겠지. 말해두겠는데, 그릇의 가치가 너무 달라. 이것도 서비스로 싸게 쳐준 거다.』

이렇게도 말했던 기억이 있지만, 그때 노엘은 그 말뜻을 이해할 정신이 없었다.

"악마가 무엇을 대가로 뺏을지, 그것은 전부 악마가 정한다."

"즉, 제 양팔, 양다리는 악마의 계약 대가로 빼앗겼다는 말인가요……? 그, 그건 이상하잖아요. 왜냐면 저는 **식전 연주자가 되기**

위해 당신과 계약했단 말이에요?! 대가가 이것이라면, 식전 연주자는커녕 피아노를 칠 수도 없어요! 계약과 다르지 않습니까?"

"너의 소원은 『스텔라 스테이지의 사장을 죽이는 것』, 그것뿐이다. 식전 연주자 운운하는 것은 살인의 이유지. 계약 안에는 들어가지 않는다."

카론의 붉은 눈이, 이때 살짝 일그러졌다. ―유쾌하다는 듯.

그날 밤도 그는 그런 웃음을 보였다. 노엘의 등골이 오싹해졌다.

"식전 연주자가 되기 위해 사람을 죽이고, 그 대가로 양팔, 양다리를 잃게 된다― 이 본말전도의, **모순된 말로**가 마음에 들었다. 그래서 나는 너와 계약해준 것이다."

이 악마는, 그야말로 악마였다.

인간이 파멸하는 것을 보는 것이 즐거워서 참을 수 없는 것이다.

노엘은 입술을 깨물며, 카론 모르게 노려보았다.

"허, 이야기가 다르다든지 먼저 말을 하라든지 이런 말은 하지 마라. 인간과 대악마의 계약은 결코 대등하지 않다. 모든 것은 악마가 혼자 결정한다."

"……."

"악마의 계약에서 지불하는 것은, 돈이 아니라 〈영혼〉이다. 악마는 그 정도로 인간에게 위험한 것이다. 소환만 하면, 어떤 소원도 들어주는― 그런 편리한 마법이 아니다. 세상에 그렇게 쉬운 일이 있을 리 없지. 너는 그것도 모르고 계약했다."

확실히 그랬다. 노엘은 카론을 노려보던 눈을 내리깔았다.

아무리 유복한 가정에서 아무 부족함 없이 살았다고는 해도, 이제 15살이다. 악마한테까지 듣지 않아도, 세상에 그렇게 호락호락하지 않다는 것 정도는 알고 있었다. 이점 뒤에는 결점도 있다.

어째서 그것을 그때 나는 시빌라에게 확인하지 않았던 걸까.

시빌라가 꺼낸 번지르르한 이야기 속에 담긴 피아노와 식전 연주자의 자리에 정신을 빼앗긴 것이다.

"그렇기 때문에 시빌라는 본인이 악마와 계약하는 것이 아니라, 그럴듯한 말로 너를 꾀어내어 계약하게 한 것이다. ……그런데 너는 왜 그런 장소에 있던 거지? 그 말투에, 그 순진함. 분명 부잣집 딸이겠지. 그런 폐빌딩과는 인연이 없을 터."

"그, 그건…… 버로우즈 시장이 그 장소와 시간을 지정해서……."

"그럼, 이제 의심할 여지도 없겠군. 버로우즈도 한패였다는 말이다."

"……?!"

"너는 이용당했다."

갑자기 그런 말을 들어도.

노엘은 혼란스러웠다. 왜 갑자기 시장의 이름— 라프라스를 평화로 이끌고 지금도 완벽하게 통치하고 있는 남자의 이름이 나오고, 너는 속았다고 말하는 것인가.

시장과 시빌라는 악마를 써서라도 스텔라 스테이지를 망하게 하는 것이 라프라스를 위한 것이라고 말했다. 노엘은 사람 하나 죽이는 것에 거의 죄책감을 느끼지 않았다. 그건 죽일 상대가 악덕 기업의 사장이라고 들었기 때문일지도 모른다.

분명, 소원의 근본만큼은 자신의 욕망에 근거한 것이었다. 하지만 그것이 돌고 돌아 라프라스에도 도움이 된다면…….

그런 노엘의 마음을 간파한 것인지, 악마는 조용히 눈을 감고 가늘게 숨을 내쉬었다.

"뭐, 이 이야기는 일단 그만두는 것으로 하지. 달리 확인하고 싶은 것은 없나?"

"그…… 그러죠. 왜 당신이 여기에 있는 거죠? 저와 당신의 계약은 끝났을 텐데요."

"아, 끝났다. 스텔라 스테이지의 사장을 죽이라는 『제1의 계약』은."

"『제1의』?"

"너는 하나 더 빌었지. 내 눈을 보고, 너는 이렇게 말했다. 『구해줘』라고."

아 하고 노엘은 말문이 막혔다.

그때…… 시빌라에게 머리채를 잡히고, 옥상 끝에서 내던져졌던 순간.

분명 카론과 눈이 마주쳤다.

"그것이 『제2의 계약』, 두 번째 소원이라고 판단했다. 나는 너를 바다에서 건져내, 상처를 처치하고 여기로 옮겼다. 양팔, 양다리를 잃은 범죄자를 길바닥에 굴려놓으면 『구했다』고 할 수는 없으니. 그 의족 역시 양팔, 양다리가 없으면 아무것도 할 수 없을 것 같아서, 다리만 서비스로 해준 거다. 감사해라."

카론을 눈을 감고 당당하게 가슴을 폈다.

노엘은 입을 꾹 다물었다.

양팔, 양다리를 없앤 악마에게 감사?

입을 다물고 있자, 카론은 욱한 듯 미간을 찌푸리고 노엘을 노려보았다.

"감사하라고 하잖아. 이 녀석아."

"아. 가, 감사합니—."

그만 그 말에 넘어가 인사를 할 뻔했지만 노엘은 직전에 입을 다물었다.

"음? 무슨 일이냐?"

"저, 저기. 그러고 보니 제 옷이 새 걸로 바뀌었는데요……."

"아아, 그것도 서비스다. 바닷물에 절어서 너덜너덜해지기도 했고, 뭐 이미 피투성이기도 해서. 비슷한 옷을 찾아와서 갈아입혔다."

"—그, 그 말은, 봐, 봤다는 건가요?!"

"봤다고?"

"아, 아니 『갈아입혔다』는 것은……! ……벼, 변태!! 로리콘이죠!! 소녀의 순결을 어떻게 하실 거죠?!"

얼굴을 붉히고 소리를 지르는 노엘과 대조적으로, 카론은 냉정 그 자체였다. 그렇다기보다도 어처구니없어했다.

"그런 뜻인가. 안심해라. 악마는 인간의 알몸 따위 요·만·큼도 관심 없다. 하물며 너 같은 꼬맹이가 신경 쓸 일도 아닐 텐데. 백 년은 멀었다."

"으으으으……! 정말 악마군요……!"

"뭐, 악마니까."

"……끄으윽……."

"그런 것보다도, 이제 네가 처한 상황을 알겠나?"

노엘은 천천히 고개를 끄덕였다.

아직 정리되지 않은 것은 있지만, 자신이 놓인 상황은 파악할 수 있었다. 그리고…….

"……네, 저를 바다에서 끌어올린 당신이, 아직 여기에 있는 이유도 알겠어요."

"호오, 정답을 들어보지."

"……다, 당신은 제게……『제2의 계약』의 대가를 뺏기 위해 여기에 있어요. 목숨을 구해준 대가로 영혼을 바치라는 말인 거죠?! 그렇죠?!"

팔다리를 빼앗긴 데다가, 사회적으로도 죽은 것과 다름없다. 이 이상의 것을 요구해도, 노엘에게는 이제 지불할 것이라곤 목숨밖에 남지 않았다.

악마에 대한 지식은 거의 없었지만, 그들이 인간의『영혼』을 원하는 것 정도는 알고 있었다.

이 악마는 나를 죽이고 영혼을 뺏어 양식으로 삼으려는 것일까.

천국은 물론 지옥에도 갈 수 없게 되는 것은 아닐까.

어째서 일부러 의족과 새 드레스까지 마련해주었는지 알 수 없지만— 그가 극도의 사디스트라는 건 잘 알겠다. 일말의 희망을 주고서 나락으로 떨어뜨리는 게 목적일지도 모른다.

죽는 건 싫지만, 저항 따위 할 수 있을 것 같지도 않았다. 숨을 죽이고『정답』을 기다리는 노엘을 내려다보며, 카론은 붉은 눈을 웃는 모습으로 일그러뜨렸다. 크크큭, 몸 깊은 곳에서 웃음소리도 흘러나왔다.

하지만,

"틀렸다, 꼬맹아."

카론은 언짢은 듯 딱 잘라 말했다.

"나는 그런 의미 없는 거래는 바라지 않는다. 알겠나, 악마의 계약이라는 건 좀 더 **더러운** 것, **웃기는** 것이어야만 한다."

"……네?"

"인간이 자신의 영혼을 건 돈에, 사기를 치려고 한다— 그렇기에 미련하면서 추하고 웃기는 것이어야만 한다! 팔을 팔아 부를! 목숨을 팔아 행복을! 이런 바보같이 모순된 욕망이야말로 고결한 악마에게 바치기에 제격이지!"

지금까지 대악마는 차분하게 이야기를 하고 있었지만, 뭔가가 그의 마음에 불을 붙인 모양이다. 오페레타[#2]를 연기하는 것처럼 양팔을 벌리고 좁은 거실을 이리저리 돌아다니며, 카론은 돌연 열변을 토해냈다.

"인간이 스스로 몸과 영혼을 팔아 피를 흘리며, 산더미 같이 쌓인 황금에 볼을 대고 비벼 댄다. ……이 광경이야말로 최고의 쇼가 아닌가!"

"네, 네에……?"

"그렇지만 어떤가! 그 녀석들은 계약의 약점을 파고들었고, 너는 악마가 어떤 존재인지조차 모른 채 넙죽 계약한 바보다! 이래서는 흥이 깨져버린다!! 까불지 말란 말이다! 악마를 더욱 두려워하고 공경하란 말이다!"

그것은 대악마 카론이 품은 미학이자, 그에게 있어서는 침범해서는 안 되는 무언가인 것 같지만—.

#2 오페레타 희극적인 소가극, 경가극.

왜인지 노엘은 울컥 화가 치밀어 올랐다.

"뭐……, 뭐죠? 갑자기 저한테 화내지 마세요! 까불지 말라는 건 오히려 제가 할 말이에요! 무슨 말을 하는지도 모르겠고, 대가로 팔다리를 뺏는다는 그런 중요한 이야기는 제대로 계약 전에 확인해주셨어야죠!"

"그러니까 그걸 하나하나 설명해 줄 의무 따위 없다! 악마의 계약은 악마가 일방적으로 정할 수 있다고 아까 말했지! 더군다나 나는 확실히 주의를 줬다! 너의 의지로, 악마의 계약으로 살인을 바라는 것이냐고!"

"좀 더 알기 쉽게 말하지 않으면 몰라요!"

"이 세상 물정 모르는 녀석이……!"

"새 머리!"

"새가 아니다!! 악마다!!"

어느새 신사와 숙녀의 대화라고는 말할 수 없는 단순한 말다툼이 되어 있었다. 게다가 노엘은 자신도 모르는 새에 일어서서, 카론에게 대들고 있었다. 조금 전까지 「영혼을 빼앗긴다」며 겁먹고 있었는데.

카론도 어느새 이야기를 시작하기 전에 자신이 「큰 소리 내지 마」라고 말한 것을 잊어버린 듯했다.

서로 가볍게 어깨가 들썩이는 것을 깨닫고, 노엘은 털썩 소파에 다시 자리를 잡았다.

"……하아, 이제 됐어요. 저도 당신도, 바라지 않던 계약이었다, 그 말이죠? 그렇다면 계약은 취소할 테니 양팔, 양다리를 돌려주세요."

"바보인가, 세상일은 그렇게 멋대로 되지 않는다. 죽은 사람은 다시 살릴 수 없고, 계약은 취소할 수 없다. 그렇기 때문에 너는 그 상처와 과오를 안고 살아야 한다. 평생."

조금 전까지 노엘과 유치하게 말다툼을 하던 사람이라고는 생각되지 않는 냉철한 악마의 말이 노엘의 마음에 비수를 꽂았다.

아문 상처가 벌어진 것 같았다.

묶인 양쪽 소매와 감각이 없는 양쪽 다리를 보았다.

계약의 취소는 할 수 없다. 한 번 저지른 일은 돌이킬 수 없다. 이것이 무지와 이기적인 욕망의 **대가**.

그렇지만……. 그렇다 해도……. 너무 과하다.

팔다리가 없다면 피아노를 칠 수 없다.

피아노는 노엘 체르퀘티의 전부였다.

"그런……. 일이 이렇게 되어버리다니……. 이런……. 저는 그저 피아노로 1등이 되고 싶어서……, 그것뿐이었는데……."

흥, 카론이 낮은 소리를 흘렸지만, 깔보는 듯한 분위기는 아니었다.

"……그런 너에게 좋은 소식이 하나 있다."

"……네?"

"나는 기계가 아니므로, 약간의 융통성이 있다. 스텔라 스테이지의 사장을 죽이라는 소원은 누군가 **시킨** 소원이다. 그렇지?"

"……네, 그렇……지요."

"양팔, 양다리를 잃을 거라는 걸 알았다면, 계약은 하지 않았겠지?"

"당연하죠!"

"좋아, 그렇다면 그 계약은 『잘못된 계약』이다. 계약 그 자체는 취소할 수 없지만, 특별히— 만약, 이 계약이 이뤄준 『진짜 소원』을 깨뜨릴 수 있다면, **나는 네가 지불한 대가를 돌려주겠다.**"

계약을.

깬다고?

팔다리를 되돌릴 수 있는 방법이 있다고?

노엘은 몸을 앞으로 내밀었다.

"『진짜 소원』? 무, 무슨 말이죠?!"

"러셀 버로우즈. 나는 그 녀석을 잘 알고 있다. 그 녀석은 선한 얼굴을 하고 있지만, 본성은 극악으로 얼룩진 라프라스의 대악당이다."

이 악마가 갑자기 무슨 말을 하는지 바로 이해할 수 없었다.

그 〈시민의 자랑〉, 라프라스의 양심이라고도 말할 수 있는 남자가, 악마에게조차 대악당이라고 불릴 정도로 나쁜 사람이라는 것인가.

그러고 보니 카론은 「노엘은 버로우즈와 시빌라에게 이용당했을 뿐」이라고 단언했었다.

"이번에 너를 악마와 계약시킨 것도 그저 그 녀석의 돈벌이에 스텔라 스테이지가 방해되었기 때문이겠지. 물론 식전 연주자 운운한 것은 전혀 상관없을 것이다. 너는 적당히 꾸며낸 이야기에 속아, 버로우즈 녀석들의 소원을 대신 빌어준 것이다."

"그, 그런 이야기—."

역시, 도저히 믿을 수 없다. 하지만, 노엘의 말 따위 아랑곳하지 않고, 악마는 이어서 말했다.

"『진짜 소원』은, 단순한 돈벌이. 그 버로우즈의 돈벌이를 엉망으로 만들어 버린다면— 네 팔다리를 돌려주겠다."

노엘은 이제야 깨달았다.

이것은…… 거래다. 무서운 악마와의 계약이었다.

"버, 버로우즈 시장과 싸우라는 말인가요?"

"……복수다."

"……!"

"너를 이용해서 함정에 빠뜨린 증오스런 시장……. 그 녀석의, 타인의 뼈로 만들어진 피투성이의 왕좌를 깨부숴버려라."

"……복수."

"너는 나에게 『구해줘』라고 빌었지. 이 대악마 카론은 너의 소원을 들어주었다. 이 계약은 네가 복수를 이룬 그 순간을 기점으로 만료한다."

카론의 낮고 예스러운 목소리는, 어두컴컴한 거실과 노엘의 마음속에 엄숙하게 울려 퍼졌다.

"솔직히 말해서 나는 그 녀석이 배알이 꼴리거든. 고결한 악마의 계약을 너절한 돈벌이에 이용하고, 더군다나 〈대가〉의 청산에서 도망치려 들다니."

조용한 목소리에 귀를 기울이자, 노엘의 마음속에서도 분노가 솟아올랐다.

그것은 숯불처럼 조용하고 은근했다. 하지만 확실하게 지글지글 노엘의 마음속을 불살랐다.

나는 이용당한 것인가. 정말로.

"너는 버로우즈 녀석들에게 복수하여 팔다리를 되찾기 위해, 나라는 전력이 필요하다. 그리고 나는 이 말도 안 되는 계약을 깨뜨리기 위해서는, 계약자 본인인 너의 협력이 필요하다. 마음에 들지 않지만…… 우리가 서로의 목표를 위해서는 서로가 필요한 것이다."

"……. 저는…… 용서할 수 없어요."

노엘은 카론의 얼굴을 똑바로 보았다. 붉은 눈이, 한번 천천히

깜빡였다.

"그 말이 진짜라면 용서할 수 없어요."

카론이 의아해하며 눈을 가늘게 떴다. 그렇지만 말없이 노엘의 남은 이야기를 하도록 재촉했다.

"저는 당신이 말한 것을 그대로 믿을 수 없습니다. 분명 시빌라 씨가 심한 일을 하셨다는 것을 기억하고 있습니다. 버로우즈 시장에게 불려 나간 기억도. ……하지만, 역시……. 뭔가 착오가 있었던 건 아닐까하는 생각이 들어요."

"내가 하는 말이 엉터리라고 의심하는 건가? ……아니, 아니군. 너는 분명 지금, 다른 사람에게 들은 대로 행동한 탓에 그렇게 되었다. 양팔, 양다리를 잃으면 제아무리 어리석은 이라도 신중해지겠지. 허 참, 정말 그럴 만하군."

비꼬는 듯한 표현이었지만, 카론의 눈빛은 진지했다.

그의 얼굴을 다시 제대로 보니…… 새까맸다. 어디부터 어디까지가 부리인지 모를 정도로. 미간을 찌푸리기는 하지만, 인간처럼 표정이 풍부하다고는 할 수 없었다.

하지만, 어째서인지— 시빌라보다도, 훨씬 마음의 움직임이 전해져왔다. 어떤 의미에서 그녀보다 인간다웠다.

"그러면 어떻게 하겠나? 정보수집이라도 해서 진짜인지 확인해 보겠나?"

"아니요, 그럴 필요 없습니다. 버로우즈 씨 댁에 찾아가서, 본인에게 직접 물어보면 되겠지요."

노엘이 생각을 말하자,

카론이 몇 초간 경직되었다.

"뭐라고?"

붉은 눈을 동그랗게 뜨고 그런 목소리를 내는가 싶더니, 그는 불같이 사나운 기세로 몰아세웠다.

"아니아니아니아니아니아니, 〈관저〉는 그 녀석들의 본거지다?! 갑자기 제일 경비가 삼엄한 장소에 가는 녀석이 어디있나!"

"딱히 행패를 부리려고 가는 게 아니에요! 얘기를 들어보려고 가는 거예요!"

"그렇군, 잘 알았다. 역시 너는 바보지? 아니, 멍텅구리다!"

"뭣?!"

"그 녀석들에게 너는 이미 죽은 사람이다. 쓸데없는 것까지 알고 있는, 이미 처리했다고 생각한 사람이 현관에서 안녕하세요, 라며 찾아오면 어떻게 하겠나? 이번에야말로! 철저하게! 확실하게! 반드시! 벌레같이 죽임을 당하고 끝나겠지!"

"아니요, 저는 시장에게 직접 이야기를 들을 때까지 믿지 않겠어요! 왜냐면 시장이 악인이라니, 라프라스에 사는 누구도 믿지 않을 거예요. 그런 이야기……!"

“믿음이 확고한 녀석이군, 그러니 그 녀석이 너를 점찍은 것도 이해가 가는군!”

“그렇게 싫으시면 딱히 따라오지 않으셔도 돼요!”

“이대로 너를 보낸다면 곧장 죽어 버릴 뿐이다. 그럼 계약을 취소할 수 없지 않나……!”

카론은 못마땅하다는 듯 미간을 찌푸리고 노엘을 노려보는가 싶더니, 갑자기 그 눈을 돌렸다. 쯧, 혀를 차는 소리가 들렸다. 부리는 여전히 조금도 움직이지 않았지만, 그 안에는 혀가 있다는 것인가.

“정말. 이번만이다! 네가 버로우즈에게 복수를 결정하지 않는 한, 내가 너를 도와줄 의리도, 이유도 없지만, 지금 죽어버리면 곤란하다. 특별히 도와주도록 하지.”

“일부 사람들이 그런 태도나 행동 같은 것을『츤데레』라고 한다더군요.”

“뭐지 그게. 일부 사람이라니 어떤 패거리냐.”

“여하튼, 고맙습니다. 악마라는건 의외로 친절하군요.”

“아니다. 조금 전에도 말하지 않았나, 나는 융통성이 있는 것이다.”

카론이 쌀쌀맞게 말을 뱉어내며 노엘에게 등을 돌렸다.

“……출발은 밤이다. 그때까지 적당히 시간을 보내라.”

“앗, 잠깐만요. 어디에 가시나요?”

“나는 나대로 적당히 시간을 보내고 오겠다.”

이런 대낮에 악마가 밖을 나돌아다녀도 되는 걸까. 그러고 보니, 노엘이 이 집에서 눈을 떴을 때도 그는 없었다. 저 장신구와 머리로는, 몸을 숨기는데 고생할 것 같은데.

노엘이 말을 걸 틈도 없이 카론은 빈집을 나섰다.

노엘은 그다지 돌아다닐 기분이 아니었다. 카론이 들이댄 사실과 제안해온 거래. 긴 시간 이야기를 나누었다. 통증이 있는 몸으로 견뎌냈다.

거실의 한쪽 구석에는 낡은 TV가 있었다. 옆에는 리모컨도 있었다. 노엘이 손을 뻗으려고 한 순간— 한 박자 늦게 지금의 자신에게 양팔이 없다는 것이 떠올랐다. 이 혼란스러움에는 좀처럼 익숙해지지 않는다.

이 집에는 전기가 통하고 있다는 것을 눈치챈 것은 냉장고가 내는 『소리』가 들렸기 때문이다. 부우우웅, 낡아빠진 팬의 기계 소리. 노엘에게는 그 소리가 들렸다. 분명 TV도 켜질 것이다.

단순히 TV 스위치를 누르는 것에도 엄청나게 고생했다. 결국, 노엘은 턱으로 리모컨의 버튼을 눌렀다.

예상했던 대로 TV가 켜졌다. 다시 엄청나게 고생하면서 채널을 돌렸다.

보고 싶은 것은 단 하나, 뉴스였다. 특히 지역방송의.

노엘이 바랐던 것이 금방 화면에 나타났다.

해운회사 스텔라 스테이지 본사 빌딩 앞.

대기업이 대혼란에 빠졌다는 보도.

그도 그럴 것이, 사장이 이틀 전 급사했다는 것이었다.

노엘은 몸속에 얼음이 밀려들어오는 느낌이었다. 공포와 경악이, 이렇게나 단숨에 체온을 떨어뜨릴 수 있는 것이었던가.

"죽었어."

TV 음량이 상당히 작았기 때문에, 지금 노엘의 떨리는 속삭임이 훨씬 크게 들릴 정도였다. 뉴스 캐스터가 무엇을 말하는지, 그런 건 거의 어떻게 되든 상관없었다.

노엘은 처음으로 스텔라 스테이지 사장의 얼굴을 보았다. 생전의 인터뷰 영상이 흘러나온 것이다.

"진짜로 죽었어……."

아니, 그는 **살해당했다**.

"내가…… 죽, 죽인……."

죽인 것은 나였다. 카론은 살인의 수단이자 도구라고 해도 상관없을 것이다.

카론의 말이 전부 진실이라면, 스텔라 스테이지의 사장은 살해당했어야할 만큼 악당은 아니었다.

본사가 혼란스럽다는 보도를 보고 나서야, 노엘은 자신이 한 일이 어떤 것인지 처음으로 실감할 수 있었다.

사장이 죽고, 회사가 기울면 많은 직원들이 길바닥에 나앉게 된다.

라프라스 지사에는 취직이 정해진 젊은이들도 분명 많이 있을 것이다.

그 **대가**가 자신의 팔다리뿐이라는 것은— 어쩌면 너무 가벼운 것이 아닐까.

멍하니 노엘이 바라보고 있는 와중에, 카메라는 본사 앞에서 라프라스 지사 앞으로 이동했다.

거듭되는 트러블로 라프라스 지사 빌딩의 건설이 늦어지고 있는 데다가 이틀 전에는 폭발소동이 있었다고 한다. 노엘이 폐빌딩의 옥상에서 본 연기는 그것이었던 것 같다. 라프라스 경찰에 의하면 범인은— 최근 라프라스를 공포에 빠뜨린 폭탄마였다.

지금으로서는, 스텔라 스테이지 사장의 죽음은 정신적인 피로가 거듭되어 빚어진 것으로 추정하고 있는 것 같았다.

진실을 아는 것은 노엘, 카론, 시빌라. 그리고…… 시장인가.

뉴스 방송이 끝나도 노엘은 TV를 켜둔 채, 점점 어두워지는 방 안에서 고개를 숙이고 있었다.

얼마 지나지 않아, 카론이 돌아왔다. 그는 말없이 노엘 옆에 신문을 던졌다.

여기저기 구겨지고 접혀있었다. 쓰레기통을 뒤져서 주워온 걸까. 그래도 오늘 조간신문임은 틀림없었다.

신문 1면에는 스텔라 스테이지 사장의 죽음과 지사 빌딩의 폭발 소동을 다루고 있었다.

그렇지만, 한쪽 구석에는 이런 작은 기사가 있었다.

『체르퀘티 가 영애 행방불명 이틀째 실마리 없음』

마지막으로 부모님과 나눈 대화는 어떤 것이었던가. 마지막으로 본 얼굴은.

말없이, 심야에 집을 빠져나와서…… 그 후로.

'……아버지, 어머니. 저, 오늘 밤만 나쁜 아이가 될게요. 용서해주세요.'

그렇게 마음속으로 사죄한 것을 노엘은 기억하고 있었다.

나쁜 아이가 되는 정도로 끝나지 않았다.

나는…… 범죄자가 되었고, 배덕자가 되고 말았다. 그 낙인이라고 할 수 있는 존재가 노엘 옆에 있었다.

카론은 조용히 바라보고 있었다. 붉은 눈은 밤이 찾아온 빈집 안에서 천천히 빛나듯 보였다. 생각해보면 이렇게 가까이서 차분히 카론의 모습을 바라보는 것은 처음일지도 모른다. 검고 커다란 손이 깃털도, 털도 아닌 것으로 덮여 있었다.

연미복 옷깃에는 역십자가를 곁들인 라펠 핀이 빛나고 있었다.

틀림없이 배교(背教)와 사악의 심볼이다.

이 악마를 이용해 사람을 죽였다. 그것은 정말로 시장에게 놀아난 결과일까.

—이런……, 이런 몸이 되어버린 나를 아버님과 어머님이 보시면 어떻게 생각하실까.

집으로 돌아가고 싶지만…… 돌아가서, 살아 있다는 것만이라도 전하고 싶지만……. 이대로는 돌아갈 수 없어요.

이윽고 카론은 눈을 감고, 가늘게 숨을 내쉬었다.

"마음이 바뀔 것 같진 않군. 갈 거면 얼른 가자."

"당신의 이야기는 아직 믿을 수 없지만…… 목숨을 구해준 것은 감사하고 있습니다."

"계약이니까. 대가는 나중에 제대로 정산할 거니까 각오해둬라."

말의 내용과는 달리, 카론은 노엘에게 손을 내밀었다. 신사 그 자체인 태도였다.

노엘은 남성의 손을 잡고 일어서는 행위에는 익숙했다. 그래도…… 지금은, 팔이 없었다. 숙녀처럼 행동할 수 없었다.

카론의 커다란 손은 그런 노엘이 일어날 수 있도록 지탱해주었다.

악마의 검은 손은, 의외로 따뜻했다.

Passage 3

방문

현 버로우즈 시장의 저택은 흔히 〈관저〉라고 불리고 있다.

라프라스에는 시장을 위한 저택이 있다. 200년 이상 전에 만들어진 훌륭한 저택으로 나라의 중요문화재로도 지정되어 있다. 시장에 취임한 사람과 그 가족은 대대로 그 저택으로 이주하여 살았다.

그래서, 누군가가 조롱하며 불렀던 〈관저〉가, 이제는 라프라스 시민들 사이에 정착했다.

라프라스 밖에서 온 사람들은 관저라고 부르는 것은 약간 거창한 것 아니냐고 하지만, 실제로 보면 많은 이들이 납득했다.

시장 관저는 그만큼 크고, 먼발치에서 바라보아도 긴 역사를 느끼게 하는 관록을 갖고 있었다.

그렇다고는 해도 관저 안은 일반인에게 공개되어 있지 않고, 전 시장 시대부터는 상당히 경비가 삼엄해졌다고 한다. 노엘도 오가며 외관을 본 게 다였다.

"의족 상태는 어떤가?"

"천천히 걸으면 문제없을 것 같아요."

"넘어져도 손을 짚는 것조차 못하지만."

"사람을 화나게 하는 농담은 하지 말아주세요."

"말하고 싶어지는데. 네 행동이 너무 엉성해서."

관저를 둘러싼 나무들을 올려다본 카론은 벌써 넌더리가 난 듯 보였다.

"만나서, 본인에게 직접 설명을 듣지 않으면 정리가 되지 않을 거예요. 버로우즈 시장이 정말로 저를 속이신 건지……."

"머리가 어떻게 된 것 같군. 자신을 죽이려고 한 상대를 일부러 스스로 만나러 간다니. ……됐어, 한 번만 더 말하지. 지금 네가 죽으면 곤란하다."

카론은 노엘을 내려다보면서 검지를 세웠다.

"계약자 본인인 네가 죽으면, 너와 맺어버린 제1의 계약을 취소할 수 없게 된다. 그리고 너를 구한다는 제2의 계약도 달성 못 한 것이 된다. 너는 지금 나의 악마로서의 명예를 짊어졌다고 생각해라."

"팔다리를 뺏은 악마의 명예 따위 제 알 바 아니에요. 그렇다면 죽도록 저를 지켜주시면 되겠군요."

"잘도 말하는군. 알았다, 버로우즈를 만나게 해주지. 그리고 녀석이 현실을 들이대면 너는 절망하겠지. 네가 아무리 애써도 진실은 바뀌지 않는다."

"……노엘 체르퀘티."

"뭐?"

"제 이름이에요, 악마 카론! 대충대충 너라고 부르다니, 실례예요!"

"……길어. 성은 외우지 않겠다. 발음하다 혀 깨물 것 같군."

"혀가 있나요? 그리고 계속 신경 쓰였던 건데요, 어디에서 그 쓸데없이 무게 잡는 목소리가 나오는 거죠? 그 부리는 장식인가요?"

"어이, 시끄럽다."

카론은 어깨를 으스대며 앞으로 먼저 나갔다. 겨우 걷는 것에 익숙해진 레벨의 노엘을 두고.

노엘은 작은 소리로 불평을 늘어놓으면서도 최대한 서둘렀다.

관저 옆에는 〈정원〉이라고 불리는 자연공원이 있었다. 원래 여기도 저택의 일부로 진짜 정원이었지만, 20년 정도 전에 당시 시장이 일반인에게 개방했다.

현재는 오전 9시부터 오후 8시까지는 누구나 자유롭게 출입 가능했다. 이 공원에서 유서 깊은 시장 저택 일부를 볼 수 있었다. 시민들 사이에서 인기 있는 산책로였다.

"그럼 **노엘**. 이 정원을 빠져나가서 관저로 가라. 이 길이 제일 경비가 느슨하다."

"……저기 바로 경비원이 보이는데요. 이게 느슨한 건가요?"

시각은 이미 오후 9시가 다 되었다. 공원의 주요 출입구는 잠겨 있었다. 두 사람은 나무들 사이로 안으로 침입했다.

지금 노엘의 눈에는 몇 명의 경비원의 모습이 보였다.

"관저는 라프라스에서 가장 중요한 시설이라고 해도 과언이 아니다. 버로우즈의 방침상 그렇게 되었다. 24시간 365일, 감시가 느슨한 순간 따위 없다."

듣고 보니, 노엘도 위화감이 들었다.

시장은 과연 『시』의 정점에 선 정치가임에 틀림없지만— 그래도 「고작 시장」이다. 국왕이나 대통령과는 사정이 다르다.

그런데도, 이 엄중한 경비는 무엇인가. 마치 항상 목숨을 위협받고 있어서 그것에 겁내고 있는 듯하지 않은가.

그렇지만 시장은 마피아를 몰아냈다. 그쪽 사람들이 원한을 품고 있어도 이상하지 않았다.

"경비원 한두 명쯤 그 자랑스러운 손끝 하나로 해결하지 못하나요? 스텔라 스테이지의 사장을 죽였을 때처럼."

"그건 정당한 계약의 순간에만 악마가 일으킬 수 있는, 일종의 〈기적〉이다. 지금 네가 나와 그러한 계약을 맺는다면 가능하지."

"하, 하지만, 그것에도 대가가."

"당연하다. 그렇지, 인간 한 명 입 다물게 하는데 팔 한쪽 정도려나."

카론은 빙그레 붉은 눈을 가늘게 떴고, 노엘은 뾰로통하며 입을 다물었다.

"언제나 손끝 하나로 사람을 죽이거나 조종하는 게 가능하다면, 나는 악마가 아니라 전지전능한 신이라고 불리겠지."

"그럼, 어떻게 앞으로 가나요!"

"……너에게 휘말린 내가 묻고 싶은 참이다."

카론은 한숨을 쉬며 가볍게 고개를 절레절레 흔든 후, 바로 옆 아래에 있는 나무를 가리켰다.

"나무 뒤로 숨으며 가는 수밖에 없다. ……제길. 이 정신없는 녀석을 지켜야 한다니. 내가 왜……."

다시 카론의 얼굴 어딘가에서 혀를 차는 소리가 들렸다.

그런가 했더니, 그의 팔이 노엘의 허리를 감았다. 너무나도 자연스럽게, 어떤 망설임도 없이 받쳐주었으므로 노엘은 완전히 허를 찔리고 말았다.

"내가 받치고 있을 테니까, 너는 넘어지지 않게 노력해라. 너 혼자 균형을 잡으면서 비틀비틀 걷는 것보다는 빠르겠지."

"저, 저기……."

"뭐지? 뭔가 문제라도 있나?"

"아, 아뇨……. 아무것도 아니에요."

카론은 그 의상처럼, 기본적으로는 신사인 걸까. 지탱해주고 있는 덕분에 순조롭게 걸을 수 있었지만, 상태가 좋지 않은 탓인지, 살짝 앞으로 꼬꾸라졌다.

"앗."

약간 큰 목소리를 내고 말았고, 고꾸라지면서 튄 자갈에서도 소리가 났다.

"거기 누구냐?!"

두 명의 경비원이 이쪽의 낌새를 눈치채고 달려왔다. 회중전등의 빛이 날뛰었다.

"드, 들켰어요!"

"참내, 받쳐주고 있는데 왜 비틀거리는 거지?! ……그래도 저 인원수라면 난리가 나기 전에 어떻게 할 수 있을 것 같군."

카론의 커다란 손이 노엘의 허리에서 떨어졌다.

그의 검은 옷이 날렵하게 짙은 어둠 속으로 뛰어들었다. 한순간 그의 모습이 사라진 것 같았다. 하지만, 그렇지 않았다.

"우왓?!"

"윽, 악—."

달려온 경비원 두 명은 카론의 모습을 제대로 확인한 듯했다. 놀라움과 공포가 뒤섞인 비명 소리는 날카로운 소리와 함께 돌연 사라졌다.

노엘은 비틀비틀, 느릿느릿 앞으로 걸어갔다. 공원의 길은 흙길로 되어 있어, 약간 울퉁불퉁했다. 정상인이라면 아무렇지도 않겠지만, 양다리에 의족이 된지 얼마 되지 않은 노엘에겐 상당히 걷기 힘들었다. ……역시, 신속하게 걸어가려면 **누군가의** 도움이 필요했다.

어둠 속에서 카론의 모습이 떠올랐다. 그는 양손의 엄지손가락을 바지 주머니에 찔러 넣고 경비원을 내려다보고 있었다. 우뚝 선 그의 호흡은 전혀 흐트러지지 않았다.

두 명의 경비원은 뻗어 있었다. 살짝 코피를 흘리고 있었지만, 목숨까지 빼앗지는 않은 모양이다.

"역시 악마, 상대가 인간이라면 여유롭군요!"

노엘의 입에서 자연스럽게 칭찬의 말이 나왔다. 카론은 득의양양하지도 않고 그저 가볍게 어깨를 으쓱했다.

"여유롭긴 하지만 무적은 아니다. 인간처럼 체력이 떨어지진 않지만, 그래도 싸움을 계속하면 데미지가 쌓인다."

"그럼 의외로 약하네요. 살짝 실망이에요."

"……너한테만은 그런 말 듣고 싶지 않군."

카론은 매우 섭섭한 듯 노엘을 노려보았다.

"방패는 되어 주겠지만, 너무 기대하지 말라는 말이다. 나는 무투파(武闘派)가 아니라, 『책을 읽는 타입』이다."

"네?"

"그리고, 네가 착각하지 않도록 미리 말 해두는데…… 나는 어디까지나 너를 도와주는 존재일 뿐이다. 너의 생사에 아무 상관없는 상황이나, 도와달라는 계약을 뛰어넘는 상황에서는 돕지 않겠다. 이번에는 특별히 도와주는 것이다. 어디까지나 『계약』 때문이고, 『네 편』은 아니니까."

"아, 알고 있어요."

"그렇다면 됐다. 내가 있다고 해서 숨지도 않고 경비원들 속으로 뛰어들거나 하지 마라. ……자, 먼저 가볼까."

"이 상태로 아무 일 없이 갈 수 있으면 좋을 텐데 말이죠…… 앗."

또 발끝에 살짝 울퉁불퉁한 것에 걸려 노엘은 앞으로 꼬꾸라졌다.

이번에는 자갈도 튀지 않았다. 그리고 노엘도 넘어지지 않았다. 넌더리가 난 듯해 보이지만, 그래도 카론이 노엘의 옷을 바로 끌어당겨 주었기 때문이다.

"……이쪽은 아무 일 없어도 신경이 닳아 없어질 지경이군."

크나큰 한숨이 노엘의 머리칼을 흔들었다. 노엘도 민망했다.

그 뒤로부터는 신중하게, 또 가능한 한 신속하게 앞으로 나아갔다.

그 사이, 발밑이 흙에서 포장된 길로 바뀌었다. 드디어 〈관저〉의 부지 안으로 들어왔다.

오래된 저택의 주위를 보고 노엘은 놀랐다. 상상 이상으로 엄중하게 경비되고 있었다. 총을 들고 순찰하는 경비원까지 있었다.

—뭔가……, 꺼림칙한 예감이 들어요. 이것은 마치…… 적을 많

이 만든 것 같은, 마피아나 그런 것이 아닌…….

카론의 이야기는 진실인가. 정말로, 확인할 것도 없는 것인가.

노엘의 머릿속은 혼란스러웠다. 그것을 아는지 모르는지, 카론이 말을 걸어왔다.

"노엘. 일단 물어보겠는데, 여기서부터 어떻게 관저 안으로 침입할 생각이지?"

"그야, 적당히 잠겨있지 않은 창문 같은 거로 몰래 들어가야죠."

"그런 창문이 있을 거라고 생각하나? 이 경비 속에서."

"……그렇긴 하군요. 왠지 엄청나게 삼엄하네요. 하지만, 알아보지 않으면 모르죠."

"……뒤로 돌아가는가?"

카론은 이제 「되돌아가자」라고는 하지 않았다. 이미 경비원을 둘이나 해치웠기 때문에, 이제 되돌릴 수 없다는 것일까.

카론은 먼저 걸어 나갔다. 노엘은 그의 발걸음에 어렴풋이 의혹을 품었다.

마치 그는— 여기 관저 주위가 어떻게 되어 있는지 파악하고 있는 것 같았다.

저택의 북쪽으로 돌아가니 바로 경비원이 있었다. 전투용 소총에, 방탄조끼까지 입고 있었다. 부족함 없는 중장비였다.

노엘이 고개를 끄덕이자마자, 악마는 소리도 없이 움직였다. 그는 스스로를 「무투파가 아니다」라고 평했지만, 노엘의 눈에는 그저 겸손으로 보였다.

무장한 남자의 등 뒤로 순식간에 다가가, 그 커다란 손으로 후두부를 후려쳤다. 카론은 전혀 힘을 들이지 않은 것처럼 보였지만, 꽤 **아플 것 같은** 소리가 났다. 총기로 후려친 듯한.

경비원은 짧게 신음 소리를 내고는 그대로 마네킹처럼 앞으로 꼬꾸라져 쓰러졌다.

그러자 지면에 쓰러지는 소리가 울리지 않도록 카론은 재빠르게 그의 방탄조끼를 잡아챘다.

살짝 남자를 나무의 그림자까지 질질 끌어다 굴려놓고는, 밤의 어둠 속을 매섭게 쏘아보았다.

또 그는 소리 없는 바람처럼 움직였다. 노엘이 바라보자, 안쪽에도 경비원이 한 명 더 서 있는 것이 어렴풋이 보였다. 카론에게는 좀 더 명확히 보이는지도 모른다.

카론이 무엇을 했는지는 잘 보이지 않았지만, 안쪽의 경비원도 조용히 쓰러졌다.

―이야, 싸움 좀 하시네요. 마치 닌자 같군요.

노엘이 감탄하고 있자, 카론은 저택을 올려다보았다. 무언가를 찾는 것도, 동태를 살피는 것도 아니었다. 그 붉은 눈이 살짝 일그러졌다.

눈 주위 말고는 표정이 드러나지 않기 때문에, 무엇을 생각하는지 잘 알 수 없었지만 —그것은, 노엘의 눈엔 특별한 사정이 있는 복잡한 표정으로 보였다.

마침내 카론이 손짓하였다. 경비원은 이제 없는 것 같다.

"버로우즈의 방은 3층 안쪽이다."

"……흐음, 잘 알고 계시네요?"

"……빨리 가자. 언제 순찰을 돌 지 모른다."

시야에 펄럭하며 흩날리는 것이 보였다. 노엘과 동시에 카론도 그것을 눈치챈 것 같다. 환기 때문인지 2층의 창문이 하나 열려 있었다. 빨간색의 얇은 커튼이 펄럭이고 있었다.

"저기 봐요, 안으로 들어갈 수 있을 것 같은 창문이 있어요."

"호, 녀석치곤 부주의하군……. 하지만, 2층이다. 나라면 몰라도, 너는 저기까지 못 올라가지 않나?"

으음, 노엘은 말문이 막혔다. 발판으로 쓸만한 것이나, 잡을 만한 펜스는 있지만, 양팔이 없는 몸으로는 무리였다.

카론이 생각에 잠긴 것은 불과 몇 초였다.

"좋아, 먼저 내가 위로 가지."

"잠시만요. 어떻게 할 작정이시죠?"

"걱정하지 마라. 내가 위에서 너를 끌어 올려주겠다."

"끌어 올린다니요? 저는 팔이 없는데요?"

"자, 잠시 보고 있어라."

카론이 2층 발코니 아래에 서서, 고딕 양식의 우아한 펜스를 주시했다.

카론이 가느다란 팔을 흔들었다.

차라락, 갑자기 금속음이 들렸다. 쇠사슬이 내는 소리였다.

쇠사슬 같은 것은 어디에도 없었고, 카론도 그런 것은 들고 다니는 것 같지 않았다. 하지만 분명 나타난 것이다. 카론의 오른손에서 기다란 쇠사슬이.

검은 쇠사슬을 이상한 붉은 빛이 감싸고 있었다. 그것은 살아있는 뱀처럼 펜스로 다가가, 순식간에 휘감았다. 카론은 그 쇠사슬을 힘껏 잡아당겨, 제대로 감겨 있는지 확인했다.

"악마의 쇠사슬을 〈소환〉했다."

"당신에겐 그런 힘이 있군요."

"뭐, 일단 악마니까."

"……저기. 설마 좀 전에 말한 『끌어 올리겠다』라는 말이……."

"그렇다. 내가 먼저 위로 가면, 너는 거기에 서 있어라. 너의 몸을 이걸로 칭칭 감으면 끌어 올릴 수 있겠지."

"쇠, 쇠사슬로?! 소녀를 쇠사슬로 칭칭 감아서 끌어 올린다니요?!"

"시끄럽다. 뭐가 문제인지 모르겠군."

"싫어요! 싫단 말이에요!"

노엘은 그 자리 누워 온몸으로 항의했다. 양팔, 양다리가 있었다면 버둥거렸을지도 모른다.

이런 응석받이같이 버릇없는 행동은 해본 적 없었지만, 이렇게라도 하지 않을 수 없었다. 그런 사악해 보이는 쇠사슬로 칭칭 말린다니. 까마귀의 피보다 더 저주받을 것 같았다. 이미 저주받은 것과 다름없는 상황이란 사실은 일단 제쳐두고서라도.

"그런 건 체르퀘티에게 있을 수 없는 추태라구욧!"

"네 그런 행동이 훨씬 꼴사납구나!"

카론은 미간을 찌푸리며 내뱉고 오른팔에 꽉 힘을 주었다.

"됐다. 그대로 거기 있어라, 꼬맹이 녀석."

"악마라면 좀 더 화려하게 해달란 말이에요!"

"이 상황에서 잘도 그런 방자한 소리를 해대는구나. ……인간의 명문가 자식들은 대부분 이런 식이군. 정말."

땅바닥에서 구르고 있는 노엘의 눈에, 카론이— 날아오른 것처럼 보였다.

오른팔 하나로 쇠사슬을 잡더니, 카론은 사뿐히 도약하여 2층 발코니에 올라갔다.

노엘에게 한 제안은 어찌 됐든, 그 행동은 충분히 화려했다.

그에게 날개는 없지만, 그 쇠사슬을 쓰면 얼마든지 높은 곳으로 갈 수 있겠지.

"꼼짝 말고 있어라."

발코니에서 카론이 얼굴과 오른손을 내밀었다. 노엘은 살짝 마른침을 삼켰다.

"정, 정말로 하실 건가요? 위험하진 않겠죠?"

"그렇게 높은 것도 아니다. 소란 떨지 마라."

카론이 들어 올린 오른팔을 내리쳤다.

그의 눈과 같은 색의 빛이, 노엘을 향해 날아왔다. 차라라락, 쇠사슬이 노엘의 몸에 감겼다. 노엘은 지면에 누워있었는데, 어찌 된 일인지 제대로 등에도 감겨 있었다. 순식간에 노엘은 칭칭 감겨 결박되었다.

쇠사슬 자체는 칠흑 같았지만, 주위를 둘러싼 검붉은 색의 오라는 가시 같았다. 그 붉은 가시가 옷과 피부를 뚫는 듯한 느낌이 들었다. 아프다고 할 정도는 아니었지만—.

"하앗!"

"……!!"

카론의 낮은 기합 소리가 들리자 노엘의 몸은 공중으로 떠올랐다.

쇠사슬이 몸을 꽈악 조여들었다. 아프다고 할 정도는 아닌데, 확실히 아팠다.

찔린다고 해야 할지, 옥죈다고 해야 할지. 피가 나는 건 아니겠지. 최악이다, 이 악마놈.

“후갸!”

노엘이 발코니에 내동댕이쳐지고, 꼬리가 밟힌 고양이처럼 비명을 지르기까지, 불과 1초 정도 걸렸다. 하지만 그 1초 사이에 노엘은 실로 여러 가지를 생각했다. 주로 새 머리 악마에 대한 온갖 욕설이었다.

죽음과 사고의 순간, 인간은 한순간에 여러 가지가 떠오른다고 들었다. 그것은 진짜일지도 모른다.

“쿠쿡, 대어가 잡힌 것 같군.”

그러곤 노엘을 **낚은** 후 카론은 붉은 눈을 일그러뜨리며 웃었다.

“아프잖아요! 좀 더 조심스럽게 해주실 순 없었나요?! 그리고 뭐죠, 그 사디스트 같은 웃음은!”

“됐으니까 빨리 일어나라.”

카론은 바로 정색을 하고 오른팔을 흔들었다. 노엘을 칭칭 감고 있던 검은 쇠사슬이 차라락 소리를 내며 연기처럼 사라졌다.

“아앗, 저 혼자서는 일어날 수 없어요!! 일으켜주세요!”

카론은 엄청나게 언짢은 듯했지만, 불평하지 않고 노엘을 일으켰다. 노엘의 요청은 전혀 들어주지 않았다. 상당히 난폭하게 일으켰다.

노엘은 투덜거렸지만, 카론은 커튼 속과 저택 안을 살펴보고 있었다. 이미 진지한 눈빛으로 바뀌어 있어서 노엘도 쓸데없는 말은 하지 않기로 했다.

"주변의 경비는 심상치 않지만, 안으로 들어오니 느슨해지는군. 일단 녀석의 자택이니. 사적인 공간까지 경비원을 많이 뒀으리라 생각하긴 어렵다."

"……드디어, 라는 말이군요."

"긴장을 늦추지 마라. 앞에서 말했지만, 녀석은 네가 죽었다고 생각하고 있다."

노엘은 고개를 끄덕이며 관저 안으로 들어갔다.

역사가 있는 건물 특유의 냄새가 났다. 공기는 묘하게 차가웠고, 생활감은 전혀 느껴지지 않았다. 중요문화재로 지정된 건축물이기 때문일까, 집이라고 하기보단 미술관이나 박물관 같았다.

노엘의 집도 상당한 대저택이었지만, 이렇게까지 고풍스럽진 않았다. 게다가, 언제나 포근함을 느낄 수 있었다.

버로우즈 시장은 미혼에, 부모도 형제도 없다고 했다. 완전한 홀몸인 버로우즈에게 이 저택은 커도 너무 컸다.

설치된 화염 경보기만 최근 것이었고 건물과 조화롭지 못했다.

저택 안은 고요에 잠겨있었다. 절전 중인지 불빛도 최소한으로 켜져 있었다.

"조, 좀 공포영화 같은 분위기네요."

"무슨 말을 하는 것이냐? 너 설마, 무서—."

"딱, 딱히 무섭지 않거든요!"

"역시 어린애인가. 자, 3층으로 가자. 슬슬 정원에 쓰러진 녀석들이 사람들에게 발견될 거다."

카론은 노엘을 받쳐주며, 마치 자기 집처럼 꿰뚫고 있는 듯 발걸음을 3층으로 옮겼다. 그는 역시 이 관저의 방 배치를 알고 있는 듯했다.

—어떻게? 여기 들어 온 적이 있나요……?

노엘이 힐끗 엿본 카론의 옆모습에서, 아까도 보인 「복잡한」 표정이 드러나 있었다.

넓은 관저 안을 카론은 전혀 헤매지 않고 걸어갔다. 계단을 올라 3층으로 들어서자, 조금 공기가 바뀌었다. 희미하게 커피 향이 났다.

안쪽에는 옆에 꽃병이 놓인 문이 있었다. 꽃병에는 생화가 꽂혀 있었다. 커피 향은 이 방 안에서 나는 것 같았다.

카론은 소리 없이 노엘을 내려다보았다.

여기다, 라는 뜻이겠지.

노엘은 고개를 끄덕였다. 카론은 노크도 하지 않고 슬며시 문을 열었다.

"—누구냐?"

책상에 커피 컵을 놓고 의아스러운 듯 얼굴을 들어 올린 것은 버로우즈 시장 본인이었다.

그는 가장 먼저 카론을 보았다.

그리고 그도 복잡한 표정을 지었다. 놀란 듯, 웃는 듯, 두려워하는 듯, 비웃는 듯한……. 적어도 노엘과 카론의 방문은 전혀 예상치 못한 것 같았다.

노엘은 꾸벅 머리를 숙였다. 원래는 드레이프 스커트의 옷자락을 잡고 우아하게 인사를 하고 싶었지만.

"그간 잘 지내셨는지요, 버로우즈 시장님."

카론이 작은 쓴웃음을 섞으며 말했다.

"지옥 끝에서 소녀가 한 명, 찾아왔다."

"그렇군……. 대충 이해했어. 카론…… 네가 그녀를 구해준 것인가."

"그런 계약을 이 녀석하고 맺었거든."

"계약, 흠…… 역시 그렇군……."

버로우즈 시장은 끅끅 소리 없이 웃었다.

노엘은 꺼림칙한 예감이 들었다.

우선 틀림없이 이 두 사람은 아는 사이였다. 이 분위기로 보면 구면인 사이라고 할 수 있을 것이었다. 그리고 그 관계는 그다지 좋지 않았다. 버로우즈는…… 분명 노엘도 카론도 깔보고 있었다.

그 라프라스 시장이 이런 태도를 취하는 것 자체가 노엘에겐 믿기 어려운 일이었다.

"이런 밤에 약속 없는 방문이라니. 노엘 양, 도대체 무슨 용건이지?"

"……저, 저는……. 지난 밤 폐빌딩에서 일어난 일— 그 **진실**을, 당신의 입으로 듣고 싶습니다."

"흠."

"이 악마는 당신이 저를 속여서 이용했다고 말했습니다. 저도 시빌라 씨에게 심한 일을 당한 기억이 있습니다. 하지만, 그것은……, 어 그러니까……, 뭔가 착오라든가, 그런 것이 아닌가요?"

"뭔가라니? 예를 들면?"

"악마에게 조종당했다던지, 속았다던지…… 시빌라 씨 혼자 한 일이고, 시장님은 상관이 없다던지……."

노엘은 말을 더듬으며 이야기를 계속했다.

버로우즈는 미소를 짓고 있었다. 여유로워 보였다. 놀라거나 당황했더라면 오히려 말하기 쉬웠을 것 같은 느낌이 들었다.

이러면 마치…… 아무것도 말하지도 못하고 『오답』이라고 하는 것 같았다.

그래도 노엘은, 자신이 믿고 있는 것— 믿고 싶은 것을 늘어놓을 수밖에 없었다. 여기까지 와버렸으니, 되돌아갈 수 없었다.

"그렇잖아요, 버로우즈 시장님이라고 하면 누구나 인정하는 민

완의 시장…… 〈시민의 자랑〉. 라프라스에서 가장 인기가 많은 사람. 콩쿠르 날도, 풀이 죽은 제게 상냥하게 말을 걸어주셨는걸요!"

훗.

버로우즈가 입 밖으로 낸 것은 쓴웃음이었다.

"……노엘 양, **그런 걸** 물으려고 일부러 여기까지 왔나?"

그가 일어서서

"그렇다면 자네는 정말로—."

안경을 벗었다.

"멍청한 아가씨로군."

그리고 그의 얼굴 전체에 뚜렷한 조소가 떠올랐다.

"……네?"

노엘의 심장이 한순간 멎는 것 같았다.

버로우즈가 웃으며 뱉어낸 말은, 도저히 〈시민의 자랑〉이 할 법한 말이라고 생각되지 않았다.

그리고 안경을 벗은 그의 얼굴은, 아무리 보아도 악인이었다.

금빛의 눈동자는 얼음과 칼처럼 예리하게 차가웠다. 카메라 앞의 온화한 미소도, 그 해 질 녘에 노엘에게 보여준 일말의 상냥함도 전부 가면에 지나지 않았다고, 한눈에 이해할 수 있는 눈빛이었다.

『러셀 버로우즈. 나는 그 녀석을 잘 알고 있다. 그 녀석은 선한 얼굴을 하고 있지만, 본성은 극악으로 얼룩진 라프라스의 대악당이다.』

악마는 거짓말을 하지 않았다.

버로우즈는 화가 난 듯 한숨을 내쉬며, 안경을 책상 위에 내던졌다.

"아아, 정말, 좀 봐줬으면 좋겠는데. 나는 한가하지 않다고. 분명 죽였다고 생각한 꼬마가 살아 돌아와서 악마와 함께 나를 치러 오다니. 게다가 하필 그것이—."

그의 금빛 눈동자는, 순간 카론을 노려보았다.

정말로, 정말로 짧은 한순간이었다. 그는 바로 노엘에게 눈을 돌렸다.

"네가 여기에 있는 것은 시빌라의 실수겠지만, 그래도 역시 놀랍군. 그 녀석이 이렇게 큰 실수를 하다니, 드문 일이야."

"……."

"특별히 알려주도록 하지, 노엘 체르퀘티. 라프라스 시장 러셀 버로우즈의 진정한 얼굴을 말이야."

그것은 이미, 그 눈과 태도를 보는 것만으로도 충분했다. 그러나 노엘은 완전히 온몸이 굳어서 아무 말도 대답할 수 없었다.

"어째서 **내가** 시빌라를 시켜서, 네가 악마와 계약하도록 했냐고? 정답은 당연히 『계약의 대가를 뒤집어씌우기』 위해서다."

"……!!"

"이미 거기 있는 악마에게 설명을 들었겠지? 악마의 계약에는 대가가 발생한다. 그래서 원래, 한 명의 인간이 악마와 계약할 수 있는 횟수는 어느 정도 정해져 있다. 보통은 한 번, 많아야 세 번 정도려나."

버로우즈는 히죽 크게 웃으며 양팔을 펼쳤다.

"그렇지만, 어떤가? 악마를 써서 소원을 이룬 나는, 이 몸의 어디에도 대가를 진 적이 없다. ……네가 나 대신 제물이 되었기 때문이지. 스텔라 스테이지의 사장을 죽이고 싶었던 건 나지만, 그것을 악마에게 빌고, 대가를 지불한 것은 너라는 것이다."

"……으."

"노엘. 네가 내게 감쪽같이 속아서, 자신의 의지로 **내 소원**을 빌어주었기 때문이다!"

그것은 지금이라도 큰소리로 웃어댈 것 같은 『승자』의 모습이었다. 노엘이 아무 말도 하지 못하는 노엘 옆에서, 카론이 주먹을 꽉 쥐었다.

"……정말 마음에 들지 않는군. 고결함이라곤 조금도 없어. 악마의 계약이란 건 애초에—."

“『인간과 악마가 1 대 1로 거래한다』. 적어도 그 룰은 깨지 않았잖아? 시빌라는 옆에 있었지만, 아무 말 없이 지켜보기만 했을 것이다.”

버로우즈와 카론이 서로 노려보았다. 카론의 눈에서는 열기가 전해질 만큼 분노가 느껴졌다.

자신은…… 정말로 이용당했다. 카론과의 지금의 대화를 보면서도 버로우즈가 장난으로 했다고는 생각할 수 없었다.

노엘은 뭔가에 매달리지 않고는 견딜 수 없었다. 그렇다……. 더는 어떻게 되든 상관없었다. 자신의 어리석음은 잘 알았다. 하지만 그 계약이 **자신에게** 어떤 의미도 없다는 것만큼은, 이 지경에 이르러서도 아직 믿기 싫었다.

“……하, 하지만……. 라프라스가 **횡포를 부리는** 스텔라 스테이지에서 해방된 것은…… 사실이지요……?”

“라플라스가 해방? 횡포……? 후핫!”

노엘의 말에 버로우즈는 실소했다. 너무 우스워서 참을 수 없는 모양이었다.

“아이고, 실례. 시빌라가 뭐라고 했지? 스텔라 스테이지가 식전 연주자와 관련이 있다든가, 돈의 힘으로 라프라스를 지배하려고 한다든가, 그런 식인가? —그거, 전부 아무렇게나 지어낸 건데.”

“네?”

“스텔라 스테이지는 피아노 콩쿠르에 전혀 관계가 없고, 라프라스에 지사를 두려고 한다는 것 말고는 아무것도 하지 않은, 평범한 **우량** 기업이다. 네가 악마와 계약하도록 만들어 낸 이야기라는 말이다. 그런 스토리는 시빌라에게 전적으로 맡겼는데, 아무래도 꽤 좋은 이야기를 만든 것 같군?"

만들어낸 이야기.

『만약, 스텔라 스테이지가 연주자 중 누군가와 연결되어 있다면? 스텔라 스테이지가 추천하는 연주자가, 조건 없이 식전 연주자에 선택된 것이라면?』

피아노 콩쿠르와는 아무 상관도 없다.

『이 외에도 스텔라 스테이지의 횡포는 수없이 많이 확인되고 있습니다. 그들은 돈으로 매수하여 아름다운 라프라스를 잠식하려는 외부인. 당신은 바로 그 피해자입니다.』

평범한 **우량** 기업.

말 하나가 이렇게도 강력하게 머리를 후려칠 수 있다는 것을 노엘은 몰랐다.

『이번에 너를 악마와 계약시킨 것도, 그저 그 녀석의 돈벌이에 스텔라 스테이지가 방해되었기 때문이겠지. 물론 식전 연주자 운운한 것은 전혀 상관을 것이다. 너는 적당히 꾸며낸 이야기에 속아, 버로우즈 녀석들의 소원을 대신 빌어준 것이다.』

악마가 말한 것이 모두 맞았다.

악마인데 거짓말을 하지 않았다.

거짓말을 했던 건—.

"자, 궁금증은 다 풀렸나? 그럼 슬슬 사라져주겠나?"

버로우즈는 노엘과 카론이 모르게 신호를 보낸 모양이다. 문이 열리고, 다다다다다, 중무장한 경비원들이 옆방에서 밀려 들어왔다.

총을 다루는 데 꽤 능숙했다. 그들이 겨눈 총은 조금도 흔들리지 않고, 똑바로 노엘과 카론에게 조준하고 있었다. 그리고 악마를 보고도 거의 놀라지 않았다.

카론이 혀를 찼다.

"너도 어리석었다, 카론. 악마로서의 쓸데없는 자존심과 제물에 대한 동정— 그런 것 때문에 나에게 맞서다 죽음을 맞게 된다니!"

노엘은 비틀거릴 뻔했다.

여기에서 죽는다. 이용만 당하고 조롱당하고 그날 밤의 나의 각오는 전부 부정당한 채.

무엇보다…… 이것이 틀림없이 진실인데…… 믿고 싶지 않았다.

"……거, 거짓말이죠……."

"뭐?"

"……시장님이, 그런…… 사람일리……."

버로우즈의 얼굴이 웃음으로 일그러졌다. 점점 더 일그러졌다. 더는 사람의 얼굴로는 보이지 않았다. 거기에 있는 것은 짐승을

닮은 생명체였다.

라프라스에 평화를 가져다준 최고의 통치자— 그런 칭호도 거짓이고……, 이 남자는…….

이 남자야말로…….

진짜—.

"저승 가는 길에 선물로 하나 더 알려주지. 왜 너 같은 일반인, 어른의 사정도 세상 물정도 모르는 꼬마에게 시장이 말을 걸었는지 알겠나?"

"어이, 그만둬!"

버로우즈가 미소로 일그러진 얼굴로 무엇을 득의양양하게 말할지, 카론은 알아챈 것 같았다. 총이 그를 겨누었지만, 카론은 한 발 앞으로 내디디며 버로우즈의 말을 막으려 했다.

"나는 콩쿠르 후, 네게 이렇게 말했다. 어떤 이유로 콩쿠르의 순위에 큰 변경이 있었다고. 사실 그것만은 지어낸 이야기가 아닌 진짜였다."

하지만, 버로우즈는 이야기를 그만둘 기색이 없었다.

히죽거리며 도무지 인간다움이라고는 찾아볼 수 없는 불쾌한 웃음을 노엘에게 지어 보였다.

"제물로서의 적성은 두 가지. 하나는 강한 확신. 다른 하나는, 죄를 저질러서라도 이루고 싶은 강한 야망. 노엘 체르퀘티에게는

이 두 가지가 있었다. 피아노를 향한 집착은 진짜라고, 파티 후에 이야기를 해보고 확신했다."

"**러셀**, 그만하라고 했다!"

버로우즈는 악마의 제지 따위는 마치 들리지 않는 것 같았다. 자신의 계획성의 완성도나 지론을 이야기하는 것 자체가 상당한 쾌감인 듯하다.

그는 항상 〈제물(스케이프 고트)〉을 찾고 있다고, 거듭 이야기했다. 눈독 들이고 있던 것은 노엘 뿐만이 아니었다. 두 가지의 『적성』을 가진 인간이 모이기 쉬운 것은, 그렇다— 콩쿠르 같은 부류였다.

신인이나 젊은이가 대상자라면 더욱 좋았다. 꿈을 꾸는 소년, 소녀들에게는 아직 지식이나 경험이 부족하기 때문이었다. 순수하기에 너욱 유도하기 쉬웠다.

"하지만 곤란하게도 너의 피아노 실력은 진짜였다. 그 야망에 실력이 따라줬다. 이대로 내버려 두면 멋대로 야망을 이루어 버린다— 나도 악마도, 나설 기회를 잃는 것이었다.

하지만, 제물로서의 적성을 두 가지 동시에 충족하는 인간은 많지 않았다.

스텔라 스테이지를 빨리 처리하고 싶었다.

어떻게든 지금 노엘 체르퀘티의 야망을 이용할 수 없을까—.

"깊게 생각할 필요도 없었다. 답은 내는 것도 실행하는 것도 실로 간단했다."

"나의 권한으로, 콩쿠르의 순위를 바꿔버리면 그뿐이니까."

노엘은 머리를 두들겨 맞은 것 같았다.

"매일매일, 피아노 연습하느라 수고했다. 하지만 그건 다 의미가 없다. 식전 연주자 따위, 내가 예스라고만 하면 서쪽으로, 노라고 하면 동쪽으로…… 마음대로 다 돼버리지."

아무 말도 할 수 없었다.

"최고의 공연을 했는데, 식전 연주자의 자리를 놓친다. 그렇게 된 인간에게 먹이를 살짝 보여주면 어떻게 될까? 굶주린 야심가는 짐승과 같다. 눈앞의 먹이만 보게 되지. 꼭 그대로 되지 않았나— 그렇지, 노엘?"

이제 아무것도 모르겠다.

다리에 감각이 없었다. 팔에 감각이 없었다. 지금 어디에 서 있는지, 무엇을 보고 있는지도 제대로 알 수 없었다. 그저, 한 남자의 비웃음만이 들려왔다.

냉철한 여자의 말이 떠올랐다.

『분명 노엘 님은 내년에도 또 기회를 잡겠지요. 하지만, 올해 패했다는 사실은 평생 지워지지 않습니다. 사실은 이겼는데. **원래**

는 당신이 1등이었는데. 그걸로 괜찮으신가요?』

노엘 체르퀘티는 항상, 언제나 1등이어야만 했다.

노엘의 허리에 가벼운 충격이 일었다. 쓰러질 뻔한 것을 카론이 받아준 것이었다.

그것과 동시였다.

붉은 가시가, 아니 검은 쇠사슬이 도대체 몇 줄, 몇 미터 나타난 것일까. 쇠사슬은 채찍처럼 윙윙 소리를 내며, 순식간에 무장한 남자들을 물리쳤다. 총이 부서지는 소리가 났고, 뼈가 부러지는 소리도 났다. 몇 명의 사람들은 벽에 내동댕이쳐져 신음 소리를 냈다.

"더 듣지 마! 가자!"

"놓치지 마라, 죽여라!!"

너무나 직설적인 버로우즈의 명령이 들렸다.

경비원은 버로우즈의 방뿐만 아니라, 3층에 있는 거의 모든 방에서 대기하고 있었던 듯하다.

난폭하게 문을 여는 소리가 몇 번이나 울려 퍼지고, 달려오는 소리가 파도처럼 밀어닥쳤다.

노엘은 그저 카론에게 안겨 있었다. 의족으로 걸어보려 해도 금세 경련이 일어났다. 어떻게 이 다리를 움직여야 할지 알 수 없었다.

카론은 복도를 달렸다. 그것은 왠지 다른 세계의, 그래, TV에서 나오는 영상 같았다.

노엘의 머릿속에서 소용돌이치는 것은, 시장과 시빌라의 말이었다.

그리고 자신의, 그때의 완벽한 연주였다.

차라락, 커다란 소리가 귀 바로 옆에서 들리고, 역시나 노엘의 몸이 딱딱하게 굳었다. 눈앞에 나타난 경비원을 카론이 쇠사슬로 물리쳤다.

피…….

경비원의 코나 입에서 튀어오른 것일까. 피가 노엘의 볼까지 날라왔다.

카론은 뒤돌아보며 오른손을 크게 휘둘렀다.

쇠사슬이 길게 날아갔다. 붉은색의 오라는 마치 흉악한 가시. 쇠사슬 채찍은 경비원들을 가차 없이 후려쳤다. 총성. 누군가 총을 쏘며 쓰러진 것 같다. 천장과 벽에서 작은 파편들이 사방으로 튀었다.

카론은 문을 차 부수고 안으로 뛰어 들어갔다. 문 안쪽도 다시 복도였지만, 공기가 차가웠다. 버로우즈가 평소 쓰지 않는 곳일지도 몰랐다. 불도 켜져 있지 않았다.

어둠 속에서 눈을 치켜뜬 카론이 노엘을 큰소리로 꾸짖었다.

"어이, 정신 차려라!"

"그렇지만 시장님이, 순위를……. 그럼 저는 무엇 때문에……?"

노엘의 입에서 흘러나온 것은 연약한 목소리뿐이었다. 더군다나 카론의 물음에도 제대로 된 답을 하고 있지 않았다. 카론은 크게 혀를 찼다.

"이럴 줄 알았다……! 제길……. 러셀 놈!"

깜빡깜빡, 희미한 조명이 깜빡였다.

카론이 깜짝 놀라며 뒤돌아보았다.

거기에는 그림자가 있었다.

카론이 부순 문의 출입구에서 남자 한 명이 흔들거리며 서 있었다.

노엘의 눈에도 그 기묘한 풍채가 눈에 띄었다. 그린 카키색의 코트. 후드를 뒤집어썼다. 가스 마스크를 쓰고 있어 얼굴은 전혀 보이지 않았다.

남자가 오른손을 흔들었다. 카론이 노엘 앞으로 뛰어나갔다.

폭발!

"윽!"

카론이 처음으로 신음 소리를 내며 비틀거렸다.

그 폭발음과 비명에 노엘은 겨우 현실 감각이 돌아왔다. 화약 같은, 탄 금속이나 고기 같은 냄새와 함께 흰 연기가 자욱했다.

피가…….

피다.

카론의 오른팔에서 연기가 피어오르고 있었다. 고기가 탄 냄새는 그곳에서 나고 있었다.

뚝뚝, 붉은 피가 떨어졌다. 악마의 피도…… 붉은 것인가.

"카, 카론!"

"이 정도로 악마를 죽일 수 있다고 생각했나?!"

하지만 카론은 오히려 연기 너머로 들어갔다. 오른팔을 번쩍 들어 올리며, 발톱으로 남자의 얼굴을 노렸다. 남자는 그 일격을 날쌔게 피하며, 마스크 안에서 낮은 목소리로 웃었다.

카론이 쇠사슬을 휘둘렀다. 남자가 물러섰다. 카론은 뒤돌아서 노엘을 다시 받쳐주었다.

"멍하니 있지 말고 달려! 바로 다음 공격이 올 거다!"

"저, 저는……."

"말해두지만, 네가 맘대로 죽는 건 용서치 않겠다! 제1의 계약을 없었던 일로 할 때까지! 자, 조금만 더 가면 된다! 조금은 너도 그 다리로 달려라!"

나를 혼내고, 격려하고, 지탱해주는 것은, 악마다.

나를 속이고, 이용한 것은, 시민의 자랑이었다.

더는, 뭐가 뭔지 모르겠다.

모르겠지만, 노엘은 시키는 대로 필사적으로 달렸다. 의족이 빠질 것 같았다. 하지만, 카론이 지탱해주고 있었다.

복도의 끝까지 도착했다. 커다란 창문. 보이는 것은 가로등의 불빛. 사이프레스의 나뭇가지.

"잡아라, 뛰어내릴 거다!"

카론의 손에서 늘어난 흉악한 쇠사슬이 낡은 창문을 때려 부쉈다. 카론은 노엘을 안아 올리고, 창틀에 발을 딛고, 그리고— 뛰어내렸다.

쇠사슬이 사이프레스의 가지 끝에 휘감겼다.

낙하의 기세로 가지가 꺾였다.

카론은 잔디 위에 착지하여 노엘을 안은 채 달리기 시작했다.

저택의 안팎에서 성난 고함이 난무했다.

"제기랄, 이 자식들 3층에서 뛰어내렸다!"

"보머 자식은 뭐 하는 거야?!"

"어쩔 수 없는 부랑배군! 쓸모없어!"

"포위망을 펼쳐라!"

"틀렸어, 이 아래는 관저의 부지 밖이다……! 큰 공격은 못 한다! 시장님의 지시를 기다려라!"

소란스러운 소리가 멀어져 갔다.

그래도 노엘의 머릿속에서는 시장이 여전히 비웃고 있었다. 그의 목소리가 들리고, 그의 시선이 눈앞에 있었다.

『그거, 전부 아무렇게나 지어낸 건데.』

『하지만 그건 다 의미가 없다.』

『멍청한 아가씨로군.』

이렇게 노엘 체르퀘티는 이제야 겨우.

시장에게 이용당하고, 속아서, 배신했단 것을 이해했다.

아니, 배신당했다는 말은 적절치 않다.

배신이랄 것도 없다. 처음부터 모든 것은 속임수였으니까…….

NOEL the mortal fate

Movement1 - vow revenge

Passage 4

결단

날이 밝았다.

두 사람은 슬럼가의 은신처로 돌아왔다.

카론이 거리의 상황을 보러 갔지만, 관저의 소란은 은닉된 듯했다. 거리는 똑같았고, 사람들의 불안의 씨앗은 폭탄마 뿐인 것 같았다.

"역시 시장으로서 체면이 있는 이상, 큰 공격은 하지 못하는군."

"……."

카론의 보고를 들어도 노엘은 어떠한 대답도 할 수 없었다. 어떻게 슬럼가로 걸어 들어왔는지도, 자신이 잠이 들었었는지조차, 기억이 애매했다. 똑바로 카론의 얼굴을 볼 수도 없었다.

"—그러니까 내가 말했지. 버로우즈가 현실을 말하면 절망할 거라고."

"……."

"어제 이야기한 것을 기억하고 있겠지? 너의 손발을 되돌릴 단 하나의 방법. 그것은 버로우즈의 모든 것을 빼앗아, 『진짜 소원』을 깨부수는 것이다."

버로우즈에 대한 복수이자, 대악마 카론의 오점의 청산인 『제1의 계약』의 **파괴**.

그것은 노엘이 손발을 탈환하는 방법 이전의 문제였다.

게다가 노엘이 앞으로 살아가기에는 그렇게 하는 거 이외에 길은 없었다.

"네가 결단만 하면, 나는 『제2의 계약』에 따라, 너의 복수를 **도와주겠다** —어떻게 할 것이냐?. 다시 버로우즈와 싸울 각오는 되어 있나?"

노엘은 다시 아무 말도 대답할 수 없었다. 말이 제대로 나오지 않았다.

"……말이 안 나오겠지. 충격받은 건 알겠지만, 시간이 많지 않다."

카론의 목소리에 초조함이 묻어났다.

"너는 버로우즈의 비밀과 진짜 얼굴을 알면서도 아직 살아 있다. 그 녀석에게는 폭탄 그 자체. 그 녀석은 분명 너를 처리하려고 할 거다. 어떠한 수단을 써서라도 너를 찾아내려고 하겠지. 물론 나도 똑같이 쫓겠지만……."

내 목숨을 노리고 있다는 건 다시 설명해주지 않아도 알고 있었다. 대악마와 함께라서 더욱 상황이 불리하다는 것도.

노엘은 더욱 마음이 가라앉는 것을 느꼈다.

지금은 누구와도 이야기하기 싫었다. 아무것도 하기 싫었다. 이러고 있을 때가 아닌데. 하지만—.

"……잠깐 바깥바람 좀 쐬고 올게요."

겨우 목소리다운 목소리가 나왔다. 쉬고 작은 목소리였다.

"그러겠나. ……괜찮겠지. 하지만, 혼자 둘 순 없다. 내가 바로 근처에 있다고 생각해라."

카론은 노엘을 미행하겠다는 말이리라. 지금은 한낮이라 악마는 당당히 걸어 다닐 수 없었다. 노엘은 솔직히 혼자 있고 싶었다. 하지만, 그런 말을 할 입장도 상황도 아니라는 것은 알고 있었다.

"……마음대로 하세요."

노엘은 카론 쪽을 보지도 않고, 천천히 은신처를 나왔다.

하늘은 활짝 개어있었다.

빨랫줄에 걸린 낡은 옷이 산들바람에 흔들렸다.

슬럼가는 변함없이 독특한 악취가 풍겼지만, 왠지 모르게 처음 나와 걸었을 때와는 공기가 바뀐 듯한 느낌이 들었다. 그도 그럴 것이 사람들이 노엘을 보는 눈이 약간 온화해져 있었다.

『외지인』이 아니라, 이곳으로 돌아올 수밖에 없는 『같은 부류』라고 받아들여진 것이다.

털이 수북한 중년의 남자가 같은 장소에서 담배를 피웠다. 그 앞을 지나가려고 한 노엘에게 그는 말을 걸어왔다.

"어이, 아가씨. 또 만났네."

"아……, 안녕하세요."

"흠, 그 분위기로 봐선, 상류층 지구에라도 있었던 건가? …… 세상일, 모르는 거네. 추락하는 건 정말로 간단하니까 말이야."

"……."

"슬럼은, 사회에서 밀려 나온 사람을 막지 않는다. 그렇게 우울한 표정 짓지 마라."

내가 그렇게 표정이 좋지 않은 것일까. 듣고 보니, 거울도 보지 못했다. 노엘은 갑자기 조금 부끄러워져서, 수염 난 남자에게 가볍게 인사하고 그 자리를 떴다.

슬럼에도 꽃과 분수가 있었다. 걷고 있는 도중에 깨달았다.

분수의 물은 상당히 탁했고 이상한 냄새가 났다.

화분 속 꽃은 대부분 들풀로 살짝 시들어 있었다. 하지만 이런 척박한 환경에서도 누군가가 화분에 꽃을 심었다는 뜻이었다. 여기도 분명 사람이 살고 있었다.

생활하긴 힘든 것 같지만.

근처 맨션에서 싸구려 옷을 입은 여자가 한 명 나왔다. 우연히 노엘과 눈이 맞았다. 여자는 노골적으로 흠칫 놀랐다.

"미, 미안. 너, 팔…… 양쪽 다 없구나."

"아……, 이건…… 그……."

"좀 깜짝 놀랐어. 내 친구도 병으로 팔을 잃었으니까 무심코."

"아, 아니에요. 괜찮습니다."

"그거, 참 힘들지. 내가 다른 사람까지 살필 여유는 없지만……. 뭐…… 힘내렴."

노엘은 꾸벅 인사를 했다.

누군가 자상하게 말을 걸어오는 것은, 굉장히 오랜만인 것 같았다.

"오늘은 날씨가 좋으니까 거리가 깨끗해 보이지?"

"네?"

"〈망보는 언덕〉말이야. 너는 신참이라 잘 모르려나. 거기의 계단을 올라가면, 경관이 좋은 곳으로 나갈 수 있어. 라프라스는 가혹한 곳이지만, 겉모습은 아름답잖아. 멍하니 바라보고 있으면 조금은 마음도 개운해질 거야."

딱히 목적도 없이 밖으로 나왔을 뿐이다. 정말로 지금 여자가 말한 것처럼, 기분 전환할 생각으로.

노엘은 여자에게 감사 인사를 하고, 돌계단을 올라갔다. 아직 의족으로 계단을 내려오는 것은 무섭지만, 올라가는 것은 그럭저럭 괜찮았다.

돌계단을 다 올라가자, 탁 트인 장소가 나왔다. 인적은 없었다.

구름 한 점 없는 쾌청한 하늘 아래, 라프라스의 상류층 지구와 시가지, 그리고 새파란 바다가 한눈에 들어왔다. 바닷바람이 노엘의 볼을 스치고 긴 머리칼을 흩날렸다.

슬럼의 한 가운데에 있으니 그다지 알려지지 않은 장소일 것이다. 그래도…… 여자가 칭찬한 것처럼 훌륭한 풍경이었다.

다만 바라보고 있자니, 차례차례로 이런저런 생각과 과거의 기억이 노엘의 머릿속에 떠올라 기분 전환이 되지 않았다.

요 며칠간. 인생에서 얼마 안 되는 기간에 너무 많은 일이 있었다. 이렇게 천천히 생각해 볼 시간도 없었다.

하지만 생각에 잠기자, 후회와 자신의 어리석음에 대한 분노와 실망만이 마음속을 물들였다.

그날, 버로우즈의 말에 귀를 기울이지 않았다면.

폐빌딩에서 시빌라의 유혹을 뿌리쳤더라면.

적어도, 양팔, 양다리를 잃지는 않았을 것이다.

손발도 피아노도 잃고, 가족의 곁으로 돌아가는 것조차 할 수 없는 데다 목숨까지 누군가 노리고 있었다. 분명 악의 근원은 버로우즈일지도 모른다.

하지만, 지금 이 상황, 이 결과는—.

—질리안에게 질투해서 심한 말을 한 것……. 그리고 식전 연주자가 되기 위해 사람의 죽음을 빈 것……. 그, 벌이었다.

이제야 알 것 같았다. 콩쿠르 후 자신은 냉정하지 못했고, 제멋대로였다. 버로우즈는 그것을 내다보고 심사위원회를 조작하여, 마지막 순간에 순위를 바꿔치기했다.

노엘이 자신의 능력이 부족한 것을 인정하고, 솔직하게 순위를 받아들였다면, 이런 일은 일어나지 않았을 것이다. 시빌라나 버로우즈조차도 노엘의 피아노 실력 자체는 인정했다. 결국 식전 연주자가 됐을 터였다.

그때 노엘은 결과를 믿지 않았다.

자신의 연주야말로 최고이고, 1등이라고 믿어 의심치 않았다. 누구의 건투도 기리지 않고, 친구인 질리안의 승리까지도 축복하지 않으며, 머릿속에 자신의 일로 가득했다.

—결국, 내가 이기적이었던 것이 나쁜 것이었다. 그렇다면…… 자신의 어리석음을 원망할 순 있어도, 시장과 시빌라…… 물론 카론도…… 원망하는 것은…….

폭발.

땅울림.

갑작스러웠다.

노엘은 눈을 크게 떴다. 라프라스의 거리의 한 곳에서 폭발이 일어났다. 우연히 이렇게 대규모의 폭발을 목격하게 되다니. 집이 두, 세 채는 날아가지 않았을까. 불기둥이 솟은 것처럼 보였다.

"무슨 일이지?!"

어디선가 카론이 날아와 노엘과 같은 방향을 바라보았다.

폭발이 있었던 장소에서는, 자욱하게 연기가 떠올랐다.

"시가지에서 폭발이!"

"사고…… 는 아니겠지."

카론의 말과 눈앞의 광경을 보고, 노엘이 반사적으로 연상한 것은 현재 경찰의 눈을 피해 도망치고 있는 폭탄마였다.

"네 집은 어디냐?"

"지, 집이요? 무슨 말을 하시는 거죠?"

"네 집이 폭파되지 않았냐고 묻는 거다. 가족과 친한 사람을 건드리면, 너를 간단히 유인할 수 있고, 본보기로도 삼을 수 있겠지. 버로우즈는 지하 조직의 인간과도 연결되어 있다. 지금 화제의 폭탄마 같은, 범죄자와도."

"아무렇지 않게 무서운 말을 하지 말아주세요. 체르퀘티는 상류층 지구에 있어서 지역이 전혀 달라요."

"흠, 역시 귀한 집 따님인가. 그 혀를 깨물 것 같은 성도, 세상 물정 모르는 것도 납득이 가는군."

"말이 참 많은 악마군요! 어차피 시가지는, 질리안의…… 친구의 집이 있는 정도고, 보통은 거의 가지 않아요."

이렇게까지 말하고 나서야, 노엘은 자신의 말에 덜컥 겁이 났다.

시가지에는 질리안의 집이 있었다.

그곳에서의 폭발.

가족과 친한 사람을 건드리면 노엘을 아주 쉽게 유인할 수 있다…….

"자, 잠깐……, 잠깐만"

"무슨 일이냐, 갑자기."

"카론. 버로우즈 시장은, 저를 찾고 있겠죠?"

"당연하지. 죽이는 마당에 나불나불 전부 지껄이고 그 상대를 놓쳤으니. 그 녀석의 새빨개진 얼굴을 못 본 게 아쉽군."

후훗, 부리 속에 낮게 웃는 카론을 제쳐두고, 노엘은 서서히 식은땀이 나는 것을 느꼈다.

"꺼, 꺼림칙한 예감이 들어요. 카론, 서둘러 저를 저쪽까지 데려다주세요!"

"뭐라고? 폭발장소에? ……설마—."

"네. 아마 당신의 생각한 대로에요. 어쩌면 제 친구가…… 저 때문에……!"

노엘은 초조했다. 이 발로 슬럼에서 시가지까지, 얼마나 걸릴까. 망보는 언덕을 내려가려고 한 노엘을 카론이 조용히 손으로 제지했다.

"그것은 버로우즈에 대한 복수의 일환— 『제2의 계약』에 따라, 나에게 도움을 청하는 것인가? 만약 그렇다면, 물론 힘을 빌려주겠다. 하지만, 복수와 관계없는 것이라면, 그렇게는 안 된다."

"그, 그런……."

노엘은 말문이 막혔다. 지금은 그럴 때가 아니었다. 하지만 잠시 서서 생각해보니 알 수 있었다. 답이 너무나도 분명했으니까.

"……아직 복수라고 말할 수 없어요."

노엘은 솔직하게 대답했다.

카론이 붉은 눈을 가늘게 뜨며 미간을 살짝 찌푸렸다.

"고지식한 녀석이군. 급하면 적당히 얼버무리면 될 것을."

"……."

"어차피 너 혼자 가게 하면, 저쪽에서 경찰에 잡히고 끝난다. 그것은 나도 곤란하다."

카론은 계단이 아닌, 언덕 저편에서 일어난 훌륭한 풍경으로 눈을 돌렸다.

"급하다면, 일반적인 방법을 쓸 수 없다. 건물 옥상을 통해 일직선으로 간다."

"카론, 도, 도와주시는 건가요?"

"악마를 깔보지 않고, 도구로 이용하려고도 하지 않는…… 계약과 진지하게 마주하는 녀석은 싫지 않다. ……대답은 보류시켜주지. 복수할지 말지, 이틀에 정해둬라."

"뭐, 뭘 할 생각인 거죠?!"

"그야 물론, 뛰어내린다!"

카론은 노엘을 겨드랑이에 끼우고 망보는 언덕의 높은 곳에서 도약했다.

노엘은 비명을 지를 겨를도 없었다.

지붕에서 지붕으로, 카론은 가볍게 뛰어 날아갔다. 때로는 검은 쇠사슬을 사용할 때도 있었다.

그에게는 날개가 없었지만, 커다란 까마귀에게 잡혀서 하늘을 날고 있는 듯한 기분이었다. 노엘은 되도록 아래를 보지 않도록 했다.

그가 도약할 때마다, 공기가 윙윙 소리를 내며 등 뒤로 흘러갔다.

그 소리의 저편에서 소방차와 경찰차의 사이렌 소리가 울려 퍼졌다. 매우 소란스러운 그 소리가 점점 가까워졌다. 그리고 연기 냄새도 나기 시작했다.

아니, 이건…… 화재의 냄새였다.

노엘은 옛날에 상류층 지구에서 일어난 화재가 생각났다. 체르퀘티 가와 전혀 인연이 없던, 생판 남이었던 집. 노엘은 피아노 교실을 끝내고 돌아가는 길이었다. 질리안과 늦게까지 연습을 하고, 혼자서 돌아가고 있었는데 사이렌 소리가 들렸고……. 불쾌한 냄새가 났다.

그날 질리안과 연습하던 곡은 무엇이었을까.

질리안에게 만약 무슨 일이 있다면……. 이 꺼림칙한 예감이 적중하고 만다면…….

"어이."

깨닫고 보니, 노엘은 땅에 내려와 있었다. 주변을 둘러보았다. 시가지의 맨션 옥상이었다.

올려다본 카론은, 숨도 거의 흐트러지지 않고 서 있었다.

"뭘 그렇게 멍하니 있는 거지? 버로우즈와 싸우려면, 언젠가 폭탄마 같은 인간과도 싸우게 될 거다. 이제는 마음 좀 굳게 먹는 게 어떠냐?"

"저…… 저는 아직 시장과 싸우겠다고 하지 않았어요. 멋대로 앞서가지 마세요. 그리고 제게도 잘못이 있고요. 역시 복수는……."

카론은 눈을 감으며, 천천히 머리를 가로저었다.

눈을 뜬 그는 마음을 다잡은 듯했다.

"그런데, 그 친구 녀석의 집의 정확한 위치는 알고 있나?"

"앗, 네. 몇 번인가 간 적이 있어요. 그 점에는 문제없습니다."

"그렇다면 됐다. 시가지에 들어왔다. 어느 방향이지?"

노엘은 본 적이 있는 건물과 간판을 찾았다.

두근, 심장이 뛰었다.

질리안의 집 방향은…….

"연기가…… 나고 있는 방향이네요."

"그런가……."

카론은 그 이상 말하지 않고 성큼성큼 옥상의 끝까지 걸어갔다. 옆 빌딩의 옥상까지는 약간 거리가 있었다. 노엘을 안고 도약하는 것은, 그와 같은 악마에게도 무리일 것이다.

"좋아, 내가 먼저 가겠다."

"네? 먼저 간다니요……. 잠깐, 카론!"

거의 노엘의 대답은 듣지도 않고, 카론은 쇠사슬을 소환했다. 옆 빌딩의 옥상의 펜스에 쇠사슬을 휘감아, 간단하게 뛰어 넘어갔다.

착지할 때 비틀거리지도 않았다. 아무렇지도 않다는 듯, 옆 빌딩의 옥상에서 말을 걸어왔다.

"옥상 끝에 서라."

"앗."

"거기 가만히 있어라."

"엇, 잠깐만…… 설마!"

"이해가 빠르군, 그 설마다. 그 이외에 방법이 있나?"

노엘은 마지못해 카론의 지시에 따랐다. 의족으로 옥상 끝에 아슬아슬하게 서는 것은, 약간…… 아니, 엄청나게 무서웠다. 하지만 몸이 떨리기도 전에, 매우 사악한 분위기의 쇠사슬이 노엘의 몸에 칭칭 감겼다.

"흣!"

"꺄아아악!"

차라락, 사슬 소리와 함께 노엘은 포물선을 그렸다. 하지만, 엄청난 힘이었다. 아무리 그래도 양팔을 쓰긴 했지만, 이런 곡예는 해머 던지기 선수라도 할 수 없을 것이다.

"으악!"

다만, 착지는 생각해주지 않았다. 노엘은 비참하게도 카론의 뒤로 떨어지며, 한 번 바닥에 튕겼다.

"크큭, 외줄낚시도 익숙해지는군."

"……대체 뭐에요! 조금 더 살살해주실 수 없나요?!"

쇠사슬은 마법처럼 사라졌다. 노엘은 일어서자마자 카론에게 따졌다.

"어젯밤도 난폭하게 끌어올린 탓에 옆구리에 멍이 들었어요!"

"그렇게 마구 습격당하고도 멍으로 끝났으면 다행이지."

카론은 얼굴을 찡그렸다.

그리고 노엘도 깜짝 놀랐다.

카론의 검은 오른손의 손등에서, 붉은 액체가 번지르르 빛난 듯 보였기 때문이다.

"아……. 죄, 죄송해요. 카론, 당신 그때 상처가……."

"걱정 따위 필요 없다. 나는 대악마, 그렇게 약하지 않다."

"하지만 상처가 벌어져서……."

"걱정은 필요 없다고 했을 텐데. 그것보다도 이제 슬슬 아래로 내려가 보겠다. 구경꾼은 연기를 **올려다볼 테니**."

카론은 주위를 둘러보았다. 근처 집의 베란다 유리문이 열려 있었다. 카론이 그것을 보더니 걷기 시작했다. 노엘은 꺼림칙한 예감 들었다.

"무슨 일이냐? 빨리 가자. 급하지 않으냐?"

"부, 분명 급한데요…… 남의 집을 드나드는 건 좀 그렇지 않나요?"

"관저에 침입한 녀석이 이제 와서 무슨 말을 하는 건지. 거기보다 더 난감한 장소는, 이 시의 어디에도 없다."

역시 악마다. 불법 침입 같은 경범죄 따위 전혀 개의치 않는 것 같다. 그의 말은 맞지만, 노엘에겐 각오가 필요한 일이었다.

"……이제 알겠어요! 잠깐만 지나가는 것뿐이에요?!"

베란다에서 침입한 민가에는 아무도 없었다. 황급히 나간 흔적이 있었다. 양심에 찔린 노엘의 걸음은 더욱 느려졌다. 카론은 아무 말 없이 빠르게 앞으로 걸어갔지만—.

"윽……."

갑자기 우뚝 멈춰 섰다. 그것과 동시에 샤악하고 노엘도 들은 적 있던 소리가— 아니, **목소리**가 들렸다. 마네킹처럼 경직된 카론의 뒤에서 노엘은 얼굴을 내밀었다.

"어머, 귀여운 고양이네요."

카론은 홱하고 외면했다.

"고양이가 싫다. 나는 이 생물과 궁합이 나쁘다."

"그게 무슨 말이죠? 이렇게 귀엽고 무해한데."

"무해는 무슨. 이 녀석들은 왠지 나한테 송곳니를 드러낸다고!"

카론이 거칠게 말하자 고양이가 등을 동그랗게 말아 뛰어오르더니, 다시 샤악하고 성난 목소리를 냈다. 당장이라도 덤벼들 거 같았다.

"쯧, 이거 봐라!"

"어머나, 신기하네요. 머리가 새 같아서 사냥감이라고 생각하는 걸까?"

"새가 아니다!! 악마다!! 하지만 상대가 그렇게 생각한다면…… 어쩔 수 없지, 이쪽도 그에 걸맞은 무력으로 싸우겠다!"

카론이 주머니에서 손을 꺼내 치켜 들으려 했으므로, 노엘은 당황하여 고양이와 그의 사이로 헤치고 들어갔다.

"장난치지 마세요! 고양이를 공격하려 하다니 악마나 하는 짓이에요!"

"나는 악마다!!"

"어쨌든, 고양이를 겁주지 말 것! 알았죠!"

"에잇, 제기랄!"

카론은 욕설을 퍼붓고는 성큼성큼 방구석에서 이동했다. 고양이는 계속해서 카론을 향해 위협하고 있었다. 노엘은 거들떠보지도 않았다.

다행히 집주인과 마주치지 않고 빠져나올 수 있었다. 창문에서 골목길로 내려와, 사람 하나가 겨우 지나갈 수 있을 정도의 건물 사이를 빠져나갔다.

검은 연기가 피어오르는 곳은, 이제 바로 코앞이었다.

노엘은 얼어붙은 채 그 자리에 멈춰 섰다.

건물 틈 사이로 소방차와 경찰차, 경찰 그리고 수많은 구경꾼이 보였다. 이 이상 현장에는 다가갈 수 없었다. 하지만…….

"네 모습을 보니, 꺼림칙한 예감이 들어맞은 것 같군."

"……분명, 질리안의 집이에요."

연기와 불길이 피어오르는 곳은 질리안 리트너의 집이었다. 게다가 단순한 화재가 아니었다.

주위에는 탄 잔해들이 흩어져 있었다. 망보는 언덕에서 본 것 이상으로 격렬한 폭발이었던 것 같았다.

꺼림칙한 예감은 들었지만, 각오를 했던 것은 아니었다. 그럴 리가 없다는 생각도 강하게 갖고 있었다.

"질리안을 노린 것은…… 우연이 아니겠지요……."

"그렇게 생각하는 것이 타당하겠지."

"폭탄마가 버로우즈 시장과 이어져 있었다니……."

"너의 가족이 아닌 친구를 노린 건, 상류층의 인간을 덮쳐서 일이 커지는 것을 피한 것이겠지……. 하지만, 꽤나 대담하군."

카론은 팔짱을 끼고 혼잣말을 중얼거렸다.

"아무리 말단을 사용했다곤 하지만, 이건 아무래도 너무 눈에 띈다. 시장으로서의 입장을 잊은 건가?"

다시 사이렌 소리 하나가 가까워졌다. 겉모습은 제대로 볼 수 없었지만, 이것은 구급차 소리였다.

"적어도, 질리안의 안부만이라도 확인해야 해요. 만약의 일이 일어난다면, 저는……!"

"알았다, 진정해라. 내가 숨어서 상태를 보고 오겠다. 너는 거기에서 움직이지 마라."

위험하니 떨어지라고 고함치는 경관의 목소리와 그들의 무전기가 내는 소리가 들려왔다. 꽤 많은 수의 경관이 있는 것 같았다.

노엘이 얼굴을 내미는 것은 좋지 않았다. 부모님이 수색 요청을 낸 것은 분명했기 때문이다.

악마와 계약하고 버로우즈가 목숨을 노리고 있는 지금, 경찰에게 보호를 요청할 수는 없었다.

노엘은 순순히 고개를 끄덕이고, 골목길의 한구석에 몸을 숨겼다. 카론은 소리 없이 건물의 그늘로 들어갔다. 한낮의 그늘에, 그의 모습은 **부자연스러울 정도로 자연스럽게** 녹아들었다.

소방차는 계속해서 물을 뿌렸다.

웅성거림은 점점 더 커질 뿐이었다.

얼마나 기다렸을까. 1분이 1시간처럼 느껴졌다.

혼자 있어서 일까—. 불안해져서 쓸데없는 것만 떠올랐다.

—질리안이 휘말린 것은 나 때문이야. 나와 질리안의 사이가 좋다는 것을, 콩쿠르 때 이야기 했기 때문이다.

아니, 그렇지 않아도 시장은 노엘 체르퀘티를 이용하기 위해 사전에 신변 정도는 조사했을 터였다. 항상 제물을 찾고 있다고 말하지 않았는가.

—애초에. 내가 그 폐빌딩에서 죽었다면, 그걸로 끝이 아니었을까? 관저에서 죽었다면 그걸로 끝이 아니었을까? 어차피 나는 한순간의 욕망에 사로잡혀 악마와 계약한 살인자.

나 혼자만 다치고 죽는다면, 자업자득으로 끝날 텐데.

하지만 나는 저항하고 말았다. 만약, 이 일로…….

—이 일로 질리안이 죽, 죽어버린다면…….

나 혼자의 잘못으로, 화풀이하고 헤어진 친구를 끌어들여 죽게 만든다면.

—더는, 설령 죽어서도 속죄할 수 없는 것이 아닐까—?

그 생각이 노엘의 가슴 속에 칼처럼 미끄러지며 파고든 그 순간이었다.

갑자기 등 쪽에 충격을 받고, 노엘은 맥없이 쓰러졌다.

"엇, 미안."

아무래도 남자에 부딪힌 것 같았다. 줄곧 생각만 하고 있었기 때문에 노엘은 주변 상황에 전혀 신경 쓰고 있지 않았다. 일단, 부딪힌 남자는 사과했지만— 노엘이 본 것은 그의 뒷모습뿐이었다. 남자는 바로 후다닥 걸어가 사라졌다.

그린 카키색 코트를 입고 있었다. 후드를 쓰고 있었던 것 같았다. 얼굴은 보지 못했다. 그런데.

왠지 굉장히 꺼림칙한 느낌이 들었다.

그 그린 카키색 코트는 본 적이 있었다.

벽에 기대어 일어나려고 한 노엘은, 드레이프 스커트에 종잇조각이 한 장 껴있는 것을 발견했다.

"편지이려나. 아아, 이제…… 예의 없다는 말도 할 수 없겠네요."

반사적으로 손으로 집으려고 하다가, 노엘은 한숨을 쉬었다. 양팔이 없는 것에는 아직도 적응되지 않았다.

정말로 불편했다. 아마, 일 년이 지나도 적응되지 않을 것이다.

노엘은 하는 수 없이 입으로 편지를 펼쳤다.

……거울이 없어도 얼굴이 파래지는 것을 알 수 있었다.

그때, 귀에 익은 저음의 목소리가 들렸다.

"돌아왔다."

카론이다. 하지만 지금 노엘에겐 더 중요한 것이 있었다.

"집에 있던 인간은 구급차로 옮겨진 것 같은데, 질리안이라는 장녀만 찾지 못한 것 같다. 폭발로 흔적도 없이 사라졌을 가능성도—."

"읍!"

"뭘 물고 있는 거냐, 네가 개냐?"

"읍읍!"

"……편지?"

노엘이 필사적인 표정으로 편지를 내밀자, 카론이 받아들었다.

거기에 쓰인 것은 조잡한 글자였다.

친구의 목숨이 아깝다면 24시간 안에 슬럼 교외의 폐제철소로 와라.

Mr.보머

카론의 표정도 한순간에 험악해졌다.

"어디서 손에 넣었나?"

"바, 방금 수상한 사람과 부딪혔어요. 그리고 정신이 드니 드레스 사이에 끼어 있었어요……!"

"Mr.보머…… 소문의 폭탄마인가."

카론은 귀찮은 얼굴로 눈을 내리깔았다.

"어떻게 할 거냐? 틀림없이 이것은 함정이다. 가면 분명 극진하게 환영받을 테지. 여차하면 전차가 기다리고 있어도 이상하지 않다."

"하지만, 이대로라면 질리안의 목숨이 위험해질 거예요! 게다가 이 말대로라면…… 질리안은 아직 살아 있어요!"

"그렇게 말할 줄 알았다. 결국은 나의 일이라는 말이군."

"카론…… 도와주실 거죠?"

"도와주길 바란다면, 버로우즈에 대한 복수를 맹세하라고 말하고 싶군."

또 그거냐, 노엘은 입술을 깨물었다.

단지 질리안을 구하고 싶을 뿐이었다. 아니, 구해야만 했다. 거기에 버로우즈에 대한 미움이 들어갈 여유는 없었다. 사람으로서, 노엘 체르퀘티로서, 그녀를 구해내야만 했다.

이렇게 된 것은 모두 나 때문이니까.

"저는 혼자서 가겠어요. 비록 죽게 되더라도, 계약과 관계없는 질리안은 풀려날 수 있겠지요. 그래서…… 저의 목숨으로, 죄 없는 친구를 구할 수 있다면……!"

"그래선 내가 곤란하다."

카론이 험악하게 노려보았다.

"네가 맘대로 죽으려고 한다면, 묶어서라도 막을 것이다. 나는 딱히 질리안이 어떻게 되더라도 상관없다. 내게 있어 중요한 것은, 너에게 싸울 의사의 있는지 없는지다."

"……."

"생각할 시간이 없다. 제한 시간은 24시간 후다. 고민하는 거라면, 지금은 눈앞만을 보아라. 질리안을 구해낸다, 그러기 위해 폭탄마와 싸운다. 죽을 각오가 있다면, 그것이 무서운 것은 아니겠지?"

카론은 팔짱을 끼고, 노엘에게서 눈을 돌리며 중얼거렸다.

"그나저나 모르겠군, 네가 어째서 그렇게 복수를 주저하는지."

"……."

"뭐 됐다. 어쨌든 선택지는 없다. 너는 버로우즈와…… 폭탄마와 싸우지 않으면, 질리안을 구할 수 없다."

"알겠어요. 당신이 말한 그대로예요. 지금은 어쨌든 질리안의 구출이 최우선이니까요."

노엘은 카론을 올려다보고, 똑바로 그의 붉은 눈을 바라보았다.

"저는 폭탄마와 싸우겠어요. 가요, 카론. 폐제철소로!"

Passage 5

폭열

폐제철소에서는 격전이 예상된다. 준비를 소홀히 하지 마라.

……카론은 그렇게 말하며 은신처에서 슬럼 거리로 내보냈지만, 노엘은 어떤 준비를 하면 좋을지 몰랐다. 좋아하는 음식이라도 먹어서 배를 채우는 게 좋을까. 하지만 긴장한 탓인지, 전혀 허기를 느끼지 않았다. 폭탄마와 싸우겠다고 각오했지만, 실제로 싸우는 것은 카론이다. 질리안을 위해서 무엇을 준비하면 좋을지 생각해보아도, 그녀가 지금 어떤 상태인지 알 수 없었다.

생각하고 싶지도 않은 일이지만— 살았는지 죽었는지도 확실치 않았다.

목적도 없이 걷고 있자, 갑자기 옆쪽에서 말을 걸어왔다.

"이봐, 아가씨."

수염 난 남자다.

이미 노엘도 그의 얼굴을 외웠다. 이름은 아직도 몰랐다. 항상 그 자리에서 담배를 피우는 수염이 덥수룩한 남자.

"더더욱 울상이군."

가끔은 카론 이외의 사람과 이야기가 하고 싶었다. 노엘은 그런 기분이 들어 남자에게 다가갔다. 싸구려 담배 냄새가 났다.

"제 친구가, 폭탄마 때문에……."

불쑥 그렇게 고백하자, 남자의 얼굴색이 바뀌었다.

"또야, 그 자식은! 정말, 경찰은 도대체 뭘하고 있는 거야? 벌써 얼굴도 이름도 다 드러났는데."

"어, 포, 폭탄마를 잘 아시나요?!"

"후고 드레셀, 그게 그 녀석의 이름이다."

남자는 불쾌한 얼굴로, 대량의 담배 연기를 토해냈다.

"나는 만난 적도 본 적도 없지만, 이 근처의 건달 몇 놈들이 그 녀석을 따르고 있어. 갱의 리더를 자처하고 하고 있다는군."

"그…… 그렇군요……."

부하가 있다는 말인가. 그렇지 않아도 성가시게 되었는데 더욱이 나쁜 뉴스를 듣고 말았다.

"옛날에 집이 사고인지 뭔지로 폭발해서, 녀석은 큰 화상을 입었다고 하더군. 회복은 했지만, 지금은 보는 대로야. 완전히 머리가 어떻게 되어버렸지. 불에 홀려버렸다. 경찰이 이 얘기를 모를 리 없지. 나쁜 녀석들과 좀 면식이 있는 정도인 나도 알고 있으니까 말이야."

그래도 경찰은 폭탄마를 체포하지 않았다.

체포할 수 없는 것이리라. 그는 버로우즈 시장과 이어져 있었다.

“슬럼의 현 상태도 폭탄마도 내버려 두고 있어. 버로우즈 녀석이 라프라스를 좋아지게 만들고 있다는 생각은 전혀 들지 않아.”

남자의 푸념을 듣고, 노엘은 조금 놀랐다. 버로우즈의 수완은 시민 사이에서 높이 평가되고 있는 것이 아니었던가.

“하지만, 시장은 마피아를 제거해서…… 라프라스를 평화로 이끈 것이 아닌가요?”

노엘이 슬쩍 떠보자 남자가 쓴웃음을 지었다.

“롯소 패밀리와 비앙코 패밀리 얘긴가. 오랜만에 녀석들 이야기를 하게 되는군. 분명 그 녀석들이 활개를 치던 시대에는, 여기도 지금보다 흉흉했지.”

하지만, 하고 남자가 뒤이어 말했다.

“아무리 생각해 봐도 너무 수상하단 말이지. 버로우즈는 그 녀석들을 **이용**만 한 것이 아닌가?”

“이용?”

“시민의 지지를 얻기 위한 〈제물〉말이야. 그렇게 젊은 정치가 선생이 떠받들어지려면, 상당히 크고 굉장히 **알기 쉬운** 실적을 올려야만 하지.”

“……!”

“어헛, 상류층의 아가씨에게는 어려운 이야기였나?”

“아, 아니요…… 재밌는 이야기라고 생각했어요.”

노엘이 지금까지 봐왔던 것은 역시 버로우즈의 『겉모습』 뿐이었다.

버로우즈는 매스컴도 조종하고 있는 게 분명했다— 지금이라면 그렇게 생각할 수 있었다. 신문이나 TV의 보도는 버로우즈를 줄곧 찬양하고 하고 있었다. 그것을 보고 듣기만 했을 뿐 피아노에 몰두했던 노엘은 버로우즈를 선인이라고 판단할 수밖에 없었다.

하지만, 라프라스에도 어두운 부분이 있었을 것이다. 버로우즈는 냄새나는 것에 뚜껑을 닫기만 했을 뿐— 그뿐 아니라, 숨어서 그 냄새 나는 것을 이용까지 했다.

이 남자에게 버로우즈의 정체를 털어놓는다면, 믿어줄까. 문득 그런 생각을 했지만, 그만두었다. 어디서 누가 듣고 있을지 몰랐기 때문이었다.

노엘은 수염 난 아저씨와 싱거운 이야기를 한 후 헤어졌다. 결국, 서로 통성명도 하지 않았다.

왠지 그럴 필요가 없다는 느낌이 들었다. 그와는 이름도 모르는 「타인」인 상태가 좋을 것 같다. 「아는 사람」이 된다면…… 분명 그 남자에게도 폐를 끼치게 될 테니까.

아직 밝은 시간이지만 두 사람은 교외의 폐제철소로 향했다.

카론은 폐제철소의 위치도, 이미 폐쇄되어 폐허가 된 것도 알고 있었다. 이유를 물어도 이래저래 말을 돌렸지만, 그는 묘하게 라프라스 지리에 밝았다.

폐허지만 주위에 흩어져 있는 쓰레기는 새로운 게 많았고, 지면에는 오토바이나 자동차의 타이어 자국이 새겨져 있었다. 벽에는 낙서도 있었다. 나쁜 무리가 머무르고 있는 것은 명백했다.

"주의해라. 무슨 일이 일어날지 모른다. 여기는 이제 적의 진지다. 둘러보니 완전한 무법지대인 것 같군."

슬럼도 그렇지만, 노엘이 지금까지의 인생에서 발 들일 일이 있으리라곤 생각도 해본 적 없는 환경이었다. 카론이 말하지 않아도, 젊은 여성이 오면 안 되는 장소라는 것은 알 수 있었다.

그래도 여기에 와야만 하는 이유가 있었다—.

활짝 문이 열려있는 입구로 다가간 순간, 노엘의 시야 위쪽에서, 붉은빛과 주홍빛이 도는 듯한 빛이 번쩍였다.

다음 순간, 노엘은 카론에 안겨있었다.

"꺄악?!"

노엘이 막 걸음을 옮기려고 했던 곳에서 폭발이 일어났다.

화약과 흙의 냄새, 눈을 찌르는 듯한 연기. 그 안에서 카론은 침착하게 붉은 시선을 들어 올렸다.

적은 제철소의 2층에서 모습을 나타냈다. 가볍고 유쾌한 듯한 웃음소리가 들렸다.

"그렇다! 여기는 내 구역이다."

"……행차하셨군."

그 모습과 목소리는, 시가지의 뒷골목에서 노엘과 부딪혔던 남자의 것이 틀림없었다. 그린 카키색 코드에 가스 마스크. 가스 마스크의 렌즈에는 차광성 커버가 씌워져 있어, 남자의 눈매는 전혀 보이지 않았다.

그래도 노엘은 그와 눈이 마주친 것을 알았다.

"헤헷, 안녕들 하신가. 노엘 체르퀘티. 그리고…… 대악마 카론. 내 러브레터를 읽은 것 같군? 다시 만나게 되어 기쁘군!"

"관저에서 본 얼굴이군. 아니 맨얼굴은 모르지만."

즐거워 보이는 남자와 달리 카론은 냉랭했다. 카론은 노엘의 앞에 서서, 준비운동이라도 하듯 오른손 손가락을 움직였다. 뚜둑, 뚜둑 뼈에서 소리가 났다.

"질리안은 어디에 있나요?! 살아 있나요?! 그 아이는 전혀 관계없어요, 지금 당장 풀어주세요!"

노엘이 강하게 말하자, 남자를 실실 웃으며 가볍게 양손을 펼쳤다.

"서둘지 마아, 살아 있어. 죽이면 인질이 아니게 되잖아?"

"……!"

화륵, 소리가 났다.

남자는 양손에 아무것도 들고 있지 않았다. 그런데 돌연 그 손바닥 위에 불덩이가 생겼다. 동그란 불꽃은 마치 작은 태양 같았다. 빙글빙글 격하게 회전하면서, 남자의 손바닥 위에 떠 있었다.

"그 힘…… 이 기운. 그때는 주의를 기울일 여유도 없었지만— 설마, 너는."

"후훗, 대악마님의 후각에 걸리면 들통나버리는군."

남자가 가볍게 팔을 움직이자, 화르륵하고 불덩이가 소리를 냈다.

"나는 후고 드레셀! 하지만 사람들은 모두 나를 이렇게 부르지. 폭탄마, 보머라고 말이야. 너하고 똑같아, 노엘 체르퀘티. 악마에게 영혼을 판 〈마인(魔人)〉이다!"

"마, 마인이라뇨?"

"악마와 계약한 인간을 부르는 통칭이다. 그것을 자랑으로 생각하는 녀석은 일부러 스스로를 그렇게 부르지."

카론은 변함없이 냉담했다. 하지만 언제든지 반격이나 방어할 수 있도록, 그가 바짝 긴장한 것 전해졌다. 무심코 건드리면 반사적으로 후려칠 것 같은, 그런 살의가 전신에서 뿜어져 나왔다.

"마인은, 마인으로서의 이름을 가진다. 나는 폭약을 사랑하고, 불꽃에 타지 않는 몸을 손에 얻었다. 그러니까 폭열의 마인, 〈폭탄마(보머) 후고〉라는 말이다. —너는 어떻게 할거냐, 노엘?"

"어, 어떻게라니, 무슨 말이죠?!"

"너의 자랑스러운 마인명은 뭐냐고 묻고 있다! 대악마와 함께 있는 걸 보면, 그 녀석과 계약했겠지? 그렇다면 마인명을 대라. 그것이 고결한 마인 간의, 미친 살육전의 예의다!"

"그, 그런 이름 없고, 예의 따위 어떻게 되든 상관없어요!"

"그렇군. 나도 그런 예의가 있다고 들은 적도 없다."

"아아, 뭐라고?!"

과연 보머라고 이름을 댈만한, 상당히 열 받는 포인트가 낮은 인물 같았다. 카론은 사람의 신경을 건드리는 데 천재다. 여기서 보머를 장난으로 자극하는 것은 위험했다. 노엘은 당황하여 말에 끼어들었다.

"그, 그런 것보다 약속대로 왔으니까, 질리안을 풀어주세요!"

"헛, 그런 염치 없는 이야기가 어디 있냐. 아까도 말했지, **살육전**이라고! 친구를 구하고 싶으면, 나를 죽이고 빼어가라!"

"뭐?!"

노엘의 말문이 막히자, 보머는 큰소리로 혀를 찼다.

"……뭐가 『악마와 싸울 수 있는 찬스다』야, 버로우즈 자식. 마인 쪽은 그저 겁많은 애송이 아니야? 이럴 줄 알았으면 그때 뒷골목에서 죽였으면 됐을 텐데!"

"윽……!"

"나는 말이야…… 굶주려 있다. 물건을 태우는 건 질렸고, 금방 죽는 인간 따위로도 충족되지 않아. 내가 『폭파』하고 싶은 건 악마다!"

보머는 불꽃이 감긴 손으로 카론을 가리켰다.

"사람을 훨씬 뛰어넘는 튼튼한 녀석이니까 말이야! 아아아, 내 폭탄으로 태워 보고 싶다구! 악마는 어떤 식으로 부서지는지, 어떤 비명을 지르고, 어떤 색으로 탈까? 이봐 알려 달라구!"

노엘은 한기가 느껴졌다.

이런…… 이런 인간과 이야기하는 것은 처음이다. 제대로 이야기할 수 있다는 점에선, 버로우즈 시장 쪽이 오히려 낫다. 슬럼의 수염 난 남자가 말한 것처럼, 보머는 정신이 이상했다. —미쳐있다.

이런 인간도 익숙한지 카론은 질린 듯한 얼굴을 하고 있을 뿐이었다.

"대낮부터 시가지 한가운데에 폭발소동을 일으킬 만하군. 머리에 나사가 하나 빠진 모양이야."

"악마와 계약한 녀석들은, 그 시점에서 미친 것이다. 사람의 사회, 사람의 룰에 적응할 수 없는 괴물이다!"

아니야, 하고 노엘은 그 자리에서 부정했다. 입 밖으로 나오지 않았지만, 부정했다.

—나는, 당신과는 달라. 나는…… 분명, 인간으로서 잘못했지만…… 미치진 않았어!

그 생각을 담아 노려보자, 보머는 한바탕 소리 높여 웃었다.

“좋은 표정도 지을 수 있네! 자 노엘, 나와 싸우자! 네가 싸울 수 없다면, 그 새 머리의 악마를 꼬드겨 나를 쓰러뜨려 봐라! 그것조차 할 수 없다면, 너도 인질도 악마도, 여기서 숯덩이가 될 거다!”

“—새 머리라고?”

카론의 낮은 목소리에 화가 묻어났다.

하지만, 그 순간 카론은 또 노엘을 안고 뒤쪽으로 재빠르게 물러섰다.

폭발. 지금까지 본 적 없는 대폭발이었다.

폭풍은 뜨거웠다. 노엘의 비명은 카론의 품에서 사라졌다. 폭발음으로 수 초간 청력을 잃었다.

새된 이명이 멈추고, 연기가 개일 때쯤 보머의 모습은 사라지고 없었다.

“저, 저런 남자에게 잡혀서는 질리안의 몸이 견디질 못할 거에요!”

“그렇겠지. 빨리 쫓아가서 얼른 쓰러뜨리는 수밖에. 가자.”

카론은 화를 내고 있었다. 아무리 보머가 도발해도 매우 침착했었는데. 그는 어지간히 『새 머리』라고 불린 것이 못마땅한 모양이었다.

노엘을 지탱하지도 않고, 카론은 성큼성큼 제철소의 입구로 나아갔다. 그의 후두부의 검은 깃털이 약간 곤두선 것처럼 보였다.

제철소 안은 어두컴컴하고, 잡동사니투성이였다. 질리안은—.

하지만, 차분히 주위를 확인할 겨를도 없었다.

안쪽에서 무섭게 생긴 덩치 큰 젊은이 두 명이 나타났다.

"호오. 네가 말한 대로다. 그 녀석의 부하인가."

슬럼의 건달 몇 명이 보머를 따르고 있었다— 수염 난 남자에게 얻어낸 정보는, 카론에게 전해두었었다.

"알고 있겠지만, 너는 앞으로 나오지 마라."

"네, 네네. ……그, 카론."

"뭐냐?"

"조심해요."

"……흥."

카론은 부리 속에서 웃었다. 붉은 눈은 전혀 웃지 않았지만.

남자 한 명은 나이프를 언뜻 보였지만, 앞으로 걸어가는 카론은 여유만만했다.

움직였다.

순식간이었다.

카론은 우선 맨손인 남자에게 달려가 왼손을 휘둘렀다. 묘한 소리를 내며 남자는 피와 침을 토하고, 그 자리에 맥없이 쓰러졌다.

동료가 일격에 당했지만 나이프를 든 남자는 위축되지 않고 큰 목소리를 내며 카론에게 덤벼들었다.

그 눈빛이 좀 이상했다. 좋지 않은 약을 한 걸지도 모른다.

카론이 오른손을 휘둘렀다. 그 검은 발톱이 남자의 배를 가르려— 했다.

"음."

카론이 가늘게 눈을 뜨고 몸을 뒤집었다.

남자는 깔보듯 크게 웃었다. 옷이 찢어지고, 검은 조끼가 드러났다. 방인(防刃)조끼를 입고 있었던 것 같다. 남자는 다시 돌진하여 나이프를 내밀었다. 노엘은 눈을 가리고 싶었다. 팔이 있었다면 실제로 눈을 팔로 가렸을 것이다.

카론은 아무 말 없이, 역으로 남자의 품으로 뛰어들었다. 나이프를 내민 오른손을, 크고 검은 손으로 덥석 잡았다.

우둑.

기분 나쁜 소리가 들렸다.

남자가 짐승처럼 큰 소리로 울었다. 아무래도 그것은 비명이었던 것 같다.

카론은 바로 남자의 멱살을 잡았다.

다음 순간, 남자는 엄청난 기세로 허공을 날았다. 카론이 내던진 것이다. 남자는 벽에 처박혀 바닥으로 흘러내렸다.

흥, 하고 카론은 날카롭게 숨을 뱉고, 양손을 주머니에 찔러넣었다.

관저 때와 같다, 너무 싱거웠다. 아무리 싸움을 잘해도 인간은 대악마를 이길 수 없는 것일까.

"여, 역시네요. 이번 일은 감사합니다. 하지만…… 주, 죽인 건가요?"

"글쎄다. 아마 살아 있지 않을까?"

카론은 매정하게 말하며 앞으로 들어갔다. 열려있는 문이 있었다.

옆 방에 들어가기 전에, 노엘은 흠칫거리며 남자들을 보았다. 두 사람 모두 조금도 움직이지 않았다. 그래도, 아마 살아 있겠지. ……아마도.

남자들에게서 눈을 돌리고, 문에서 안쪽으로 들어왔다.

그러자, 엄청난 열기가 노엘의 얼굴에 닿았다. 그러고 보니, 제철소 안에 들어왔을 때, 안이 약간 따뜻했던 것 같다. 건달들이 덤벼들었기 때문에 느낄 겨를이 없었지만.

마치 여기만 한여름인 것 같았다. 조금씩 땀이 배어 나왔다. 긴장 때문인지 열기 때문인지 알 수 없었다. 카론은 이런 온도 변화에 영향을 받지 않는 것인지 아니면 더위에 강한 것인지 태연했다.

카론 앞에는 튼튼할 것 같은 철문이 있었다. 손잡이처럼 보이는 것은 보이지 않았다.

전자 제어 방식으로 여닫을 수 있을 것이다. 문 옆에 레버가 있었다.

"전원이 안 들어와 있는 것 같아요. 이 방 어딘가에 스위치가 있으면 좋을 텐데."

"흠, 엄청난 기계 장치는 아닌 것 같군."

"기, 기계 장치……? 익숙하지 않은 표현이네요."

"……시끄럽다. 뭔가 불만이라도 있나? 주변을 잠깐 보고 오겠다."

주위를 둘러보자, 바둑판 무늬 강판과 철책으로 만든 울퉁불퉁한 계단이 몇 개 있었다. 2층보다는 낮은 중간층의 벽에는 뭔가 스위치가 많이 있는 모양이었다. 카론도 그것을 발견했는지, 철 펜스에 쇠사슬을 걸어 훌쩍 중간층으로 올라갔다.

노엘은 진정하지 못하고 두리번거렸다. 카론과는 그렇게 멀리 떨어져 있지 않지만, 이런 적의 본거지에서는 짧은 시간도 혼자 있기 싫었다. 나는…… 아무것도 할 수 없으니까. 건달의 손을 뿌리치기는커녕 뛰어서 도망가는 것조차 어려웠다.

노엘의 눈앞에 있는 문이 갑자기 구웅, 우렁찬 소리를 냈다. 그 때였다.

"앗, 여기 있다!"

"……!"

걱정하던 일이 일어났다. 중간층의 끝에서 남자 두 명이 나타났다. 두 사람은 우선 카론을 발견했지만, 악마보다 먼저 팔다리가 없는 소녀를 노리기로 한 것 같았다. 현명한 판단이라고 할 수 있었다.

철로 된 바닥과 계단이 남자들의 발걸음으로 울렸다. 쿵쿵쿵하는 소리가 몰려왔다. 노엘은 아무것도 할 수 없었다. 아무것도.

남자 한 명이 비참한 비명을 질렀다. 차라락, 쇠사슬 소리가 울렸다. 쇠사슬이 바닥과 부딪혀, 불꽃을 일으켰다.

남은 한 명은 노엘의 바로 옆까지 쫓아왔다. 손에는 나이프를 들었다. 죽일 기세였다. 보머의 지시인가. 아니면 버로우즈인가.

노엘의 시야가 한순간에 새까맣게 물들었다.

중간층에서 카론이 뛰어 내려온 것이다.

카론의 긴 다리가 남자의 팔을 걷어찼다. 나이프를 간단하게 날려버렸다. 남자가 「앗」하고 놀란 얼굴을 했고, 0.5초 후에 카론의 발톱이 남자의 팔과 함께 가슴을 갈랐다. 남자는 비명을 지르며 쓰러지자, 카론이 바로 옆구리를 발로 찼다.

남자는 공처럼 휙하고 날아가 드럼통에 부딪히더니 움직이지 않았다.

카론은 주머니에 양손을 찔러 넣고 노엘과 문으로 다가갔다.

"잘 모르지만, 적당히 스위치를 누르니 반응이 있었다."

"지, 지금의 싸움에 대해서는 노코멘트인거죠?"

"흥. 코멘트 따위 할만한 것도 아니었다."

노엘은 찌그러진 드럼통을 한 번 쓱 보고, 정신을 가다듬고 커다란 철문을 보았다.

레버 옆 램프에 불이 켜져 있었다. 카론이 누른 스위치라는 것은, 전원 스위치였을지도 모른다.

"이 레버를 내려주세요. 저는 이 정도로 간단한 일조차 할 수 없네요……."

"……."

카론이 무언가 말하려 눈을 가늘게 떴지만, 결국 아무 말도 하지 않고 레버를 내렸다.

버저가 울리고, 문이 자동으로 열렸다.

그것과 동시에 상당한 열기와, 눈부실 정도의 빛이, 반대쪽에서 밀어닥쳤다.

"왜, 용광로가……?!"

질척하게 녹은 철이 크고 넓은 천장이 높은 구조의 방을 비추고, 뜨겁게 하고 있었다. 용광로가…… 가동되고 있었다.

"카론. 여기는 운영하던 회사가 폐업하고 폐쇄된 것이 아닌가요?!"

"……그 녀석의 힘이겠지. 녀석은 스스로를 〈폭열의 마인〉라고 칭했다."

"이, 이것이, 마인의 힘……?"

"회사 사장을 죽여 달라는 자잘한 소원이 아니라, 이런 능력을 달라고 내게 빈다면, 너도 비슷한 레벨의 능력을 가질 수 있을 거다."

"이런 능력, 피아니스트에겐 필요 없어요!"

이제는 땀이 배어 나오는 정도가 아니었다. 땀이 뿜어져 나왔다. 용광로에서는 때때로 홍염처럼 불길이 뛰어올랐다.

이것이 보머의 힘.

이런 힘을 얻은 〈대가〉는 대체 어떤 것이었을까.

그러나 여기에서 기죽어 있을 수만은 없었다.

—반드시, 질리안을 구해야 해……!

"보머는 진심인 것 같군."

카론은 역시 이 정도의 열기도 괴롭지 않은 모양이었다. 살아 있는 듯이 꿈틀거리는 주홍빛의 철을, 그는 다시 진지한 눈빛으로 노려보고 있었다.

"……괜찮은가요? 그, 결국 보머와 싸우는 것은 당신이지요?"

"묘한 배려는 필요 없다. 너는 내게 단 한 마디, 『저 녀석을 해치워주세요』라고만 말하면 된다."

카론이 획하고 노엘의 얼굴을 바라보았다.

"너의 복수에 관련된 것이라면, 나는 악마의 긍지를 걸고, 계약을 완수할 것이다. 그것이 우리를 잇는, 악마의 계약이라는 〈사슬〉이다."

사슬.

잇는다.

그 말에 노엘은 마른침을 삼켰다.

카론은 「노엘 때문에」 이런 상황이 전개되었다고 생각하지 않았다. 그는 노엘이 선택한 길을 따라갔다. 아직, 노엘은 복수의 길을 갈지 망설이고 있는데.

그는…… 믿고 있는 것일까.

—나를.

"알겠나. **노엘 체르퀘티**. 복수를 할 손이 없다면, 내가 준 의족으로 그 순간을 힘껏 밟아라."

으슬으슬, 노엘의 몸에 한기 비슷한 감각이 일었다.

이것은 공포가 아니었다…….

고양감인가.

"……네, 알겠어요, 카론. 일단 지금은 질리안을 구해내지 않으면 앞으로 갈 수 없겠죠."

하지만 뜨거운 방안을 탐색해서 겨우 발견한 계단은, 용광로에서 튄 불꽃과 철로 녹아 있었다. 대강 주위를 보니, 다른 문은 잔해와 잡동사니로 막혀 있었다. 갈 수 있는 길은 위로 가는 것뿐인 모양이다.

카론은 강판과 철책으로 만들어진 계단을 올려다보았다.

"너를 끌어 올리는 수밖에 없겠군."

"또, 또요?! 싫어요! 그거 꽤 아프단 말이에요?!"

"그럼 어떻게 하란 말이냐?"

"다, 다른 길을 찾든가…… 아니면……, 그래요, 여기는 제철소니까 리프트 같은 것이 있을지도 몰라요!"

"그런 걸 찾는 것보다 쇠사슬로 끌어 올리는 게 빠를 것 같은데."

"아무리 급해도 섬세한 소녀를 다룰 땐 조심해주세요!"

카론은 노골적으로 어이없어한 후, 방 안쪽으로 향했다.

금방 무언가를 찾은 것 같았다. 갑자기 노엘의 머리 위로 커다란 기계음이 울렸다.

"엇?! 잠깐!"

노엘을 노린 오래된 크레인이 내려왔다. 아마 철골을 이동시키기 위한 것이었을 것이다.

이쪽을 돌아본 카론은 마치 악마처럼 미소를 띠고 있었다. ……아니, 그러고 보니, 악마였다. 그는.

크레인의 후크가 노엘을 걸었다. 거기까지는 괜찮았지만, 크레인은 매우 소란스러운 소리를 내며 뜨거운 방에서 흔들거렸다. 노엘은 살아 있다는 느낌이 들지 않았다. 자칫하다가는 용광로 속으로 떨어질 것 같았다.

아우성치며 아래를 보자, 카론이 크레인 조작판으로 보이는 기계의 버튼을 참으로 적당히 누르고 있었다.

"아아, 정말! 장난치지 마세요!! 죽여 버릴 거에요!!"

공포 때문인지 분노 때문인지 노엘의 말투는 예전에는 상상도 할 수 없을 정도로 험해졌다. 카론도 더는 웃지 않았다. 오히려 왠지 당황하고 있었다.

“서, 설마 당신, 기계치예요?!”

“음, 기계는 잘 모른다. 되도록 살짝 내려주고 싶은데.”

“빨리 내려주세요!! 이 새 머리!!”

“뭐라고?! 이놈, 용광로에 내려주랴! 정말, 그러니까 쇠사슬로 하는 게 빠르다고…….”

“빨리 내려요!! 저한테 복수를 시키고 싶은 거 아니었나요?! 대악마님!!”

“에라이, 빌어먹을!”

“흐앙!”

때려 부술듯한 기세로 카론이 버튼을 누르자, 노엘은 2층에 던져졌다. 바닥은 강판이 아닌 철망이었다. 몸이나 얼굴에 철망 자국이 생기면 어떻게 책임질 것인지. 소녀의 예민한 마음은 분노로 끓어올랐다.

쇠사슬이 울리는 소리가 들리자, 쓰러진 노엘의 옆에 카론이 내려섰다.

“이건 쇠사슬로 끌어 올리는 것과 별반 차이가 없는 거 아닌가요!”

“아아, 그런 것 같군.”

카론은 찌푸린 얼굴로, 정말 귀찮다는 듯 대답했다.

그 눈은 노엘이 아닌, 가까이에 있는 문을 노려보고 있었다.

"쓸데없이 시간을 잡아먹었다. 자, 가자."

카론은 노엘이 자력으로 일어나는 것을 기다리지 못하고, 한쪽 팔로 일으켜 세웠다. 조금 전까지와는 다르게 진지한 태도였다. 일어서서 그의 시선 끝을 바라보며, 노엘은 그 이유를 알 수 있었다.

문은 반 정도 열려 있었다. 손잡이에…… 너덜너덜한 옷이 걸려 희미하게 흔들리고 있었다.

여성용 얇은 옷이었다. 피와 그을음이…… 묻어 있었다.

그리고 무엇보다, 노엘은 그 옷을 본 적이 있었다. 그 아이가…… 좋아하던 옷이었다.

"……질리안!! 이 옷은 질리안 거에요!!"

"역시 그런가. 그 녀석은 **게임**을 즐기고 있는 것 같군."

"게임이라뇨?!"

"그렇다, 우리를 뜻대로 조종할 생각이겠지."

"요…… 용서 못 해!"

노엘은 비틀거리면서 카론보다도 먼저 문으로 다가갔다. 노엘에게 양팔이 없기 때문에, 보머는 일부러 문을 반만 열어둔 것인가. 까불고 있었다. 업신여기고 있었다. 노엘은 어깨로 문을 밀었다.

바람이 노엘의 머리칼을 흔들었다.

문의 맞은편은 두 건물을 잇는 복도였고, 커다란 창문은 대부분 깨져 있었다. 바깥바람은 시원했고, 용광로의 열과 분노로 달아오른 몸은 금세 식었다.

창문의 저편인 라프라스는 석양으로 물들었다.

그것을 보면서 걸으니, 노엘의 마음의 열도 서서히 식었다.

복도가 몹시 길다고 느껴졌다. 피곤 때문인지, 다리가 흔들렸다. 의족으로 걷는 요령은 터득했을 터인데.

석양이 싫어질 것 같았다.

버로우즈에게 구슬려졌던 그때도, 노엘의 눈앞에는 아름다운 석양이 펼쳐져 있었다.

용광로의 빛으로 눈이 어두워진 건지, 석양이 더욱 붉어지는 것처럼 보였다. 마치 핏빛처럼—.

정신 차리고 보니, 노엘은 멈춰서 있었다.

"어이, 왜 그러지?"

"……저는, 복수할 자격이 있는 인간일까요?"

"……아직도 망설이는 건가?"

타박하는 듯한 카론의 음색. 그것에 개의치 않고, 노엘은 말을 이었다.

"계속 생각했어요."

버로우즈에게 속아 악마와 계약했다. 그리고 손발과 피아노를 잃었다. 그것뿐이라면, 분명 나는 피해자였다. 버로우즈와 시빌라에게 분노가 향하는 것도, 당연했다.

하지만.

"저는 그날 밤, 『혹시 식전 연주자가 될 수 있을지도 몰라』라고 기대하고, 폐빌딩에 갔어요. 시빌라 씨의 이야기는 거짓말이라도…… 저의 그 **욕망**은 거짓말이 아니었어요."

"……."

친구가 식전 연주가로 뽑힌 그날 말이에요. 제가 해야 할 것은 그런 게 아니었어요. 친구의 성공을 축복하는 것이 순리였어요. 그런데, 저는……."

『그러니까 지금 무슨 기분이 드냐고, 비웃고 싶은 거죠?!』

『체르퀘티 가의 딸이 한심한 모습을 드러낸 지금! 이 꼴을 보며 우월감에 젖고 싶은 거죠?!』

"그 태도만으로도 최악이었는데…… 결국 질리안을 휘말리게 하고 말았어요. 저 옷을 보셨죠? 분명 많이 다쳤을 거예요!"

갈기갈기 찢긴 옷에 묻은 피를 떠올린 노엘은 진저리를 쳤다.

"일이 이렇게 되어서도 아직 버로우즈 시장에게 도망치고, 싸우려 하다니…… 마치 화풀이에 화풀이를 거듭하는, 버릇없는 아이 같지 않나요…… 제가 복수라니, 뻔뻔하네요. 차라리 죽는 편이—."

정신없이 제철소 안을 걸어오는 동안에 꽤 높은 곳까지 올라온 것 같았다. 깨진 창에서 보이는 지면은, 생각보다 훨씬 멀어져 있었다.

가만히 지면을 바라보는 노엘의 옆에, 카론이 조용히 다가왔다.

"버릇없는 아이라…… 아니, 지금의 너는 그보다 더 심하다."

낮고 예스러운 목소리가 노엘의 가슴에 비수를 꽂았다.

"그것은 그저, 더는 생각하고 싶지 않다, 아무것도 하기 싫다며 도망치는 것일 뿐이다."

"……."

"질리안에게 화풀이하고, 너의 욕심이 원인인 사건에 휘말려서 미안하다고 생각한다면 —본인에게 그것을 전하는 게 제일 좋을 것이다. 폐를 끼칠 만큼 끼쳐놓고, 너는 입 다물고 퇴장할 생각인가? 그렇게 해서 또 한 번…… **제멋대로 굴** 것인가?"

"윽!"

이 악마의 말은, 하나하나 사람의 신경을 건드려서 쓸데없이 상처주고, 그리고 때로는 힘차게 **끌어 올리려고** 했다.

얼마나 오래 살았는지 알 수 없지만, 그와 이야기를 하고 있으면 내가 얼마나 어리석은 아이인지 뼈저리게 깨닫는다.

—나는 버릇없는 아이다. 그리고 제멋대로였다.

고개를 숙인 노엘에게 카론은 다그쳤다.

"그리고 말이야, 네 사고방식은 너무 겸허해. 질리안이 이러니

저러니 상관할 것 없이, 버로우즈는 너를 이용했다. 복수할『자격』이 있는지 없는지 하는 말은 필요 없다. 네 욕망을 위해서라면 악마와도 계약한 예전의 그 얄팍한 오만함은 어디에 간 것이냐?"

"……그 오만함은, 사람에게 폐를 끼치지요."

"죽으면 아무에게도 폐를 끼치지 않는다는 말이냐? 그렇게 재미없게 소박한 삶을 살기보다, 조금은 다른 사람에게 폐를 끼치더라도 자신의 길을 가는 게 더 삶의 보람이 있을 것이다. 폐를 끼친 상대에게는, 오만하게 걸어가 막무가내로 구해주면 된다."

"그건…… 그 방법은……."

"공교롭게도 나는 악마라서 말이야. 인간이 미덕으로 삼는 정신은 성미에 맞지 않는다."

히죽, 악마가 악마에 어울리는 미소를 눈가에 띄웠다.

"……정말 못 말리겠네요. 당신은 언제나 공연히 잘난 척하는군요."

"대악마니까 실제로도 잘났다."

"저도 상류계급이라 잘났어요."

"흠, 어쨌든 지금은 보머를 쓰러뜨리는 것만 생각해라. 질리안에게 어떻게 사과할지는, 그 녀석의 손에서 구해낸 다음에 생각해도 된다."

"……그렇네요. 지금은 그 아이를 구하는 것이, 제가 할 수 있는 일이니까요."

노엘은 석양에서 눈을 뗐다.

"고마워요, 카론. ―이제 가요."

두 건물을 잇는 복도는 커다란 건물로 이어져 있었다. 녹슨 큰 문에는 예스러운 글자로 『제2 용광로』, 『위험』, 『관계자 외 출입 금지』라고 적혀있었다. 문은 잠겨있지 않은 듯했다. 카론이 밀자, 문은 끼익 요란한 소리를 내며 열렸다.

다시 열기가 덮쳐왔다. 이 용광로도 마인의 힘으로 막무가내로 각성 되어 있었다. 마그마처럼 부글부글 끓어오르고, 눈부시게 빛나는 철의 풀.

황금빛의 빛을 등지고 마인 보머는 우뚝 서 있었다.

"여어, 이제야 온 건가."

노엘은 그 말에 대답하기도 전에, 친구의 모습을 보고 말았다.

"질리안!!"

보머의 등 뒤에는 강철로 만든 중간층이 있었다. 그 철책의 너머에 질리안이 쓰러져 있었다.

조금도 움직이지 않고, 표정도 읽을 수 없었다.

"질리안!! 괜찮나요?!"

대답이 없었다. 노엘은 보머를 노려보았다.

"소란 피지 마. 아직 안 죽었다니까. 이대로 두면 어떻게 될지 모르겠지만."

보머는 실실 웃으며 어깨를 움츠렸다.

"어디에 있는지 모르는 네가 알 수 있도록, 너무 열심히 해서 말이야. 시가지에서 사용한 폭탄치고는 약간 화약이 많았던 것 같아."

그는 가스 마스크 속에서 웃고 있었다. 쿡쿡쿡, 낮은 웃음소리가 흘러나왔다.

"하지만, 덕분에 지금 이렇게 여기에 모두 모였잖아. 화약이 쓸모없진 않았던 것 같군!"

노엘은 단숨에 분노가 끓어올라서 큰소리로 대답했다.

"당신을 용서하지 않겠어요!! 저를 노린다면, 저만 노리시죠! 상관없는 사람을 다치게 하고, 인질로 삼다니…… 당신도 버로우즈 시장도…… 비열하기 그지없군요!!"

"완전히 상관없는 건 아니지, 이 녀석은. 너를 낚기 위한 훌륭한 미끼다."

노엘은 지금까지 이렇게 진심으로 사람에게 고함친 적이 없었다. 일순간, 분노로 마음속 깊은 곳에서 『죽이고 싶다』는 생각이 들끓었다. 그래도 보머는 조금도 동요하지 않았다.

어차피 팔도 다리도 없는 소녀가 큰소리치고 있을 뿐이니까.

"너 따위 어떻게 되든 상관없다. 이따가 적당히 폭파해 줄 테니

처박혀 있어라."

"윽……!"

노엘은 굴욕에 이를 꽉 다물었다. 이가 깨지는 게 아닐까 할 정도로.

피아노 콩쿠르에서 상을 놓쳤던 그 순간에 필적할 정도의 굴욕이었다. 보머가 노엘에게 코웃음 치며 날카롭게 카론을 가리 켰다.

"역시 제대로 걷지도 못하는 아가씨보다 네 녀석이다! 대악마 카론! 냉큼 시작하자구!"

"……마음에 안 드는군."

이 자리에서 누구보다도 냉정하게 보이던 카론이었지만, 가늘게 뜬 붉은 눈과 그 대사에는, 분노와 혐오가 배어 나왔다.

"악마와 계약했다는 것뿐인 인간이, 나를 상대로 이길 생각인가 본데— 알려주지. 불장난이 지나치면 파멸한다는 것을."

"어이어이, 싸움을 건 건 내 쪽이라구. 이길 생각 없이도 싸움을 걸겠냐, 바보자식! 편하게 이기는 싸움은 이제 질렸다. 막상막하의 싸움을 해보지 않겠나."

펑!

노엘은 순간 보머에게서 얼굴을 돌렸다. 보머의 양손에서 폭발이 일어난 듯 보였다. 작은 태양 같은 화구가 그의 손안에 생겨났다. 그 순간 열풍이 노엘의 뺨을 스쳤다.

야구공 크기의 불꽃이 나타난 것만으로도 열이 굉장했다. 보머는 평온해 보였다. 그가 불꽃의 영향을 전혀 받지 않는다는 것은 아마도 사실이다.

"네 녀석들에게 원한은 없지만, 버로우즈의 지시가 있었다. ……아니, 지금은 그 녀석의 상황이 어떻게 되든 상관없겠지. 이것은 나, 마인 후고 드레셀의 싸움이다. 불태워 주지! 보여 줘, 악마의 피는 어떤 색으로 타는지를!!"

보머가 팔을 위로 번쩍 들자, 그 손안의 태양이 격렬하게 타올랐다.

그 소리에도, 주위에서 끓어오르는 철의 소리에도 지지 않을 목소리로, 노엘은 악마에게 결국 빌었다.

"카론, 부탁할게요. 『저 녀석을 해치워주세요』!"

"알았다!"

노엘은 지금의 다리로 가능한 한 재빠르게 뒤로 물러났다. 하지만 폭풍은 자비 없이 덮쳐왔다. 노엘은 반쯤 떠밀렸다. 보머가 만들어낸 화구는 단순한 불꽃의 혼이 아니었다—『폭탄』이었다.

노엘은 굴러 쓰러진 채 뒤를 돌아보았다.

카론의 쇠사슬이 유성처럼 시야를 가로질렀다.

그것은 뱀이나 동양의 용처럼 호를 그리며 보머를 덮쳤다. 보머가 왼손으로 얼굴을 가렸다.

폭발. 하지만, 카론의 쇠사슬은 부서지지 않았다. 보머가 혀를 찼다.

부서지진 않았지만, 쇠사슬은 튕겨냈다. 카론은 아무 말 없이 쇠사슬을 쥔 오른손을 한 번 더 내리쳤다. 방금보다도 몇 배는 빨리, 쇠사슬이 보머를 덮쳤다.

"우오오오오오오오오오오오오오오오!!"

보머가 우렁차게 소리쳤다.

폭발!

보머는 자신이 일으킨 폭발의 영향도 받지 않는 것인지, 자신 그 자체를 폭탄으로 한 것처럼 보였다.

그를 중심으로 일어난 폭풍은 기괴한 보랏빛을 띠고 있었다. 그 폭발이 카론의 쇠사슬의 일격을 튕겨냈다.

보머가 돌진했다. 그 자신이 불꽃의 덩어리처럼 되어 있었다.

카론이 쇠사슬을— 천장을 향해 던졌다.

크레인이다!

올려다보니, 조금 전에 노엘을 걸어 이동시킨 것과 같은 크레인이 천장에 몇 개나 매달려 있었다. 카론의 쇠사슬은 그중 하나를 휘감았다.

쇠사슬이 짧아졌다. 카론은 돌진해온 보머의 머리 위를 가볍게 뛰어넘고 보머의 등 뒤로 돌아들었다.

"……!!"

보머가 뒤돌아보는 것보다 빠르게, 카론이 긴 다리가 보머를 걷어찼다. 보머는 몇 미터나 날아가, 드럼통과 잡동사니 산에 부딪혔다.

카론은 스스로 「무투파가 아니다」라고 했지만, 노엘에게는 결코 그렇게 보이지 않았다. 그가 육탄전이 특기가 아니라면 『무투파인 대악마』는 도대체 어느 정도의 전투능력을 갖고 있다는 것인가.

카론이 재빠르게 뒤돌아 노엘을 바라보았다.

"가라!"

"……!"

"너는 질리안을 보호해라! 저 녀석은 지금 버로우즈의 명령도 너도 안중에 없다. 질리안도 어떻게 되든 관심 없을 것이다. 어서 가라!"

하지만, 노엘은 반론하려고 했다. 이 계약은 카론이 노엘을 『도와준다』는 것일 터였다. 계약자가 악마를 내버려 둬도 괜찮은 걸까.

"뭘 주저하고 있는 거냐!"

보머가 처박혀 있던 잡동사니 속에서 움직였다.

"네가 할 수 있는 걸 해라!!"

"……읏!"

노엘이 비틀거리며 걷기 시작했을 때, 드럼통과 잡동사니가 날아가고 폭염을 감은 보머가 튀어나왔다.

하지만 보머가 포효하며 돌진한 것은 노엘이 아닌 카론이었다.

"이 자식, 새 구이로 만들어 주겠어!!"

카론이 말한 대로, 더는 그에게 노엘은 보이지 않았다. 악마와의 싸움에 완전히 몰두한 것이다. 거의 정신을 놓은 것처럼 보였다.

폭발음과 쇠사슬이 울리는 소리.

그것을 뒤로하고 노엘은 열심히 **걸었다**.

그렇다, 뛰는 것조차 할 수 없는 나에게는, 할 수 있는 것이 한정되어 있었다. 도저히 카론의 도움은—.

—카론을 위해서라도, 움직여야만 한다. 지금 내가 할 수 있는 것은, 질리안의 안부를 확인하는 것……!

문 옆에 겨우 다다랐다. 의족이 엉클어지고 노엘은 넘어졌다. 일어서기 전에 뒤를 돌아보았다. 작열 속에서 카론과 보머가 싸우고 있었다.

문 맞은편은 어둡고 조용했다. 질리안은 중간층에 방치되어 있었다. 중간층이라곤 해도, 꽤 높았다. 이 계단으로 질리안의 곁으로 갈 수 있을지도 모른다.

만약 여기에 보머의 부하가 잠복하고 있다면……. 그런 생각도 머리를 스쳐 갔지만, 노엘은 계속해서 계단을 올라갔다.

2층에 골라가자 바로 앞에 있는 곳에 작은 방이 하나 있었다.

과자 봉투와 빈 캔, 빈 페트병 등 생활감이 느껴지는 쓰레기가 흩어져 있었다. 모두 오래되지 않았다.

안에는 변변찮은 파이프 침대도 놓여 있었다. 꾀죄죄한 이불과 시트에는, 그을음과 피의 얼룩이 남아 있었다. 혹시 질리안의 것일까.

질리안을 생각하자, 앞으로 나아갈 힘이 솟아났다.

네가 할 수 있는 일을 해라.

폭발음이 점점 가까워졌다.

네가 할 수 있는 일을 해라.

오렌지색의 빛이 보였다. 문이 열려 있었다. 그 끝에는 보머와 카론의 전장 위.

"질리안……!"

질리안은 용광로 가까이에 있는 중간층의 바닥에 누워있었다. 가까운 곳에서 보니, 눈 뜨고 볼 수 없을 정도로 크게 다쳤다. 이마에서 흐르는 피로 눈이 덮여 있었다.

질리안 옆에 무릎을 꿇었다. 질리안이, 희미하게 떨면서 소리를 냈다. 노엘은 환호를 지를 뻔했다. 살아 있어. 그녀가 숨을 쉬고 있었다.

—빨리 구급차를 불러야 해……!

다음으로 전화를 찾아야 했다. 그러한 생각에 미쳤을 때, 노엘은 얼어붙었다.

만약 전화를 찾았다고 해도, 어떻게 해야 할지 알 수 없었다.

내게는 팔이 없었다.

—지금의 나는 전화조차 걸 수 없었다.

여기까지 올 수 있었던 것도 카론의 도움이 있었기 때문이었다.

—역시 나 혼자서는 아무것도……. 아무것도…….

머리와 가슴속에 들어온 절망감을 노엘은 뿌리쳤다.

—아뇨, 지금은 이런 걸 생각할 때가 아니에요. 우선, 질리안이 무사한 것을 확인했고, 그 밖에 뭔가, **카론을 위해** 무언가 할 수 있는 일은…….

보머의 우렁찬 외침 소리가 들렸다. 그 외침에는 웃음소리가 섞여 있었다.

노엘은 일어섰다. 질리안이 괴로워하며 얼굴을 일그러뜨리며, 다시 작은 신음 소리를 냈다.

"질리안, 조금만 더 참아주세요. 다 끝나면 바로 병원으로 옮겨드릴게요."

질리안에게 들렸는지 아닌지 알 수 없었다. 그래도 말을 걸지 않을 수 없었다.

몸을 내밀어 아래층 싸움의 상황을 확인했다. ……한순간 숨이 멎었다.

카론의 오른손이 힘없이 축 처져있었다. 거의 움직이지 않았다. 뚝뚝, 피가 떨어지고 있었다. 보머의 공격에 직격 당한 것인지, 아니면……. 관저에서 입은 상처가 벌어진 것인지. 보머가 웃은 것은 이 때문인가.

“어이어이!! 어떻게 된 거야, 네 실력은 겨우 이 정도인가?!”

카론이 오른팔을 누르며 얼굴을 찌푸렸다.

“그 **저주받은 날**부터 나는…… 그저 폭탄 인간이다! 그에 비해 진짜 악마님께서는 꽤 지친 것 같군, 안 그래?!”

보머의 집은 사고인지 뭔지로 폭발하여 불타올랐다. 그도 불합리한 사건으로 인생이 망가진 것이다. 그렇다곤 해도, 노엘은 그에게 동정할 마음이 들지 않았다.

—카론이, 밀리고 있어?!

카론을 위해 뭔가 해야 해.

나도 싸우지 않으면 안 돼.

주위를 둘러보았다. 느릿느릿 걸어 다녔다. 용광로에서 올라오는 열로, 철책도, 철망과 바둑판 무늬 강판의 바닥도 닿으면 뜨거웠다.

이 중간층도, 잡동사니가 아무렇게나 널려 있었다. 하지만, 팔이 없으니 도움이 될 만한 것을 찾는 것조차 할 수 없었다.

자갈 같은 것이 널려 있었다. 발로 차서 날린다 해도 여기에서 보머에게 맞출 수 있을 리가 없었다.

크레인의 조작판을 찾았다. 하지만 어차피 버튼 하나도 누를 수 없었다.

커다란 펜스를 찾았다. 던질 수 있다면 무기가 될 수 있었을까.

아무것도 할 수 없었다.

역시 나는 아무것도 할 수 없었다.

그뿐 아니라 폐를 끼치고 있었다.

카론이 지금 밀리고 있는 것도, 관저에서 나를 막아주다 생긴 상처 때문이었다.

카론에게 힘이 되어 주질 못했다.

무슨 일을 해도, 오히려 폐를 끼칠 뿐.

철은 부글부글 끓어오르고 있었다.

이 안으로 뛰어내리면, 카론이 싸울 이유가 없어져서 더 다치지 않고 끝날 수 있다.

서로, 더는 다치지 않고 끝날 수 있다.

『그것은 그저, 더는 생각하고 싶지 않다, 아무것도 하기 싫다며 도망치는 것일 뿐이다.』

『폐를 끼칠 만큼 끼쳐놓고, 너는 입 다물고 퇴장할 생각인가?』

『그렇게 해서 또 한 번…… **제멋대로 굴** 것인가?"』

“……아니, 제멋대로 도망가서는 안 돼요. 폐를 끼쳤다면…… 오만하게 걸어가 구해줘야 해요.”

『네가 할 수 있는 걸 해라!!』

“내가, 할 수 있는 걸 해야 해!”

보머의 등 뒤로 돌았다. 그는 변함없이 카론만 보고 있었다. 쇠사슬이 소리를 내고, 폭발이 그쪽에서 일어났다. 보머는 이제 엉망진창 손에 집히는 대로 공격했다. 아무것도 하지 않으면, 곧 말려들지도 모른다.

중간층은 천장에서 철골의 기둥으로 받쳐지고 있었다. 보머의 뒤에 있는 기둥은, 녹슬어 금방이라도 부서질 것 같았다. 노엘이 어깨로 밀자, 꺼림칙한 소리를 내며 흔들렸다.

그것을 보머 위로 떨어뜨릴 수 있다면.

하지만, 팔도 없는데 어떻게 밀어야 할까?

“……아니, 이렇게 간단히 포기해서는 안 돼. 반드시 어떻게든 해 보이겠어!”

노엘도 지금의 보머와 그리 다르지 않은 심리 상태였다. 무아지경이었다. 할 수 있는 것을. 해야만 하는 것을. 이것은 이제 자신에게 내려진 임무였다.

팔이 없다면 몸을 부딪쳐 미는 수밖에 없다. 도움닫기도 할 수 없지만.

쓰러질 듯, 녹슨 철골에 부딪혔다. 철골은 기울었지만, 노엘도 그 자리에 쓰러졌다.

아팠다.

그냥 넘어진 것과는 차원이 달랐다. 갈비뼈가 부러진 것 같았다.

다시 일어서서 몸으로 부딪쳐 밀어냈다.

아팠다.

철이 몸에 찔린 것 같았다.

—그저 철골에 몸을 부딪친 것만으로 이렇게 아프다니. 카론은 대체, 지금까지 얼마나 큰 아픔을……?

그래도 아직 임무는 계속되었다.

일어서서 철골에 부딪혔다.

아팠다.

하지만, 이 임무를 포기하고 싶지 않았다.

눈 아래에서, 보머가 짐승처럼 소리를 지르고 있었다.

태양……. 녹은 철보다 밝은 불꽃의 혼이, 보머가 들어 올린 양손 위에 나타났다.

지금까지 그가 만들어낸 어떤 『폭탄』보다도 컸다.

“이걸로 끝내주마!!”

카론의 쇠사슬조차, 부서져 녹아버린다. 보머는 승리를 확신한 듯 껄껄 비웃었다.

—저런 녀석을 상대로 단념하다니, 그럴 수 없어요!

눈을 떴다. 고개를 숙이자 우선 눈에 들어온 것은 철판 바닥과 무능력한 다리.

평소에는 타이츠를 신어서 숨겨왔던 의족도, 어느샌가 타이츠가 찢어져 금속과 실리콘이 드러났다.

—이 의족조차 카론에게 받은 거군요. ……다리를 빼앗았으면서 다리를 주다니……. 계약인지 뭔지 모르겠지만, 그러면 처음부터 이러지 말지 그랬어요.

카론은 보머를 바라보고 있었다.

무슨 작전이라도 있는 걸까, 아니면 보머가 말한 대로 지쳐서 움직일 수 없는 것일까. 그저 그 붉은 눈은, 똑바로 적을 노려보고 있었다.

그도 아직 포기하지 않았다.

—의족을 주신 은혜, 갚아드리겠어요!!

인간의 몸뚱이로는 철을 부술 순 없지만, 지금의 노엘에게는 철의 다리가 있었다.

"—이거나 처먹어, 보세요!!"

체중을 실어 치켜든 다리를 철 기둥에 떨어뜨렸다.

큰 소리가 나고, 노엘의 다리 절단면에서부터 온몸으로 충격이 번졌다.

몸이 쓰러진다.

철 기둥과 함께 떨어진다.

"노엘……!!"

카론의 큰 목소리가 들렸다.

보머가 뒤를 돌아보았다.

하지만, 늦었다.

풀썩.

"……터무니없는 행동이었다. 의족이 아니었으면 골절 정도로 끝나지 않았을 거야."

"하지만, 의족이었으니까, 골절로 끝난 것이 아닌가요."

"……정말이지……."

노엘은 일어설 수조차 없었다. 철골을 발로 찼기 때문에, 의족이 한쪽으로 꺾이고 말았다. 노엘은 주저앉으며 무참한 모습으로 쓰러져 있었다.

"네가 죽으면 곤란하다고 그렇게 말했는데. 하지만, 솔직히 네 공이 컸다."

카론과 노엘의 눈앞에는 녹슨 철 기둥 밑에 깔린 보머가 있었다.

서서히 피의 바다가 퍼져갔다.

우선 철 기둥이 보머의 머리를 직격했다. 노엘의 바로 아래에서 사람의 뼈가 부러지는 소리와 살이 터지고 찌그러지는 소리가 났다. 소름이 돋을 정도로 꺼림칙한 소리였다. 아니, 소리뿐만이 아니다. 녹슨 철 너머로, 그 감촉까지 전해졌다.

인간이라면 죽었을 것이다.

하지만 보머는 인간이 아니었다.

"……후, 헤헤…… 하핫 하……. 하하하하……. 하아, 하아……."

철골 아래, 피 웅덩이 중심에서 포머는 가냘프게 웃음소리를 냈다.

"바, 방심…… 했군. 마인 쪽…… 도 이, 이렇게까지 할 수 있다니……."

"승부가 났다. 이대로 너를 경찰에 넘기면 끝이다. 버로우즈와『폭탄마』의 관계도 모두 밝혀지겠지."

"아무리 시장이라고 해도, 피해 없이 끝나진 않겠죠? 그럼, 이걸로—.”

복수는 끝나는 것인가. 노엘이 밝은 목소리를 내던 그때.

보머가 콜록거리며 웃었다.

“마, 말단을 통해서 그 자식의 악행이, 바, 밝혀진다면…… 저 딴 녀석, 옛날에 감옥에 있었을 것이다…….”

“뭐?”

“……좋다. 즐거운 시간을 보낸 답례다, 대답해주지…….”

카론과 노엘은 서로 얼굴을 바라보았다. 엎드린 채 여전히 가스 마스크를 쓴 보머의 이야기는 상당히 알아듣기 어려웠다.

역시 그도 약해진 것은 분명했다. 호흡에는 쉭쉭하는 이상한 소리가 섞여 있었고 굉장히 괴로운 것 같았다.

그리고 용광로를 채운 철의 온도가 순식간에 내려가고 있었다. 철이 부글부글 끓는, 땅이 울리는 듯한 소리는 거의 들리지 않았다.

노엘은 카론과 함께 보머의 이야기에 듣기 위해 귀를 기울였다.

“우선 첫째로……나는, 경찰에, 버로우즈에 대해 말하지 않을 거다…….”

그것은 어째서인가.

보복이 두려워서다.

보머는 딱히 그를 감싸고 싶은 생각은 없었다. 버로우즈는 조금의 돈과 **자유**를 준 것뿐인 남자였다. 가끔 그의 지시에 따라서 사람이나 장소를 폭파하면, 보머는 체포당하지 않을 수 있었다.

"이런 위험한 폭탄마를 방치하다니, 버로우즈 시장에게 그렇게까지 권력이 있다는 건가요?!"

"녀석의 손은 경찰의 상층부까지 뻗어있다는 말인가."

"……아아, 그렇다. 라프라스 경찰은…… 완전히 썩어 빠졌다. 마피아 녀석들이 활개를 치고 다닐 때와…… 하나도 바뀌지 않았다."

보머와 같은 말단인 『궂은 역할』이 버로우즈의 이름을 대면, 바로 시장 본인에게 정보가 들어갈 것이다. 그리고 시작되는 것은 **배신**에 따른 보복이었다.

버로우즈는 배신자를 반드시 처리했다. 설사 경찰서와 형무소 안에 있더라도, 반드시 살해당했을 것이다. 배신한 본인뿐만 아니라, 가족도 친구도 모두 살해당했을 것이다. 입막음의 본보기를 보여주기 위해서.

실제로 보머도 입이 가벼운 배신자들이 어떻게 됐는지 **보았을 것이다**. 그렇기 때문에, 비록 경찰에게 고문당해도, 버로우즈의 이름은 입 밖으로 내지 않을 생각인 것 같았다.

이렇게나 머리가 미친 마인도, 버로우즈의 보복을 두려워하고 있었다.

"두 번째로는…… 설령 목숨을 걸고, 내가 녀석에 대해 말한다 해도…… 쓸데없으니까."

그것은 어째서일까.

지금의 경찰과 매스컴은, 모두 버로우즈가 조종하고 있으니까.

버로우즈가 무슨 일을 하든, 누구를 고용하든, 심지어 자신의 이익을 위해 제물을 이용해 악마와 계약시킨다 해도, 모두 **없었던 일**이 되어버리는 것이다.

노엘은 생각났다. 자신이 관저에 들어가 소동을 일으킨 것을 보도한 신문은 없었다.

관저에 대악마가 들어왔다는 것은, 전대미문의 대사건이 되어도 이상하지 않은데, 라프라스는 너무나 조용했다. 스텔라 스테이지 사장의 죽음에, 건설 중인 지사 빌딩에서 폭발이 있던 것을 계속해서 보도하는 정도였다.

"그 녀석은 어느새 거기까지……."

카론이 부리 속에서 중얼거렸다. 그 말에 노엘은 왠지 걸리는 것이 있었다.

"헤헤…… 알, 알았겠지……?"

보머가 기침을 했다. 쿨럭, 축축한 것을 뱉어내는 소리가 들렸다. 가스 마스크 속에서 피를 토한 모양이었다. 그의 목소리는 이제 몸을 웅크리지 않으면 들리지 않을 정도로 작아져 있었다.

"꼬리를 잡아끌어서…… 본체를 끌어당겨 떨어뜨리려 하다니…… 교활한 수법은 통하……지 않아……. 버로우즈를 쓰러뜨리고 싶다면…… **버로우즈를 쓰러뜨리는 수**밖에…… 없다."

"……!"

"너희들의 적은…… **라프라스 그 자체**……다……."

보머의 말은, 그것이 마지막이었다. 그는 더는 기침도 하지 않았다.

죽었는지 아닌지는 분명치 않았다. 그를 누르고 있는 철 기둥을 어떻게 하면 생사를 확인할 수 있었지만, 카론은 그렇게까지 할 필요가 없다고 판단한 것이다.

"……역시, 그렇게 간단하게 해결할 수 없군요."

잠깐 기뻐하고 말았던 자신이 부끄러웠다. 노엘은 어깨를 떨어뜨렸다.

"어쩔 거냐, 노엘. 불을 끄는 것만으로는 아무 소용 없는 것 같군."

팔짱을 낀 카론의 눈을 노엘은 똑바로 바라보았다.

카론은 노엘이 어떻게 대답할지, 이미 예상한 듯했다. 그는 그런 표정으로 기다리고 있었다. 그래도 조용히 노엘의 다음 말을 기다리고 있었다.

"결심했습니다. 저, 노엘 체르퀘티는 라프라스 시장 러셀 버로우즈와…… 싸우겠어요."

"그런가."

"이대로 그 남자를 내버려 두면 질리안 뿐만 아니라, 더 많은 사람에게 폐를 끼치게 될 거에요. 그렇다면 이쪽에서 나서서, 저의 인생을 가지고 논 것을 후회하게 할 거에요……!"

"—결정한 것이냐."

카론의 목소리가 평소보다 낮았다.

그것은 그도 다시 진지하게, 노엘의 결단을 마주한다는 증거일지도 몰랐다.

"저는 역시 오만하게는 살 수 없어요. 하지만 저에게 적의가 향해졌을 때는, 망설이거나 도망치기보다 싸우겠어요. 그렇게 하면 아무도 죽지 않고 끝나지 않을 수도 있단 걸…… 오늘, 알게 되었으니까요."

"위험한 길이 될 거다. 내가 널 지키지 못하고 도중에 죽을 가능성도 있어."

"충분히 잘 알고 있습니다."

"네가 버로우즈를 타도할 때까지, 나의 도움을 받겠다는 것은, 즉— 그만큼 **거대한 대가**를 지불해야 한다는 뜻이다. 시간을 들이고, 아수라장을 빠져나가면 나갈수록 말이다."

"……."

"네가 버로우즈를 쓰러뜨리고 『제1의 계약』을 취소하여, 스스로 손발을 되돌린 순간. 나의 도움이 필요 없어진 순간— 나는 〈대가〉로 너의 목숨을 받을지도 모른다. 계약의 대가는 악마가 그 자리에서 일방적으로 정한다."

그것을 『제1의 계약』을 맺기 전에 말해주길 바랐다.

하지만, 소환자가 그것을 알고 있다는 전제로, 악마의 계약이 진행되는 것이 상식이라면…… 역시, 어리석었던 내가 나쁜 것이었다. 모르면 그 자리에서 물어봤어야 했다.

어떤 대가도 지불하지 않고, 사람을 죽일 수 있는지 말이다.

낯익은 카론이 평소보다 커 보였다.

처음 폐빌딩에서 만났을 때와 비슷한 위압감이 느껴졌다.

잘못이나 건방진 소리는, 입 밖으로 낼 수 없는 분위기. 하지만 노엘은 결심했다.

"……그것도 알고 있어요."

노엘이 대답한 그때, 대악마의 붉은 눈이 번쩍하고 빛났다.

노엘의 시야가 한순간에 암전이 되었다.

머릿속에서 불길한 종소리가 울리는 것 같았다.

아아, 이것은 전에도 경험한 적이 있었다. 『제1의 계약』에 따라 카론이 〈기적〉을 일으켰던 그때.

나는 다시 대악마에게 혼을 팔았다.

"좋겠지. 노엘 체르퀘티. 이 대악마 카론, 네 〈각오〉를 들어주었다."

하지만 이 『제2의 계약』은, 그때처럼 손끝 하나로 해결되지 않았다. 엄청난 시간과 노동을 들이지 않으면 **라프라스 그 자체**는 쓰러뜨릴 수 없었다.

대체 나는 이 대악마에게, 무엇을 지불하게 될 것인가. 절대로 시시한 것으로 끝나지 않을 것이다. 지금보다도 더 괴로운 일을 당하게 될지도 모르지.

"이번에야말로, 네 의사가 틀림없겠지."

노엘은 고개를 끄덕였다.

"그렇다면, 다시 나는 계약에 따라 노엘 체르퀘티의 수호자가 되겠다. 나는 너를 도와주는 것뿐이다. 자신의 부주의는 스스로 결말을 내보아라."

"당신의 부주의이기도 하지만요."

"뭐라고? 정말, 나의 계약자라고 하는 것들은 어째서 항상 이런 건방진 녀석뿐인지—."

카론은 왼손으로 가볍게 머리를 감쌌다. 그의 오른팔은 아직 힘없이 축 처져 있었다.

그것을 보고 노엘은 카론의 말을 잘랐다.

"그렇네요. 그건 그렇고, 좀 전부터 생각했던 것이 있어요."

"……흠?"

"당신에게 새로운 악마의 계약을……『제3의 계약』을 부탁하고 싶어요."

결국 나의 모든 것이 없어질 것이다.

이 복수가 끝났을 때.

그렇다면—.

해가 떨어지고, 경찰도 의료관계자도, 가족도 모두 떠났다.

병실에는 정적이 감돌았다.

질리안 리트너의 부상의 처치는 끝났다. 그녀에게 이어져 있는 여러 의료기기가, 용태가 안정되고 있는 것을 알려주고 있었다.

질리안은 청결한 침대에 누워있었다. 폭풍인지 어떤 파편이 튀었는지 질리안은 눈도 다친 것 같았다. 얼굴에도 붕대가 감겨 있어서, 그녀가 눈을 뜨고 있는지 어떤지도 알 수 없었다.

노엘은 질리안의 옆에 서 있었다.

잠시, 그저 조용히 친구의 얼굴을 내려다보았다.

"질리안, 나, 당신을 질투했었어요. 그건 제 마음이 약했기 때문이에요. 그것이 모든 것을 망쳐서…… 이렇게 되고 말았어요."

질리안은 몸을 꿈쩍도 하지 않았다. 역시 잠든 것일까.

아니, 들리지 않아도 괜찮았다. 아무 말도 하지 않을 수 없었다.

"……미안해요."

"……."

"사과한다고 어떻게 되지 않겠죠."

"……."

"저는 버로우즈 시장과…… 라프라스와 싸울 거에요. 피아노를, 소중한 것을, 되찾고 싶어요. 온갖 수단을 다 동원하면 되찾을 수 있다는 것을…… 알게 되었으니까요."

『폐를 끼친 상대에게는, 오만하게 걸어가 막무가내로 구해주면 된다.』

오만한 악마는 그렇게 말했다. 그 말에 따라, 노엘은 지금 여기에 서 있었다. 크게 다쳐 누워있는 친구에게 억지로 찾아와서는, 들리는지도 확실히 모르는데 사과의 말을 늘어놓고 있었다.

이런 걸로 용서받을 수 있을까. ……그럴 리가 없다.

가능하면 직접 눈을 보고 용서를 빌고 싶었지만, 두 번 다시 질리안을 만날 수 없겠지. 그러는 게 좋을 것이다. 더는 휘말리게 할 수 없다.

"……안녕."

노엘은 작별을 고하고 침대에서 떨어졌다.

그러자.

작고 작은 목소리가 들렸다.

"……노엘, 이야?"

질리안이 깨어 있던 것일까. 아니면 지금 막 눈을 뜬 것일까.

이제는 어느 쪽이든 상관없었다.

"……아니요, 저는—."

노엘은 뒤돌아보지 않았다.

"평범한 마녀입니다."

병실 밖에는 카론이 있었다.

밤이라는 해도, 어떻게 이 병원에 숨어들었을까. 누가 지나갈지도 모르는데. 하지만 카론은 그것을 걱정하는 기색도 없이 팔짱을 끼고 벽에 기대어 있었다.

"노엘."

"왜요?"

"버로우즈를 쓰러뜨리기 위해서라고는 해도, 새로이 악마의 계약을 거듭한 너는…… 이제 훌륭한 〈마인〉이다."

"그래서, 그런 의미로 마녀라는 이름을 댄 거예요."

"그렇군. —보머의 말을 기억하고 있는가? 마인은 마인으로서의 이름을 갖는다고."

"네, 기억하고 있어요."

"그래서 생각해보았다. 네 『이름』을."

"……양식의 아름다움, 이군요."

"그런 성격 같은 거로 말이다. ―스스로 죽음을 각오하여 사지로 향하는, 그 필사적인 삶의 태도에서 따왔다……."

카론은 노엘에게 붉은 눈으로 곁눈질했다.

"〈피학의 노엘〉, 어떠한가."

"〈피학〉……. 맘대로 하세요. 하지만……."

노엘은 마른 입술을 핥고, **옆머리를 귀로 넘기며** 미소지었다.

"―조금 마음에 드네요."

Intermezzo 1

보머 이하 4명이 체포되었다는 대대적인 범인 체포 사건— 이 될 것이다. 내일 조간신문에서는.

실제로, 라프라스 경찰의 기동대도 김이 빠져있었다.

기동대가 현장에 달려갔을 때는, 보머도 그의 부하들도 전원 철저하게 혼쭐이 나서 몸을 움직일 수 있는 상태가 아니었다.

라프라스 교외의 폐제철소에서 연기가 피어나고, 때때로 폭발음이 들린다는 제보가 잇따라, 결국 기동대에 출동명령이 떨어졌다.

「이제와서냐」라며 많은 대원이 마구 욕설을 퍼부었다.

경찰은 보머의 본명이 후고 드레셀인 점, 폐쇄된 제철소가 아지트인 점을, 이미 예전에 밝혀냈었다.

그리고 보머가 마인이라는 점도.

아무 힘도 없는 인간이 마인을 상대하는 것은 분명 위험하지만, 대처방법이 없는 것은 아니었다. 무엇보다 보머는 여기저기 시도 때도 없이 폭파하는 초위험인물이었다. 지금까지는 잘 조절해서 **놀았**는지, 직접적으로 다친 사람은 거의 없었다.

하지만 얼마 전, 마침내 녀석은 시가지의 민가를 폭파했다. 검소하게, 정직하게 살고 있던 리트너 가 전원이 다쳤고, 장녀 질리안은 시체조차 찾을 수 없었다.

경찰은 무엇을 하고 있냐는 시민의 분노의 목소리는 조금씩 커지고 있었지만, 리트너 가의 건으로 결국 폭발했다.

경찰이 어디까지 보머의 정보를 파악하고 있었는지, 그것까지는 역시 공식적으로 알려지지 않았지만— 일부의 시민에게도 이미 보머의 정보가 흘러 들어가기 시작했다. 아지트인 폐제철소를 〈드레셀 제철소〉라고 야유하며 부르는 자도 나타나기 시작했을 정도였다.

경찰은 지금까지 굳이 움직이지 않았던 것은 아니다.

〈위〉에서 내려온 명령으로 움직일 수 없었다.

그래서 「이제와서냐」라며 모두들 질려 있었다.

겨우 녀석을 잡을 수 있겠다며 의기양양 출동한 대원도 있었다.

하지만, 결과는 이렇다.

보머는 커다란 철 기둥 아래에 깔려 있고, 다 죽어가는 상태였다. 보기에 중상으로, 도대체 뼈가 몇십 개 부러졌는지도 가늠할 수도 없었다. 그는 피가 흥건한 곳에 엎드려서 쓰러져 있었고, 그 출혈량은 인간이라면 이미 죽었을 정도였다.

그의 부하들도 전원 큰 부상을 입고 의식을 잃었다. 대원이 한 명을 두드려 깨웠지만, 약물중독이었는지 제대로 이야기할 수 없었다.

하지만—.

그들의 상처를 보면, 여기에서 어떤 일이 일어났는지 명백했다.

"대장, 보머 이하 4명의 수용, 완료했습니다."

"……알았다. 상황종료. 일단 감식반을 불러 둬."

"알겠습니다!"

젊은 대원이 경례하고, 「대장」이라고 부르는 그 남자도 아주 젊었다.

하지만 그의 용모는 그다지 경찰관답지 않았다.

바짝 깎은 짧은 금발, 얼굴과 귀에는 피어싱투성이였다. 눈동자색은 밝은 녹색인데 눈빛은 몹시 어둡게 내려앉아 있었다.

〈대장〉은 보머가 남긴 피 웅덩이를 노려보았다.

철 기둥은 힘이 센 기동대원 6명이 달려들어 이동시켰다. 마인의 구속에는 특별한 처치가 필요하다. 특히 보머는 규격 외의 힘을 갖고 있기 때문에 상당히 손이 많이 갔다. 보머가 도중에 의식을 찾지 못한 것은 다행이었다.

대장의 녹색 눈이 힐끗 움직였다.

그는 눈치채고 있었다. 여기에는 또 다른 작은 혈흔이 있다는 것을.

대장은 그것에 다가가 몸을 굽히고 피를 손끝으로 찍어 색을 관찰하고 냄새를 맡았다. 그의 눈빛은 더욱 험악해졌다.

"악마놈……."

그렇다. 보머와 건달들을 때려눕힌 것은 분명 악마였다. 그것도 성가신 대악마였다.

조만간 감식반이 그런 분석결과를 내겠지만, 그는 알 수 있었다.

라프라스 뿐만 아니라, 전 세계에 널리 퍼져있는 〈악〉의 화신. 정의를 어지럽히는 〈악〉의 개념 그 자체.

"……**후고**. 네 녀석을 친 것은 어떤 악마였나?"

보머의 피로 눈을 돌린 대장은 꽈악 손을 움켜쥐었다.

"너를 쓰러뜨릴 사람은…… 나였어야 했는데……!"

손을 떨며, 이를 악다문 그의 녹색 눈이—.

피처럼 붉게 변한 것을, 본 사람은 없었다.

Passage 6

미궁

슬럼의 한구석에서 피아노 소리가 났다.

노엘의 가늘고 긴 손가락이 C 건반을 누른 것이다.

한 번 더 C.

하지만 노엘의 귀에 들리는 음은, C가 아니었다. 예상한 대로, 이 매우 낡은 피아노는 오랫동안 조율하지 않았다. 음은 완전히 맛이 갔다.

지금 노엘의 왼쪽 어깨 아래에는 **왼팔이 이어져 있었다**. 위화감은 전혀 없었다. 비정상적인 힘으로 없어지기 전과, 어떤 차이도 느낄 수 없었다. 15년간 함께한 주로 쓰던 자신의 팔 그 자체였다.

대악마 카론과의 『제3의 계약』에 따라, 노엘은 왼팔을 되찾았다. 그 대신—.

"……."

노엘은 왼손을 오른쪽 눈에 가져갔다. 하얀 안대로 덮여 있었다. 아직 조금 욱신욱신한 아픔이 있었다.

왼팔을 되찾은 〈대가〉는, 자랑이었던 카시스 빛깔의 눈동자. 노엘은 오른쪽 눈을 잃었다.

카론은 같은 인간과 3번이나 계약한 적은 거의 없다고 말했다.

하지만 아직도 피아노는 칠 수 없었다. 피아노를 『완벽하게』 연주하기 위해서는 발도 필요하다.

왼팔을 되찾은 것은 복수를 위해서였다.

적어도 버튼 하나라도 누를 수 있다면 하고 생각한 노엘의 결단이었다.

음이 이상했지만, 피아노 음을 들을 수 있는 것은 기뻤다. 건반의 감촉을 다시 맛볼 수 있는 것도 기분 좋았다.

감개에 잠겨 있는 사이, 카론이 은신처로 돌아왔다. 어디에선가 신문을 조달해오는 것이 그의 일과가 되어가고 있었다. 카론은 오늘 자 신문을 테이블 위로 던졌다.

"바로 피아노 연습인가?"

"이렇게 음이 이상한 피아노는 귀에 안 좋아요. 그리고 역시 양손이 없으면 안 돼요. 하지만 이걸로 권총 한두 발은 쏠 수 있게 되었어요. 더는 당신에게 도움을 받고만 있을 순 없으니까요."

"그거 괜찮군. 가능한 한 내 발목을 잡지 않도록 분발해라."

여전히 사람의 신경을 건드리는 데 선수다. 노엘은 발끈하며 신문을 손에 들었다.

"그래서 뭐냐. 앞으로 어떻게 할 생각이지?"

"네? 뭘요?"

"복수 말이다, 복수. 복수는 보통 이쪽에서 하는 것이다. 구체적으로 무엇을 할지, 계획은 있는 것이냐?"

노엘은 말문이 막혔다. 생각은 하고 있었지만, 어떤 것도 명확히 떠오르지 않았다.

어떻게 하면, 라프라스 그 자체를 뜻대로 주무르는 버로우즈를 추락시킬 수 있을까.

인생, 추락하는 것은 간단한 것이라고 슬럼의 주민은 말했었다. 하지만 이토록 시민에게 지지받고 있는 남자를 추락시키기는 쉽지 않을 것이다.

마피아조차 그에게 대적하지 못했고, 마인 보머조차 그를 두려워하고 있었다. 15세 소녀에게 무엇이 가능할까.

"……그, 그렇죠……. 다시 시장 관저에 돌입, 은 무리겠죠. 그렇다면 암살 같은 건……?"

"그렇지 않아도 지하 조직과도 내통하고 있는 인간이다. 암살할 만한 틈 따위 그렇게 간단히 만들지 못할 거다. 이미 마피아에게 어지간히 미움받고 있을 텐데도, 지금도 태평하게 잘살고 있으니."

"으으음."

"버로우즈를 죽이는 것만이 복수가 아니다. 녀석의 시장이라는 지위나, 그가 뒤로 쌓아 올린 더러운 부를 무너뜨리는 것— 그것도 또한 훌륭한 복수다."

"그건 알고 있지만."

카론이 붉은 눈을 일그러뜨리며 쿡쿡하며 부리 안에서 웃었다.

"여기까지 와서 뭘 망설이나? 이 기회에 화려하게 저질러버리면 되는 거다."

이 악마는 대체 무엇을 꾸미고 있는 것일까. 그리고 나에게 대체 어떤 답을 찾게 하려고 하는 것일까. 그는 다음에 무엇을 해야 하는지 알고 있는 듯했다.

"알겠나, 생각해 봐라. 시빌라는 어째서 너에게 스텔라 스테이지의 사장을 죽이도록 했을까?"

"……그건, 스텔라 스테이지라는 회사 자체가 시장에게 방해였으니까……."

"그렇다. 계속 생각해라. 그럼 왜 시의 밖에서 온 해운회사가 방해였을까."

"……돈이, 그쪽으로 흘러가니까?"

별로 자신은 없었지만, 정답이었던 것 같았다. 카론은 만족한 얼굴로 고개를 끄덕이며 팔짱을 꼈다.

"대충 그렇겠지. 하지만, 버로우즈는 시장이다. 경영자가 아니야."

"그럼 어째서?"

"그 언저리에, 분명 버로우즈의 이익에 연결된 무언가가 있을 것이다. 버로우즈가 직접 손해를 보는 것이 아니라, 녀석에게 이

익을 가져다주는 『무언가』나, 『누군가』가 상당히 손해를 보겠지."

"즉, 경찰처럼 어떤 기업이 시장과 연결되어 있다는 말이군요."

카론이 끄덕였다.

"시장 관저의 경비원을 상대로 하는 건 힘들다. 라프라스 경찰을 상대하는 것도 힘들어. 하지만— 일반 기업에 침입해서 버로우즈의 부정의 증거를 훔쳐낼 수 있다면 어떤가?"

"……!"

"더욱이. 분명 시내는 녀석의 앞마당일지 모르지만, 라프라스를 나가서 증거를 세간에 알리면, 제아무리 대단한 버로우즈도 타격이 없진 않을 거다."

"……그렇군요. 가능할 것 같아요."

그때 자신이 어떤 얼굴을 했는지 노엘은 알지 못했다. 하지만, 그것을 눈으로 본 카론이 즐거운 듯 눈을 가늘게 떴다. 악마에게 바람직한 웃음이었을 테지.

"흠……. 좋은 얼굴을 하게 되었군. 지금까지의 너와 비교하면 몰라볼 정도야. 그럼 이걸로 결정이다."

"하지만, 그 중요한 기업이 어디인지…… 전혀 상상도 안 되네요."

"그런가? 나에게는 짐작 가는 곳이 있다."

"거, 거기가 어디죠?"

"그건—."

『라프라스에는 이미 오랫동안 지역에 뿌리내린 해운회사인 아쿠에리어스가 있습니다. 경합에 따른 기업의 성장이라는 좋은 측면도 있을 수 있지만, 저와 시장님은 라프라스에는 아쿠에리어스로도 충분하다고 생각합니다.』

그 거대한 빌딩에 도착해, 회사명을 읽자마자 노엘은 시빌라가 그런 이야기를 했던 것이 생각났다.

해운회사 아쿠에리어스.

노엘은 경제는 잘 모르지만, 이 회사가 아주 오래전부터 라프라스에 존재했다는 것은 알고 있었다. 바다를 따라 우뚝 솟은 거대한 빌딩은, 바다를 접한 라프라스 상입구의 랜드마크라고 할 수 있었다.

"내가 아는 한, 라프라스에서 가장 큰 해운회사는 여기다. 만약 스텔라 스테이지가 라프라스에 진출했다면 상당한 손해를 봤을 것이다."

"……계속 궁금했던 건데요, 카론. 당신은 꽤 라프라스 시에 대해 빠삭하군요?"

"……아무래도 상관없잖아. 너야말로 공부가 부족한 것 아니냐?"

"자랑은 아니지만, 제 나이의 여자아이가, 하나하나 기업의 일

따위 알 리가 있나요?!"

카론의 성격은 어지간히 익숙해졌을 터지만, 언제나 이렇게 말대꾸를 하게 된다. 카론은 그 이상 어떤 말도 하지 않고 빠르게 가버렸다.

상업구는 낮에는 교통량도 많고 활기로 넘치지만, 어디까지나 오피스 거리다. 여기에 사는 주민은 적었고, 심야가 되면 고스트 타운처럼 아주 고요해졌다.

카론이 정문 현관으로 향하려고 했기 때문에, 노엘은 재빨리 붙잡았다.

지금 카론의 팔을 붙잡을 수 있게 된 것만으로도, 오른쪽 눈을 대가로 한 가치가 있었다.

"정문으로 들어가는 건 무리일 것 같아요. 경비원은 없는 것 같지만."

"어째서 무리지?"

"봐요, 유명 보안 회사의 스티커가 붙어 있는걸요. 게다가 저기에서 번쩍번쩍 빛나고 있는 램프는 분명 센서에요."

카론은 순간 어리둥절한 눈치였다. 이 악마가 이런 표정을 보인 것은 처음이었다.

"……알았다, 잠깐 주변을 살펴보자. 이렇게 큰 빌딩에 입구가 하나밖에 없을 리는 없다. 뒷문이나 뭔가가 있을 것이다."

그렇다 치더라도 정말로 큰 빌딩이었다. 빙 한 바퀴 도는 것만으로도 꽤 시간이 걸릴 정도였다. 1층에는 커피숍이 들어와 있었지만, 운영은 끝나 있었다. 다른 출입구도 모두 셔터가 내려가 있었다.

갈 수 있을 것 같은 곳은 지하주차장 정도였다.

다른 길도 없었기 때문에, 두 사람은 지하주차장으로 가는 경사로를 내려갔다.

콘크리트로 만들어진 주차장은 싸늘했다. 바다에서 들어온 바람이 머무는 듯 약간 비린내가 났다.

마치 경찰 차량처럼 튼튼해 보이는 트럭이 몇 대 주차되어 있었지만, 다른 차는 없어 텅 비어 있었다. 아무리 발소리를 감추려 해도 크게 울렸다.

경사로 부근에 철제문이 있었다. 카론이 손잡이에 손을 얹었다.

……문이, 잠겨있지 않았다.

"여기에서 안으로 침입할 수 있을 것 같군요. 아무도 없는 것 같고, 찬스에요!"

"……꽤나 부주의하군. 우연인가?"

"네, 운이 좋았어요. 눈에 띄지 않는 입구고, 분명 문단속을 잊은 걸 거에요."

카론이 몇 초간 머뭇거렸다.

경계하는 모습으로 주위를 둘러보았다.

"……뭐, 인간이 하는 일이니. 그럴 수도 있겠지……."

그리고 문을 열었지만, 경보가 울리지도 않았다.

"오늘 밤에 시장의 부정의 증거를 찾아내서, 아침 일찍 라프라스를 나가면, 내일이면……!"

"마음을 모르는 건 아니지만, 그렇게 조급해하지 마라. 아직 이 아쿠에리어스가 나쁜지 어떤지도 결정 나지 않았다. 아무쪼록 신중하게 좀……."

이런 오피스 빌딩 안이 어떻게 되어 있는지, 노엘은 전혀 알지 못했다. 무거운 철문 앞은 새까맸고, 아무 소리도 나지 않았다.

"……어, 어둡네요……."

"전에도 그렇게 말했었지. 너는 어둠이 무서운 것이냐?"

"그, 그렇지 않아요!"

"큰소리 내지 마라. 천천히 와도 괜찮으니 넘어지지 마라."

어디에 버로우즈의 악행과 관련이 있는 증거가 있는지, 노엘에게는 보이지 않았다. 하지만 카론의 발걸음은 어딘지 자신이 있어 보였다. 노엘은 그를 따라가는 수밖에 없었다.

카론은 이 기회에 화려하게 저질러버리자고 말했다.

혹시 보안 시스템이 움직여도 무시하고 지나가려는 생각인 걸까—.

몇 개의 문을 열고, 그렇게 넓지 않은 방 안으로 들어온 그 순간이었다.

노엘과 카론의 등 뒤에 있는 문에, 셔터가 세차게 떨어졌다.

"……?!"

그리고 목소리와 발소리가 들렸다. 지독히 규칙적이고 경직된 발소리였다.

"찾아오실 줄 예상은 했지만, 설마 이렇게까지 대책 없고 단순할 줄이야."

이 목소리는.

지금의 상황보다도 이 목소리에 노엘의 몸이 한순간에 굳어졌다.

"노엘 님, 카론 님, 어서 오세요. 해운회사 아쿠에리어스에."

"역시 네놈들이 관련되어 있었던 건가. 시빌라 베커……!"

카론이 분노를 억누른 목소리로 나타난 여자에게 말했다.

시빌라 베커. 버로우즈 시장의 비서가 여기 있다는 것은, 아쿠에리어스는— 한패였다. 무작정 증거를 찾아야 할 수고는 덜었지만, 그러나.

"노엘 님이 복수를 결정하셨다면, 다음은 어떻게 움직일까. 예상하는 건 간단했습니다. 스텔라 스테이지 사장의 살해라는 키워드에서 아쿠에리어스로 생각이 미친다는 것은 상상하기 어렵지 않지요."

상황이 좋지 않았다.

"그리고, 심야에 잠기지 않은 뒷문으로 침입하여, 물색을 시작한다는 것도."

여전히 시빌라의 은근히 건방진 말투와 음색에도, 표정에도, 거의 감정이 드러나지 않을― 터였지만, 노엘은 그녀가 확실히 자신들을 비웃고 있다는 것을 알 수 있었다.

"―시빌라 베커!!"

거의 무의식인 상태에서, 노엘은 한쪽 눈을 치켜뜨며 크게 소리쳤다. 게다가 아직 익숙하지 않은 의족으로 맹렬하게 달려나가려고 했다.

"이런 멍청한, 섣불리 덤비지 마라!"

노엘의 숨이 순간 멈췄다. 카론이 목 뒤 옷깃을 잡아 억지로 끌어냈기 때문이다. 순간적으로 일어난 일이었기 때문일까, 상당한 힘이었다.

"하지만 정말로 일부러 열어둔 문으로 뻔뻔하게 들어올 줄이야. 그래도 후고 드레셀을 쓰러뜨린 몸…… 좀 더 줄다리기가 있을 거라고 생각했습니다만."

"줄다리기 따위 없어요, 당신은 제가 지금 바로 여기서……!"

"진정하라고 했다! 나보다 앞에 나가지 마!"

카론이 이번엔 확실히 노엘을 꾸짖었다. 막아주듯이 자신의 앞으로 나간 카론의 모습이 노엘에게는 잘 보이지 않았다.

지금 노엘의 한쪽 눈에 비치는 것은 시빌라의 무표정과, 늘씬한 체격뿐. 시빌라의 모습을 보며 그 기분 나쁜 말을 듣고 있자니 이성이 없어질 것 같았다.

후우 후우, 숨을 거칠게 쉬며 노려보자, 시빌라의 입꼬리가 살짝 올라갔다.

"이런, 상당히 미움받고 있는 것 같군요."

"……네 녀석치곤 말이 많구나. 준비한 함정이 성공해서 기쁜가? 하지만 이 상황을 보니…… 너 혼자 나를 어떻게 하려는 건가?"

악마의 위협에도, 시빌라는 동하지 않았다. 그뿐 아니라 차갑게 깔보던 눈으로 카론을 바라보았다.

"—흠. 거기에 서 있으면서도 아직 눈치 못 채셨군요. 맥이 빠집니다만……. 그래도 이걸로 당신들을 처분할 수 있다면 이보다 더 좋을 순 없겠지요."

시빌라가 손에 들고 있던 태블릿을 흘끗 보았다.

"노엘 님에게 이 말을 하는 건, 이걸로 두 번째가 되겠군요."

"……두 번째?"

"『안녕히 가십시오, 노엘 님』"

노엘의 시야가 일순 팟하고 깜빡였다.

눈앞에서 정전기가 일어난 듯한 그런 느낌이었다.

바닥이 사라졌다, 그렇게 말할 수밖에 없었다. 노엘은 카론과 함께 거꾸로— 떨어졌다.

"……대악마 카론. 바다 밑바닥에서, 자신이 한 일을 후회하십시오."

커다랗게 열린 바닥의 구멍을 내려다보며, 시빌라 베커는 혼자서 **증오스럽다**는 듯이 중얼거렸다.

이상한 나라의 앨리스가 된 것 같은 기분을 맛볼 수 있던 한때.

정신을 차리자 노엘은 거의 물에 빠져있었다. 뭐가 뭔지 알 수 없었다. 출렁출렁하는 물— 엄청나게 짠 것을 보니 바닷물인 것 같았다. 물을 마시고 토하면서, 노엘은 한쪽 팔과 의족으로 발버둥 쳤다.

"자, 잡아라."

약간 귀찮은 듯한 카론의 목소리가 가까스로 들렸고, 노엘은 필사적으로 손을 뻗었다. 털인지 깃털인지 알 수 없는 것으로 덮인 커다란 손이 노엘을 억지로 끌어올렸다.

"빨리도 손이 도움이 되는군."

"여, 여기는……. 저는…… 어어, 분명……."

"내가 경솔했다. 수렁 같은 고전적인 함정에 걸릴 줄이야."

떨어진 곳이 물이었던 것이 불행 중 다행이었다. 침수되지 않은 부분은 딱딱한 콘크리트 바닥이었다.

입을 훔치고, 숨을 가다듬고 있는 동안, 노엘은 시빌라에 대한 분노가 다시 일어났다.

"……그랬군요. 저희는 시빌라의 함정에 빠져서……. 아아, 그렇군, 또다시 그 여자한테…… 윽!"

"그렇게 된 것이다. 이상하다고 생각했었지만, 이렇게까지 대규모 시설이 있을 줄이야."

"여기가 그 빌딩의 지하 깊은 곳이라는 말인가요?

"믿기 어렵지만, 그런 것 같군. 오래된 지하주차장이나 아니면 조선시설이나…… 그런 것을 개조한 것 같군."

카론은 천천히 얼굴을 두리번거리며 둘러보았다. 희미하지만 그가 감탄하고 있는 것을 알 수 있었다.

이렇게 이야기를 하는 사이에도 그 넓은 공간 어딘선가, 바닷물이 대량으로 흘러들어오고 있었다.

폭포처럼 울리는 소리가 시끄러워서, 카론의 낮은 목소리가 잘 들리지 않을 때도 있었다.

"낮에는 평범하게 기능하는 회사의 지하에, 이런 악취미 공간을 숨겨놓다니. 아쿠에리어스에 꼬이는 버로우즈의 적을 때려 넣는 〈해저 미궁〉이라고 할 법하군."

"미궁……."

"저기를 봐봐라."

카론이 바닥의 한구석을 가리켰다.

힛, 노엘의 숨이 멈췄다.

뼈가 있었다. 백골 사체였다. 아마도 남자. 옷은 너덜너덜했다. 상당히 꽤 오래전에 죽은 것 같았다.

"해수가 흘러들어오는 걸 봐선, 여기는 바다와 이어져 있는 것 같다. 바다에서 흘러들어올 가능성도 있지만…… 뭐 십중팔구 우리와 똑같이 아쿠에리어스를 조사하려고 한 인간이겠지."

"……하, 하지만, 이걸로 확실해졌네요. 해운회사 아쿠에리어스는 시장과 한통속이고…… 시빌라는 저희의 침입을 두려워했다."

"너, 최근 꽤 뻔뻔해졌군."

"그건 레이디에 대한 칭찬이 될 수 없어요! 그것보다, 여기를 빨리 벗어나야 해요. 출구를 찾아봐요."

노엘은 단호히 말하고 재빨리 일어났다.

시빌라를 향한 『분노』는 컸다. 이대로 끝낼 수 없었다.

여기서 시빌라와 재회할 수 있었던 것은, 반대로 찬스였다. 노엘은 그렇게 생각하기 시작했다.

"시빌라 베커……. 오늘까지 제가 맛봤던 괴로움을, 전부 그대로 돌려주겠어요."

악마가 옆에서 유쾌한 듯 조용히 소리 내어 웃었다.

"……훗, 드디어 복수다워진 것 같군."

그리고 두 사람은 분담하여 주위를 살펴보았다. 바다에서 들어온 것인지 위에서 떨어진 것인지 모를 쓰레기와 고철들이 여기저기 널려 있었다. 쓸 만한 것이 없었다.

카론은 벽과 바닥을 조사하다가 곧 그만두고, 팔짱을 낀 채 저 위를 노려보기 시작했다. 노엘은 그 시선을 좇았다. 그가 주목한 것은 해수의 유입구인 것 같았다. 상당히 높은 곳에서 꽤 많은 양의 해수가 흘러 떨어지고 있었다. ……하지만, 이 플로어의 수량이 늘어나는 낌새는 보이지 않았다. 물의 바닥 어딘가에 배수구가 있을 것이었다.

이 플로어에서 나갈 수 없을 것 같다는 것이 카론의 결론이었다.

플로어 안쪽은 어둠으로 이어져 있었다. 노엘은 카론보다도 먼저 안쪽을 향해 나아갔다.

노엘의 초조함은 점점 더 심해졌다. 시빌라의 기계 같은 「안녕히 가십시오」가, 몇 번이나 머릿속에서 반복 재생되었다. 시빌라는 이번이야말로 자신을 해치웠다고 생각할까. 결과를 버로우즈에게 보고하고 유유히 에스프레소라도 마시고 있을까.

다다른 곳은, 낙하지점과 비슷한 넓은 공간이었다. 천장까지는 보통의 빌딩 3층 정도 높이로 보였다. 좀 전의 플로어와는 달리, 해수의 유입은 없었다. 그리고 벽에는 금속제의 두꺼운 파이프가 몇 개나 설치되어 있었다.

파이프에 발을 디딜 수 있을 것 같았지만, 한쪽 팔로는— 아니, 가령 양팔이 있다 해도 올라갈 기술이 없는 노엘에게는, 벽을 기어오는 것은 불가능했다.

카론이 천천히 천장 주변을 가리켰다.

"보이나? 저 근방에 문과 통로가 있다."

"에?! 저렇게 높은 곳에 어째서……."

올려다보니 플로어를 빙 둘러싸는 통로가 있고, 문이 딱 한 개 있는 것 같았다.

"아마도 여기는 수영장 밑바닥인 것 같군. 주입구 같은 것도 있다."

"그렇다는 것은, 무언가 어떻게 하면 해수가?"

노엘은 황급히 주위를 둘러보았다. 눈에 들어온 것은 역시 두꺼운 파이프였다.

늘어선 파이프를 좇아가자, 이윽고—.

"카론, 밸브가 있어요!"

노엘은 카론의 대답을 기다리지 않고, 허겁지겁 밸브로 다가갔다. 밸브 옆에는『관리용』이라고 써진 판이 설치되어 있었다. 돌리면 해수가 들어온다는 확증은 아무것도 없었지만, 노엘은 밸브에 손을 얹었다.

팔이 있다는 것은 정말로 편리했다. 이걸로 나는 도움이 못되는 신세에서 벗어날 수 있다. ……그렇게 생각했지만, 밸브는 조금도 움직이지 않았다.

"어? 뭐지?"

"그런 얇은 팔 하나로 무리라는 말이다. 비켜라, 내가 돌리겠다."

"돼, 됐어요! 이 정도로 도움을 받을 수 없어요!"

"이 꼬맹이가. 쓸데없이 시간 낭비할 수 없다. 팔 하나 생긴 정도로 강해졌다고 생각하는 건 아니겠지? 지금까지처럼, 괜한 무리는 하지 마라."

뜻대로 되지 않았기 때문에 노엘은 중얼중얼 투덜거리며 카론과 교대했다. 카론의 완력으로 시도하니 시원스럽게 밸브가 돈 것도 왠지 마음에 들지 않았다.

자주 쓰지 않았는지, 녹슨 기계가 억지로 움직이는 듯 끼익하고 귀에 거슬리는 소리가 났다.

머리 위에서 큰 소리가 난 것을 느낀 노엘은 얼굴을 들어 올렸다.

이 플로어의 주입구는 컸고 게다가 열 군데 정도가 있었다. 그것들이 모두 일제히 열린 것 같았다. 굉장한 기세로 해수가 풀에 쏟아졌다.

"자, 자자자자자잠깐!"

“진정해라.”

“진정할 수 없어요! 상상을 초월하는 기세로 물이 쏟아지고 있잖아요! 바보같이 가만히 있다가는 물에 빠지고 말 거에요.”

“누가 바보라는 거냐……. 주입구의 바로 아래로 피해서 나무판자라도 잡고 있으면 가라앉지 않을 거다.”

“앗. ……아, 아뇨, 저는 그렇게 하면 되지만, 당신은 괜찮나요?”

“……? 도대체 무슨 걱정을 하는 거냐?”

“봐요, 새는 너무 젖으면 NG가 아니냐…….”

“새가 아니다! 악마다!! 딱히 젖는다고 곤란하지도 않고 수영도 할 수 있다!”

“수영할 수 있어요?! 물새가 아니라 까마귀잖아요?!”

“그러니까 나는 새가 아니라니까!!”

정작 물이 차오르길 기다리자 의외로 시간이 걸렸다. 쓰레기 산에서 발포 스티로폼 상자를 찾아, 둥실둥실 해수 위에 떠 있으려니 노엘은 초조해졌다.

카론과 잡담을 할 마음은 들지 않았다. 좀 전에 새 운운했던 것 때문에 그가 잔뜩 기분이 상한 것도 있었다. 그는 분명 제대로 떠 있었고, 괴로워 보이거나 추워 보이지도 않았다.

아무것도 하지 않고 조용히 물 위에 떠있기만 하니 시간은 느리게 흘러가는 것 같았다.

대체 몇 시간이나 흘렀을까. 아니면 한 시간도 지나지 않은 걸까? 겨우 두 사람은 머리 위에 보였던 통로— 풀의 가장자리 높이까지 떠오를 수 있었다.

카론이 끌어 올려줘서 통로에 올랐다.

무엇을 위한 설비인지 모르지만 꽤 대규모였다. 그리고 떠 있는 쓰레기의 양도 상당했다. 어쩌면 회사가 버린 폐기물일지도 모른다.

"카론. 이런 느긋한 방법 말고, 이 문의 손잡이에라도 당신이 쇠사슬을 걸어서 저를 끌어올리는 게 더 빠르지 않았을까요?"

"뭐야. 지금까지 그렇게 쇠사슬을 싫어했으면서. 멍이 든다나 뭐라나 하면서."

"이제 그런 말 할 때가 아니잖아요. 제일 효율이 좋은 수단으로 바로, 빠르게, 여기를 나가야 한다구요."

"……."

"한시라도 빨리 저 여자를 혼내줘야 하는데……."

카론은 잠시 말없이 노엘의 옆모습을 바라보았다. 무언가 생각나는 바가 있는 듯 한숨을 내쉬었다.

"……이 빈약한 손잡이에 쇠사슬을 걸면 충격으로 부서지든지, 내 체중을 견디지 못하고 부서지든지 둘 중 하나다. 잠깐만 생각하면 알 수 있는 것을. ……아무래도 너는 시빌라와 접촉하고부터 이상하게 조급해하는 것 같군."

노엘에게는 그런 자각은 없었지만, 왜인지 아픈 곳을 찔린 것 같은 느낌이 들었다. 자신도 모르게 뒤돌아서 카론을 째려보았다.

카론은 변함없이 냉정 그 자체였다. 그리고 어떠한 이유에서인지, 그 검은 손도 얼굴도 다 말라 있었다.

"그렇게 복수에 강하게 집착하는 건 좋지만, 아무리 그래도 감정이 너무 앞선다. 정말 감정을 제어 못 하는 아가씨구만."

"당신은…… 당신은 제 마음을 모르잖아요."

노엘은 카론에게서 눈을 돌리고 그렇게 말했다.

또 뭔가 화나는 말로 대답할 줄 알았는데, 그는 아무 말도 하지 않았다. 노엘은 차가워진 손으로 문의 손잡이를 돌렸다. 손이 떨리는 것 같았다. 추위 때문인지, 날뛰는 감정 때문인지 알 수 없었다.

그 앞은 어두컴컴했고, 비린 바다 냄새가 찌들어 있었다. 지금까지보다 좁은 플로어였지만, 여기에도 해수 주입구가 있었다. 쓰레기와 고철 산은 앞으로 나아갈수록 늘어났다.

카론은 부서진 기계 따위에는 전혀 흥미를 보이지 않고 먼저 지나갔지만, 노엘은 뭔가 쓸 만한 것이 없나 종종 관찰하며 앞으로 갔다.

대부분이 녹슬거나 찌그러지거나 해서 부서져 있었지만, 단 하나, 노엘의 흥미를 끈 것이 있었다.

"응? 뭐지 그건?"

"스마트폰이에요. 비교적 최신 모델이고, 비싼 메이커의 기종이에요."

"흠…… 기계는 잘 모른다. 그렇게 가치가 있는 것인가?"

"시, 실은 조금 갖고 싶다고 생각했던 모델이라 무심코 집어왔어요. 고작해야 누군가의 개인정보가 들어있을 뿐이니까요. 지금은 이런 것에 마음을 뺏길 때가—."

아니, 잠깐.

노엘은 스마트폰을 버리려다가 말았다. 이것은 **아쿠에리어스의 지하**에 떨어져 있던 고가의 스마트폰이다.

"혹시, 여기에 아쿠에리어스에 관한 정보가 들어있을지도……?"

"버려진 것에 귀중한 정보가 들어있으리라고 생각되진 않지만. 일단, 전원은 켜지나?"

카론의 말을 듣고, 노엘은 전원 버튼을 길게 눌러보았다. —반응은 전혀 없었다.

겉으로 보기에는 배터리가 닳은 지 오래인지, 아니면 해수로 기계 자체가 망가진 것인지 판단이 서지 않았다.

"안 되겠네요. 그래도 이거 모처럼이니 일단 갖고 있을게요. 부피가 큰 것도 아니니까요."

"마음대로 해라. 어차피 너밖에 쓸 수 없으니."

"어머, 최근 스마트폰은 어르신들도 간단하게 쓸 수 있도록 만들어졌다구요?"

"나를 인간의 노인과 동일시 하지 마라."

"하지만 악마니까, 몇백 년이나 산 거죠?"

"분명 오랫동안 살았지만, 늙은 건 아니다."

카론의 등에서 약간 화난 기색이 전해졌다. 기계치라는 것은 악마다운 결점일지도 몰랐다.

더욱이 잘 생각해보면, 그의 발톱이 있는 손으로 터치 패널을 조작할 수 있을지도 의문이다.

어두컴컴한 플로어를 통과하자 위층으로 갈 수 있는 계단이 있었다. 무척 높은 계단이었지만, 지금은 어쨌든 위로 올라가는 것이 목표였다. 의족으로 올라가는 것도 고생으로 느껴지지 않았다.

그 앞은 또 지금까지와 비슷한 분위기의 넓은 공간이었다. 여전히 커다란 해수 주입구가 있었다. 언뜻 보기에 전혀 차이가 없는 플로어 같았지만, 정면에 튼튼해 보이는 철문이 있었다.

"어지간히 올라왔으니 저게 출구일지도 모른다."

"드, 드디어 다 왔네요. 어디로 통하는 걸까요?"

노엘이 급하게 문으로 다가가려 하자 카론이 갑자기 팔을 잡았다.

카론이 말없이 턱을 치켜들었다. 문 위에…… 스피커와 카메라가 있었다. 작은 소리가 들리자 카메라의 각도가 바뀌는 것을 알 수 있었다.

"그렇군요. 관리용 수동 밸브를 돌려서 잘도 여기까지 올라오셨군요."

천장 가까이에 있는 스피커에서 감정이 없는…… 마치 컴퓨터의 음성 메세지 같은 목소리가 들려왔다.

시빌라 베커였다. 노엘과 카론을 감시한 모양이다.

"……!"

다시 모습을 나타냈다면 이번에야말로. 이 한 팔로 갈가리 찢어버렸을 텐데.

분노와 증오가 노엘의 생각을 잔인한 보복으로 몰아세웠다.

"해저 미궁의 수위가 급격히 상승하길래 무슨 일인지 확인하려고 모니터해보니……. 역시 노엘 님, 카론 님. 포기할 줄 모르는 지저분함만은 대단하시군요."

"공교롭게도, 악마란 그런 것이지."

"양팔, 양다리를 잃고, 바다에 떨어뜨려도…… 시장 관저에 침입하고도, 마인과 싸우고도…… 그리고 바다 밑바닥의 감옥에 가둬도 기어 올라오다니……. 노엘 님, 그 바퀴벌레 같은 생명력에 대해서만큼은 저도 감탄하고 있습니다."

침묵.

그것이 의외라는 듯 카론이 노엘을 내려다보았다.

"노 코멘트인가? 노—."

"……시밀라 베커. 생각해보면, 모든 일의 시작은 당신의 **거짓말**이었지요."

노엘의 눈은 카메라를 똑바로 바라보고 있었다.

머릿속은 ……피로 가득하다. 폐빌딩의 옥상에서 내가 흘린 피의 추억. 나를 잠길 정도로 흥건했던 피. 사방으로 튄 내 팔다리. 그 고통과 미지근함은, 되도록 떠오르지 않도록 하며 지내왔다.

하지만, 시빌라의 은근무례한 말투를 듣고 있으니— 떠올랐다.

그 고통과 피 웅덩이 속에 이 여자를 처박아 버리고 싶다.

지어낸 이야기에 놀아난 나를 보며 필시 웃음이 났겠지. 이 여자가 무표정 뒤에서 웃고 있었다고 생각하니, 이제는…… 머리가 어떻게 될 것만 같았다.

그런데도, 노엘의 입에서 흘러나온 말은 매우 침착했다.

"폐빌딩에서 한 이야기도 모두 추억이 되었네요. —저는 시장에게 복수하기로 마음 먹었습니다. 그 때문에, 카론과 제2의, 제3의 계약까지 했구요."

"이렇게까지 성가신 일이 될 줄은 상상도 못 했습니다."

"하지만 실은, 그 전에 해야 할 것이 있었어요. 지금까지 뒤로 미룬 것이 신기할 정도네요. 그것이 마인이 된 저에게 시작이 될 터인데."

노엘의 입술이 저절로 일그러졌다. 미소처럼.

"—그래요, 당신에게도 복수하지 않으면 안 됩니다."

시빌라의 말문이 막힌 것을 알 수 있었다.

"……좋은 표정을 지으실 수 있게 되었군요. 카론 님이 꼬드기던가요?"

시빌라가 순간 말을 잃고, 아마도 「공포를 느낀 모습」을 보인 것은 처음이었다.

하지만 그녀는 바로 냉정함을 되찾았다.

문 근처에서 쿵하고 무거운 것이 떨어지는 소리가 났다.

"참으로 딱하게도, 당신들은 여기에서 살아서 나갈 수 없습니다. 저와 시장님에 대한 복수는 이룰 수 없을 겁니다. 방금, 관리자용 출입구를 잠갔습니다. 강력한 수압에도 버틸 수 있도록 설계되어 있습니다. 중장비를 이용하거나, 악마의 계약이라도 하지 않는 한, 문을 여는 것은 불가능합니다."

그리고 너무나도 경고의 분위기를 내뿜는 버저가 울렸다.

4개의 해수 주입구가 천천히 열렸다. 갑자기 폭포처럼 해수가 쏟아졌다.

"지금부터 곧, 자그마한 틈조차 남기지 않고, 미궁 안은 해수로 가득 차겠지요. 어차피 악마의 힘을 빌리지 않으면 아무것도 할 수 없는 몸. 그렇다면 그 악마와 함께, 물고기 밥이 되어 주십시오. ……이번에야말로. 꼭."

카메라는 더는 움직이지 않았고, 스피커에서 여자의 차가운 목소리가 들려오지도 않았다.

지금쯤, 시빌라는 승리를 확신하고 있겠지.

"열릴지 한 번 시험해 보겠나?"

카론은 언제나처럼 침착했다. 말투로 봐선 포기한 것 같지 않았다.

하지만 노엘은— 왠지, 전신에서 힘이란 힘이 모조리 빠져나가는 느낌이 들었다. 머리카락 한 올 한 올에서 기력이 주르륵 흘러나가는 것 같았다.

"소용없을 거라고 생각해요. ……미안해요, 카론."

"뭘 사과하는 거냐?"

"저와 계약하자마자, 이렇게 되어서……."

"좀 전까지 보였던 기백은 어찌 된 것이냐. 여기에서 도망가지 않으면 복수도 그걸로 끝이다."

카론과 같은 것을 노엘도 생각하고 있었다. 시빌라의 목소리가 들리고 그녀의 존재를 확인했을 때, 그렇게나 엄청난 복수심에 활활 탔었는데.

한쪽 팔을 되찾고, 한순간이지만 말로 시빌라를 떨게 했을지도 모르는데 이게 무슨 꼴인지. 여기서 모든 게 끝나는 것일까.

주입구에서 해수가 쏟아진 지 3분도 지나지 않았는데, 해수는 이미 노엘의 복사뼈 부근까지 차올랐다.

"생각해보니, 저는 감정적으로 당신을 채근했는데도 불구하고, 미궁에서 어떤 도움도 되지 못했네요. 당신이 말한 대로, 팔 하나가 생겼다고 해도, 결국 저는……. ……흑."

해수가 눈에 들어간 건지, 아니면 저절로 눈물이 나온 것일까. 왼팔의 대가로 지불한 오른쪽 눈이 **있던 자리**가 쑤셨다. 그 고통으로 노엘은 갑자기 어떤 생각이 떠올랐다.

"그렇군요. 제가 당신과 계약하고, 여기에서 탈출할 수 있도록 빌면!"

"기각이다. 너는 이미 나와 3번이나 계약했다. 더는 그 숭숭 뚫린 영혼으로 대가를 지불할 수 있을 거라고 생각하지 마라."

"그럼 어떻게 하면 되나요?! 제가 뿌린 씨앗이라면 제가 어떻게든 할 수밖에……! 저도 자존심이 있다구요! 저의 복수에 말려들게 해 놓고 『힘들 것 같으니 함께 죽어주세요』라고 할 수 없다구요!"

"……그렇군. 네가 치열하게 살아온 이유가 보였다. 노엘—."

카론이 갑자기 낮은 목소리로 그렇게 중얼거렸다.

"아무래도 복수심을 불태우다 보니, 한 가지 중요한 것을 잊은 것 같군."

"……네?"

"―그 복수는 너만의 복수가 아니다."

노엘은 움찔했고 카론은 조용히 위를 올려다보았다.

카론의, 평소 이상으로 예스러운 목소리는, 해수가 쏟아지는 소리조차도 넘어서 전해졌다.

"시빌라와 버로우즈에게 원한이 있는 것은 나도 같다. 그렇기 때문에 보머를 쓰러뜨린 뒤, 정식으로 『제2의 계약』을 맺은 것이다."

『좋겠지. 노엘 체르퀘티. 이 대악마 카론, 네 〈각오〉를 들어주었다.』

그때 빛난 그의 붉은 눈. 들려왔던 낮은 종소리.

그 순간은 노엘 혼자만을 위한 것이 아니었다.

"우리는 같은 적을 둔 자, **대등한 관계**가 되었다. 나는 너의 복수에 『말려들었다』고 생각한 적 없다."

"카, 카론……."

"미궁에서는 아무런 도움이 되지 않았다고? 우쭐대지 마라. 나약한 네가 아무런 도움이 되지 않는 것은 당연하다. 팔 하나 생겼다고 혼자서 강해진 것 같았나?"

"흑……."

"나는 내가 할 수 있는 것을 한다. 너는 네가 할 수 있는 것을 하면 된다. 혼자가 아닌, 둘이서 행동하고 있다는 것을 잊지 마라. 그것이 우리가 맺은 악마의 계약이다."

미궁에 떨어지고 나서, 카론이 느긋하게 걷고 있는 것처럼 보여 노엘은 초조해했었다. 그것이 점점 부끄러워졌다. 그는 느긋했던 것이 아니라, 냉정하게 상황을 분석하고 있었던 것이다. 이러한 역경에서는 평정심을 지키는 것이 가장 중요했을 것이다.

카론은 4개의 해수 주입구를 바라보았다.

"출입구는 잠겼지만, 우리는 꽤 위까지 올라왔다. 해면은 그렇게 멀지 않을 것이다. 숨은 얼마나 참을 수 있지?"

"……어, 6, 60초 정도일까요."

"충분하다. 60초 안에 너를 유입구에서 해면까지 데리고 가주겠다. 이 플로어가 해수로 가득 차면, 유입구는 밖과 연결되는 단순한 구멍이 될 것이다."

"여, 여기에서부터 헤엄쳐서 나갈 거라는 말인가요?"

불만을 말해도 소용없고, 이미 생명이 위험에 처해있었다. 아무리 위험한 선택이라도 이것밖에 방법이 없다면, 시험해 볼 수밖에 없었다.

"어느 것 하나쯤은 바다로 나가는 수로가 짧은 것도 있을 것이다. 문제는 수로의 길이를 여기에서는 알 수 없다는 것인가……."

카론이 팔짱을 끼고 4개의 주입구를 순서대로 관찰했다. 겉으로 보기에는 전혀 차이를 알 수 없었지만, 그 침묵이 노엘에게 답을 가져다주었다.

"……정면, 오른쪽 첫 번째."

카론이 깜짝 놀라며 뒤를 돌아보았다.

"뭐?"

"가장 짧은 수로요. 소리의 반향과 높이에서 생각해보면, 가장 밖과 가까운 것은 정면 오른쪽 첫 번째. ……저, 피아노를 치던 몸이니까. 청력에는 자신 있어요."

"호오! 제대로 한 건 하지 않았나!"

카론이 그렇게 기뻐하는 목소리를 낸 것은 처음인 것 같았다. 노엘은 웃어 보이면서도, 무심코 툴툴대고 말았다.

"도중에 질식하면 용서하지 않겠어요!"

"너야말로, 날뛰어서 괜히 공기나 소모시키기지 마라."

점점 해수가 차올랐다. 아까는 풀에 해수가 찰 때까지 굉장히 마음이 조급했는데, 지금의 노엘은 조용히 차분하게 때를 기다리고 있었다.

해수는 이윽고 노엘과 카론의 신장을 넘었고 곧 물이 떨어지는 소리가 사라졌다.

"좋아, 가자……! 60초만 참아라!"

카론이 노엘의 허리를 손으로 감았다.

충분히 숨을 들이마시며 눈을 감고— 해수 속으로 들어갔다. 이 뒤로는, 노엘은 카론에게 모든 걸 맡기는 수밖에 없었다.

몇 번 쇠사슬이 부딪히는 소리가 들렸다.

노엘은 버로우즈가 말한 것처럼, 자신의 인생을 바꾼 밤의 일을 떠올렸다.

그날 밤은, 양팔, 양다리를 잃고 시빌라에게 쓰레기처럼 바다에 **투기**되어, 홀로 가라앉았다.

설령 이대로 두 번 다시 떠오를 수 없다고 해도…… 지금은, 혼자가 아니었다.

Passage 7

계뢰

시빌라가, 그 시빌라가 소리 높여 웃고 있었다.

어떤 영화의 악역보다도 추하게 일그러진 얼굴로 꼴좋다는 듯 비웃고 있었다.

그런 최악의 꿈을 꾸었다.

하지만, 꿈을 꾸고, 꿈에서조차 화가 나서 눈을 뜰 수 있었다. 노엘은 자신이 살아남았다는 것을 실감할 수 있었다.

지금은 정말 익숙해진, 털투성이 오래된 담요. 허술한 침대. 먼지가 가득하고 곰팡내가 나는 공기.

그리고 낮고 예스러운 목소리.

"일어났나."

"……다시, 돌아왔군요."

슬럼의 은신처였다. 침대 옆에는 카론이 서 있었다.

"아아. 네가 결국 의식을 잃어서 일단 후퇴했다. 그때 이후로 반나절 정도 흘렀다."

"……그렇군요. ……폐 끼쳐서 죄송해요. 그리고 ……그, 뭐, 덕분에 살았어요."

"됐다. 이것도 계약의 일부다. 마지막엔 너도 일단 도움이 되기도 했고."

노엘은 몸을 일으켰다. 직접 수영한 것도 아닌데 왠지 몸이 나른했다. 피곤이 쌓인 것 같았다. 하지만 체력을 회복할 때까지 한가로이 있을 수만은 없었다.

"가요, 카론. 아직 시빌라를 쓰러뜨리지 못했으니까요."

"뭐야, 벌써 괜찮은 거냐?"

"분명 저희가 해저 미궁에서 탈출한 것은 금방 들킬 거에요. 그렇다면 아직 탈출극의 여운에 젖어 있을 때가 아니에요. 아쿠에리어스가 시장의 악행과 연관이 있다는 것을 충분히 알았으니, 이번에는 좀 더 화려하게…… 정면 돌파하죠."

"……흠, 알았다. 그렇다면 빠른 편이 좋겠지. 오늘 밤에라도 공격하자."

"시빌라도 있겠죠."

"아마도."

이번에야말로, 직접 대결하게 될 것인가. 지금까지와 같은 흐름으로 간다면, 또다시 카론이 싸우게 된다. 하지만…….

"아직 해도 떨어지지 않았다. 좀 더 휴식을 취해 둬라. 결행은 밤이다."

"……알겠어요."

"호오. 의외로 냉정하군."

"저도 기분이 이상해요. 점점 더 차분해진다고 해야 할까……."

"그렇군. 감정이 폭주하는 게 아니라면, 그걸로 됐다. 녀석과의 결판은 너에게 큰 하나의 고비가 될 것이다. 하지만, 종착점은 아니다."

"네."

"녀석을 쓰러뜨린다 해도 지금까지의 너의 평온과 꿈은 돌아오지 않는다. 그건 유념해둬라."

"잘 알고 있어요."

노엘의 마음속에서 복수심이 조용히 가라앉은 것은 아니다. 고요히 계속해서 불타오르고 있던 것이다.

—이 싸움은, 나의 손으로 매듭지어야만 한다. 누가 대신해주는 것이 아니라, 직접 내 손으로!

몇 시간 지나도 노엘의 마음은 분노로 날뛰지 않았다. 기묘한, 평정심에 가까운 고요한 감정이 지속되었다. 밤이 되어 다시 해운회사 아쿠에리어스의 본사 빌딩 앞에 서 있어도.

아쿠에리어스 본사 빌딩의 모습은 아무것도 바뀌지 않았다. 경비원의 모습도 보이지 않았다. 내부의 보안은 강화되었을지 모르지만, 그로부터 아직 하루도 채 지나지 않았다. 대규모의 경비 시스템 변경은 이루어지지 않았을 터였다.

"다른 뒷문을 찾아볼 것이냐?"

"아뇨, 그건 그만두죠. 또 해저 미궁에 떨어지면 견딜 수 없을 것 같아요. 정면으로는 침입할 수 없을까요?"

"침입이라기보단 돌격에 가깝겠지. 경보가 울려도 괜찮다면 곧장 갈 수 있다. 뭐, 경보 따위 상관없이, 안에서는 그 녀석의 뜨거운 환영을 받겠지만."

"그렇다면, 정면 돌파해요. 그쪽이 빠를 것 같군요."

"아무래도 사원이나 일반인이 많이 이용하는 1층에 함정을 설치하진 않았겠지. —좋아, 정했다."

카론이 주머니에서 손을 빼고, 한 손을 움직였다. 뚜둑뚜둑하고 뼈 소리가 들렸다. 보머와 싸울 때 생긴 상처는 이제 완전히 나은 듯했다.

정면에 있는 정문의 저편의 조명은 전부 꺼졌고, 경비 시스템의 램프만이 빛나고 있었다. 유리문에 비친 것은, 밤의 거리와 악마와 마인뿐. 안쪽의 상황을 살필 수는 없었다.

"가자."

노엘이 고개를 끄덕인 다음 순간, 카론이 오른손을 재빠르게 흔들었다.

악마의 쇠사슬이 순식간에 나타나 채찍질하자 유리문이 산산이 부서졌다.

경보가 바로 소란스럽게 울렸다.

노엘과 카론은 안으로 뛰어 들어갔다.

"……?!"

뛰어 들어가자마자, 안에서 윙윙거리는 소리를 내며, 동그란 물체가 돌진해왔다. 크기는 농구공보다 조금 더 큰 정도였다.

그것이 왜 있는지 노엘이 확인하기도 전에, 카론이 손으로 힘껏 후려쳤다. 인간의 반응속도를 훨씬 웃도는 속도였다.

카론은 노엘을 겨드랑이에 끼고 그림자 속으로 뛰어들었다. 순식간에 일어난 일이라, 노엘은 숨을 쉴 틈조차 없었다.

"뭐지, 저것은!"

카론도 모르는 것인 것 같다. 그는 정체도 모른 채 후려갈긴 모양이다. 조명은 아직 켜지지 않았다. 비상구의 빛을 의지해, 노엘은 플로어 안을 쭉 둘러보았다.

동그란 물체가 몇 개나 있었다. 프로펠러 소리를 내며 어슬렁어슬렁 떠다녔다.

"저건 보안 드론이에요!"

"……드, 드론?"

"네? 서, 설마 드론을 모르나요?!"

"기…… 기계는 잘 모른다. 특히 최근의 것은……."

"이상한 데서 속세에 어둡군요! 한마디로 말하면, 기계 자동경비원이에요. 분명 최신 기종은 스턴 건이나 테이저 건이 달려있어요. 겁 없이 공격할 수 있고, 인간보다 강하고 튼튼해요."

카론이 척수 반사로 던져버린 드론도 불꽃을 튀기며 삐거덕거렸지만, 아직 움직이고 있었다.

다행히 드론은 돌진만 해온 것이었다. 테이저 건도 달려 있지 않은 듯했다.

"그렇군. 분명 꽤 만만찮아 보이는군."

"하지만, 저쪽을 봐주세요. 화재경보기가 있어요. 저것을 조작하면, 대부분 스프링클러도 작동해요."

"스프링클러는 또 뭐냐?"

"아, 정말! 불이 났을 때 천장에서 물을 뿌리는 기계에요! —그럼 문제입니다. 기계가 물을 뒤집어쓰면 어떻게 될까요?"

"……호오. 하지만 방수 대책 정도는 준비해두지 않았겠나?"

"그것은 당신이 한 방 먹이면서 상처라도 벌리면 되겠죠!"

"그렇군. 제법 머리가 돌아가는군."

악마에게 칭찬받아 득의양양할 때가 아니었다. 서로 눈짓으로 신호를 보내고 바로 실행했다.

카론이 드론의 앞으로 뛰었다. 노엘은 곳곳에 놓인 관엽 식물 뒤를 지나, 붉은빛을 내는 화재경보기를 노렸다. 가능한 한 서둘렀지만, 역시 될 수 없었다.

쇠사슬이 기계를 후려치는 소리가 몇 번이나 울렸다. 스프링클러가 물을 뿌리기 전에 상처를 내도 효과는 똑같을 것이다. 오히려 그편이 효율이 더 높을지도 몰랐다.

노엘은 한 번 뒤돌아 카론의 모습을 보았다.

주홍빛을 띤 쇠사슬은 어디까지 늘어나는 것일까. 전 플로어를 무대로 거뭇한 주홍빛 큰 뱀이 춤추는 것 같았다. 드론은 모두 카론을 노리고 있었다. 드론의 팔에서 지직지직하며 푸르스름한 빛이 생겨났다. 스턴 건일까.

하지만 그 전기충격은 카론을 스치지도 못했다. 쇠사슬은 정확하게 드론을 후려갈기며 튕겨냈다. 마치 카론의 등에 눈이라도 달린 것 같은 몸놀림이었다. 등 뒤를 노리던 드론의 돌진을, 얼굴 하나 바꾸지 않고 잽싸게 피하고— 노엘에게 눈짓을 하는 여유까지 있었다.

노엘은 고개를 끄덕이고 걸어 나갔다. 이윽고 화재경보기 앞에 도착했다.

"카론, 시작할게요!"

지금까지는 누르고 싶어도 누를 수 없었던 비상 버튼을, 노엘이 눌렀다.

보안 시스템의 경보에 더해, 화재경보기의 비상벨도 울려 퍼졌다. 자랑스러운 귀가 이상해질 것 같을 정도의 소음이었다. 이 소리들은 조금도 아름답지 않았다. 노엘은 어깨를 움츠렸다. 귀를 막기 위해 오른팔이 절실히 필요했다.

그리고 바로 천장에서 물이 뿜어져 나왔다.

이미 카론이 상처를 낸 드론이 불꽃을 튀기고 연기를 피우며 바닥에 떨어졌다.

상처가 없던 드론 두 대가 카론을 노리고 일제히 돌진했지만, 카론은 쇠사슬을 길게 늘어뜨려, 기세 좋게 한 번에 쓰러뜨렸다. 원심력이 더해진 일격이 두 대를 한 번에 쓰러뜨렸다

드론이 떨어지는 소리를 뒤로하고, 카론이 노엘의 곁으로 뛰어왔다. 여전히 그는 호흡 하나 거칠어지지 않았다.

"이 정도로 소란을 피웠으니 이제 시빌라도 알아차렸을 거예요!"

"그렇겠지. 경찰이 달려오기 전에 그 증거를 찾고 철수한다."

그 거대한 빌딩의 어디에 버로우즈의 악행을 증명할 증거가 있을까. 일단 1층에는 없을 것이다. 계단을 올라갔다. 경보가 멀어져 갔다. 하지만, 발소리가 들렸다.

"……!"

층계참에서 우연히 만난 것은, 다름 아닌 시빌라였다.

드물게도 놀란 얼굴을 하고 있었다.

"빨리도 나타나셨군요."

"시빌라 베키! 이번에야말로 결판을 내겠어요!"

시빌라는 순간 화가 치민 듯 노엘을 노려보았다.

"정말로, 무슨 짓을 해도 죽지도 않고, 처리도 안 되다니……. 몸을 잘라내도, 태워도, 물에 잠겨도! ……대체 어떻게 해야 당신들은 죽는 겁니까?"

"저의 복수가 모두 끝나면, 그때는 죽을지도 모르지요!"

악마는 인정사정이 없었다. 재빠르게 오른손을 흔들어, 쇠사슬을 날렸다.

악마의 쇠사슬에 맞고 결박당하기 전에— 시빌라가 휙하니 오른손을 앞으로 내밀었다.

파박!!

작렬음. 푸르스름한 빛이, 계단 층계참을 비추었다.

카론의 쇠사슬은 그 **빛**에 튕겨 나갔다. 정면에서 빛을 보았는지, 카론은 눈을 뜨지 못했다.

그 사이, 시빌라는 계단을 뛰어 올라가고 있었다.

"—쳇! 놓칠까 보냐!"

"자, 잠깐만요, 카론! 지, 지금 시빌라가 전격(電擊) 같은 것을……?!"

그렇다, 그것은 단순한 빛이 아니라 **전격**이었다. 지금도 그 힘이 공기 중에 남아 있는지, 노엘은 머리카락과 솜털이 곤두선 듯한

불쾌한 느낌이 들었다.

하지만 카론은 아주 당연하다는 듯 얼굴로 뒤돌아보았다.

"뭐냐, 지금까지 몰랐나? 저 녀석도 마인이다."

"네?"

"악마와 계약하여 인간의 능력을 초월하는 힘을 손에 넣은 버로우즈의 개다"

"……그렇군요. 그렇다면 또 당신의 힘을 빌릴 수밖에 없군요."

"상관없다. 사양하지 마라. 자, 빨리 녀석을 쫓아가자!"

노엘이 고개를 끄덕이며 한발 앞으로 내밀자, 주머니 속에서 전자음이 들렸다. 그리고 부르르, 진동.

"……어라, 자, 잠깐만요. 미궁에서 주워온 스마트폰이……."

켜졌다.

은신처에서 대강 이것저것 만져봤지만, 탈출할 때도 물에 빠져서인지 스마트폰은 조금도 반응하지 않았다.

그래도 아쿠에리어스를 공략할 때까지 가지고 있자는 생각으로 주머니에 넣어 두었다.

"어째서, 지금 갑자기……."

"지금 시빌라의 전격이 뭔가 영향을 미친 걸지도. 딱 좋군. 데이터를 살펴보는 게 어떠냐. 빌딩 내부 지도라도 들어있을지도 모르고."

하지만 배터리 잔량은 겨우 2%를 나타내고 있었다. 배터리가 다 닳기 전에 노엘은 한 손으로 파일을 열어보기로 했다.

노엘의 흥미를 끈 것은 하나의 텍스트 파일이었다.

○년 ○월 ○일

드디어 동경해왔던 시장 비서 자리에 올랐다.

지금까지 그저 공부만 하는 잿빛 나날을 보냈지만, 그것도 지금 모두 보상받았다.

버로우즈 시장님은 굉장히 우수하고 상냥하신 분이다. 이분과 함께라면 나는 최선을 다할 수 있을 것 같다.

드디어 긍지를 가질 수 있는 일을 만나 나는 행복하다!

"이것은 일기?"

다음 파일을 열려고 했을 때 배터리가 모두 닳았다.

"시장의 비서라니……. 설마 이 스마트폰, 시빌라 베커의 것일까요?"

"그런 것 치고는 성격이 너무 다르다. 시빌라가 아닌 다른 비서의 것일 가능성도 있다."

카론은 그다지 스마트폰이나 일기에 흥미가 없는 듯, 이미 계단 끝에 의식을 향하고 있었다.

"지금 중요한 것은, 그런 타인의 일기보다 시빌라를 쫓는 것이다. 증거를 지우게 두어서는 안 돼."

"그, 그렇군요. 서둘러요."

그렇게 말은 했지만, 일기가 묘하게 노엘의 마음에 걸렸다. 지금은 카론이 말하는 대로 시빌라를 쫓아야 했고, 자신도 시빌라에게— 복수해야만 했다. 지금부터 복수할 것이다. 오늘 밤은 확실히 그 여자를—.

카론은 좀 더 서두르고 싶어 했지만, 노엘은 거의 뛸 수 없었다. 특히 계단에서는 허둥대면 넘어져 떨어질 것 같았다. 부끄럽겠지만 카론에게 부탁하여, 짐처럼 옆구리에 껴서 가는 편이 나을지도 몰랐다. 노엘은 먼저 가는 카론을 올려다보았다.

그때, 노엘의 귀에 날개 소리가 들렸다.

"카론. 지금 무슨 소리 들리지 않았나요?"

"뭐?"

그 모습을 보자, 그에게는 **아직** 들리지 않은 것 같았다. 하지만 금방 누구에게나 들릴 정도로 소리가 명확해졌다.

드론의 프로펠러 소리였다. 게다가 엄청나게 많은.

드론은 위층에서 내려오고 있었다. 그것들은 굳이 계단을 뛰어내려올 필요도 없으니 엄청나게 빠른 속도였다.

카론은 부탁하기도 전에 재빨리 노엘을 옆구리에 끼고는 바로 옆문을 열어, 계단에서 플로어 안으로 들어갔다. 정신없이 올라오는 사이에 꽤 높은 층까지 올라온 듯했다. 문에는 『20F』라고 쓰여 있었다.

이 플로어는 불이 들어와 있었다. 등 뒤에서 드론의 프로펠러 소리가 쫓아왔다. 까마귀가 나는 듯한 속도로 뛰던 카론이 갑자기 발을 멈추었다.

타는 냄새. 문에 있던 카드 리더기가 부서져 있었다. **마치 전격으로 당한 것 같이** 검게 타 있었다.

카론이 바로 옆 튼튼해 보이는 문에 손을 대자, 간단히 열렸다. 문에는 『보안 제어실 A』라고 적혀있었다. 아무리 봐도 사원증이 없으면 들어갈 수 없을 것 같은 방이었다. 그것도 평범한 사원 정도의 사원증으론 무리일 것이다.

시빌라는 이 방에 들어갈 수 있는 권한이 없던 것이 틀림없었다. 이런 강행돌파를 하다니, 그녀도 상당히 마음이 급했던 것 같았다.

안은 불이 켜진 채 있었다. 아주 새로운 기계와 로커가 늘어서 있었고, 벽에는 10대가 넘는 모니터가 붙어 있었다.

"보안 제어실인가. 이 방에서 경보나 드론을 관리하는 것이 아닌가?"

"그렇다면 이 방은 어떻게든 해두는 게 좋을 것 같군요."

복도에는 드론이 날아다니는 기척이 있었다. 다행히, 이 방으로 도망친 것을 들키진 않은 듯했다. 숨을 죽이고 상황을 살피고 있던 때, 노엘의 주머니 안에 있던 스마트폰이 다시 갑자기 전원이 들어왔다. 노엘은 하마터면 비명을 지를 뻔했다. 심장이 멎는 줄 알았다.

"역시, 단순한 우연이라고 할 수 없다. 시빌라는 이 방에 들어왔었을 것이다. 그것은 녀석의 전기에 반응하고 있는 것 같군."

"일단 좀 전의 일기를 계속 읽어볼게요."

"어이……. 그것보다 더 도움이 될 만한 데이터를 찾는 게 어떤가."

카론의 충고를 무시하고, 노엘은 **누군가**의 일기 파일을 열었다.

○년 ○월 ○일

설마 일이 이렇게 되다니…….

나는 시장님이라는 사람에 대해 전혀 모르고 있었다.

그 깨끗한 겉모습밖에 몰랐던 것이다.

시장님은 라프라스의 표면적인 사회뿐만 아니라…… 지하 조직까지 통하고 있었다.

말 그대로 라프라스의 모든 것을 지배하고 있었다.

하지만, 시장님은 그 사실을 비서인 나에게 털어놓으셨다.

나는 시장님에게 신뢰받고 있다는 뜻이었다.

……대체, 나는 어떻게 하면 좋을까.

내가 시장님의 비서로서 해야 할 일은…….

내가 그 사람을 돕기 위해 할 수 있는 것은…….

"역시, 시빌라 베커…… 겠죠?"

노엘의 중얼거림은 점점 다가오는 프로펠러 소리와 카론이 잽싸게 움직이는 소리로 감쪽같이 묻혔다.

카론이 문을 막지 않았다면 지금쯤 드론이 방안으로 들어왔을 것이다. 드론이 알아챈 것 같았다. 몸을 부딪치는지 문이 커다란 소리를 내며 흔들렸다.

"제길, 끈질긴 녀석들!"

욕을 하며 카론이 뒤돌았다.

"노엘, 네가 이 방의 기계로 어떻게든 해라! 나는 여기서 문을 막고 있겠다!"

"아, 알겠어요!"

그렇게 대답은 했지만, 어느 기계가 어떤 보안 시스템에 대응하는지 전혀 알 수 없었다. 일단 모든 기계에 전원이 들어가 있는 것은 분명했다. 비전문가인 외부인이 할 수 있는 것은 닥치는 대로 전류를 끊는 정도였다. 유치할 수도 있지만, 정말로 이 방법밖에 떠오르지 않았다.

금속의 덩어리들이 금속 문에 부딪히는 소리가 멎지 않았다. 카론은 필사적인 표정으로 문을 막고 있었다. 문이 점점 찌그러지는 것을 본 노엘은 몸이 굳어지는 것을 느꼈다.

마지막으로 달려든 기계는, 그렇게 간단하게 전류를 끊을 수 없는 구조였다.

"아…… 이 기계는, 전용 키가 없으면 조작할 수 없는 것 같아요!"

"그걸 찾을 시간이 없다! 곧 문이 부서질 것 같다!"

"꺄악?! 어, 어떻게 하죠!"

"윽! 안 돼!"

굉음이 나고 노엘은 엉겁결에 뒤를 돌아보았다.

"꺄아악!"

멋대로 비명이 튀어 나갔다. 문의 위쪽이 부서지고, 드론 한 대가 억지로 방안으로 들어왔다. 드론은 스턴 건의 전류를 방출하며 곧바로 카론에게 돌진했다.

지직!

"카론!!"

노엘은 다시 비명을 질렀다.

스턴 건은 정확히 카론을 공격했고, 그의 후두부의 긴 털이 곤두선 것처럼 보였다.

하지만…… 그게 다였다.

"……흥!"

코웃음을 친 건지, 아니면 기합을 넣은 것인 걸까. 카론은 낮은 목소리를 낼 뿐, 바로 반격했다. 손으로 힘껏 드론을 후려쳤다. 스턴 건 따위 악마에게는 이렇다 할 정도의 데미지를 줄 수 없는 것 같았다.

드론은 휙 날아가 벽과 충돌했다.

"어이, 뭘 멍하니 보고 있는 거냐? 빨리 해라!"

"아, 그, 그렇죠! 순간 진짜로 걱정했던 제가 바보였습니다!"

"뭐라고?!"

부랴부랴 주위를 둘러본 노엘의 눈에 들어온 것은— 책상 위에 있던 노트북이었다.

"이, 이렇게 된 이상 이판사판이에요!!"

노엘은 노트북을 잡고, 낯선 기계의 컨트롤을 내리쳤다. 왼팔에 이는 충격은 상당했지만, 지금은 그럴 때가 아니었다. 정신없이 내려쳤다. 궁지에 몰려서 초인적인 힘이 나온 건지, 노트북은 부서졌고, 기계의 컨트롤도 부서져 연기와 불꽃이 일었다. 그 순간 문을 치던 소리도, 방안에 들어온 드론의 프로펠러 소리도, 온 빌딩에 울리던 경보도 멈췄다.

"……머, 멈춘 건가?"

"……그런 것 같군."

카론이 가볍게 오른손을 흔들었다. 맨손으로 때리기에는 역시 드론이 너무 딱딱했던 듯했다.

"와우! 네요! 정밀기계도 전부 계속 때리면 부서지긴 하네요!"

"모처럼 되찾은 팔을 그렇게 써도 괜찮은 것이냐……."

일시적일지도 모르지만, 일단, 밖은 조용했다. 카론이 신중하게 문을 열자, 몇 대나 되는 드론이 바닥에 떨어져 있었다.

"여기 좀 보세요! 시빌라에요!"

노엘은 모니터 하나를 손으로 가리켰다. 거기에는, 어딘지 모를 플로어를 달리고 있는 시빌라의 모습이 찍히고 있었다. 두 사람이 처음으로 보는 쩔쩔매는 듯한 그녀의 행동. 모니터의 한구석에 『25F 사장실 앞』이라고 표시되어 있었다.

그것을 보자마자 카론은 밖으로 나가려 했지만, 노엘은 아직 이 방에서 하고 싶은 일이 남아 있었다. 책상의 서랍과 로커를 열었다.

"……뭘 하려고 하는 거지? 더는 이 방에 있을 필요가 없다."

"아뇨, 그럴 리 없어요. 여기는 꽤 중요한 방일 거예요. 뭔가 쓸 만한 게 없나, 체크 해야 해요."

"쓸만한 것? 드론과 보안은 무효화시켰고, 여차하면 완력으로 어떻게든 되는 걸 알지 않았나."

"당신, 계약에 관한 건 빠삭하면서, 이럴 때는 꽤 무지하네요.

시간이 걸리는 건 아니니 조금만 얌전히 기다려주세요."

"……."

노엘이 딱 잘라 말하자, 듣기 거북한지 카론은 눈을 반쯤 뜨고 입을 다물었다.

선언대로, 노엘은 금방 끝냈다. 로커와 서랍을 대강 뒤지는 것으로 충분했기 때문이다.

"기다리셨죠. 자, 이제 가요."

"……보물찾기는 다 끝났나?"

"네, **여러 가지** 도움이 될 만한 것을 찾았어요."

"……?"

카론은 노엘이 물색하고 있는 사이, 문 부근을 경계하고 있었다. 노엘이 무엇을 찾아, 무엇을 주머니에 넣었는지— 그는 알지 못했다.

그편이 나았다.

복도로 나오자, 또다시 주머니 속의 스마트폰이 부활했다.

카론은 이미 전혀 흥미를 보이지 않았다. 고요해진 복도를 걸으면서 노엘은 일기의 다음 내용을 읽었다.

○년 ○월 ○일

악마와 계약을 했다.

지금은 냉정하게 사물을 생각할 수 있다.

그리고 지금까지의 내가 얼마나 미숙했었는지도 이해할 수 있다.

동경이라든가 일에 대한 프라이드라든가 그런 감정은 아무것도 만들어내지 못한다.

나는 사장님의 비서.

그렇다면 쓸데없이 사사로운 감정을 배제하고, 오른팔이 되려는 것만이 모범적인 태도다.

그런 당연한 일을 깨달은 것만으로도 이 힘을 얻은 의미가 있다.

마치 다른 사람이 쓴 것이 아닌가 할 정도로, 내용이— 그전에, 문체가 바뀌었다.

그 변화도 어쩐지 기분이 나빴지만, 노엘이 무심코 발을 멈춘 것은『악마의 계약』이라는 말이 먼저 눈에 들어왔기 때문이었다.

악마와 계약하면, 정신적인 것도 이상해지는 것일까. 보머는 완전히 미쳐있었고, 시빌라는 마치 로봇 같았다.

그럼 나는?

무언가 바뀐 것이 있는 걸까?

노엘은 스마트폰을 손에 쥐고, 카론과 함께 계단을 올라갔다.

25층의 보안은 꽤 엄중했다. 좀 전에 억지로 해제했던 보안 시스템과는 독립된 것 같았다. 아까 들어갔던 방은『보안 제어실 A』였다. 그렇다면, B나 C도 어딘가에 있겠지만, 그것을 찾을 여유가 없었다.

애초에 찾을 필요가 없어졌다.

“시빌라는 여기를 지나가지 않은 것 같군. 지금의 녀석이라면 완력으로 열었겠지. 다른 길이 있다면…….”

팔짱을 끼고 카드 리더기를 노려보는 카론의 옆에서 노엘은 장난스럽게 웃으면서 한 장의 카드키를 흔들어 보였다. 카드에는『MASTER』라고 인쇄되어 있었다.

“윽, 그것은……?”

“마스터라고 쓰여 있으니까 아마 마스터 키겠죠.”

“어느 틈에 그런걸.”

“아까『보물찾기』하면서 찾았어요. 카드키 다발을 아예 갖고 왔는데, 대박이 들어있었어요. 저도 충분히 도움이 되지요?”

“흠, 때에 따라서는…….”

노엘은 자랑스럽게 카드를 리더기에 댔다. 전자음이 나고 문이 바로 열렸다.

경보가 울리지도 않았다. 복도는 그저 쭉 뻗어있었다. 지금까지의 플로어와 다른 것은, 카펫과 벽지에 중압감이 있는 정도일까. 사장실이 있는 플로어였다. 중역들과 어울리게 인테리어한 모양이다.

사장실은— 시빌라가 있는 방은, 바로 알 수 있었다. 문 옆의 카드 리더기가 검게 타 있었다. 카론과 노엘이 주위를 살폈다.

카론이 재빠르게 문을 열었다.

시빌라 베커.

그녀는 책상 위 컴퓨터 앞에서 날렵하게 떨어졌다. 뒤를 돌은 그 얼굴에 초조함은 느껴지지 않았다. 여전히 로봇 같은 무표정이었다.

"여기 있었군요!"

"한발 늦은 것 같군요. 당신들의 손에 넘어가면 곤란한 데이터는 모두 이 메모리에 옮겼습니다."

시빌라가 손에 든 메모리를 흔들었다. 목소리에도 얼굴에도 감정이 묻어나지 않는데, 어째서 의기양양한 듯 보이는 걸까. 노엘의 마음속에서 벌컥 분노가 치밀어 올랐다.

한편, 카론은 주머니에서 한 손을 꺼내, 언제나처럼 변함없는 태도로, 물 흐르듯 독설을 내뱉었다.

"그렇다면 그 메모리만 뺏으면 버로우즈는 끝이라는 말인가. 귀중한 데이터를 하나로 정리해줘서 고맙군."

"잘도 허튼소리를……. 하지만 노엘 님도 카론 님도 꽤나 화려하게 저질러 주셨네요. 당신들의 행위는, 이미 더할 나위 없이 강도입니다. 곧 경찰이 빌딩을 포위할 겁니다. 그리고 **선량한 라프**

라스 경찰은 선량한 기업에 불법 침입한 자를 철저하게 추적할 겁니다."

시빌라에게 지적 받을 것도 없이, 분명 강행돌파를 거듭해 왔다. 그런대로 시간도 흘렀다. 어쩌면 이미 경찰은 도착했을지도 모른다.

하지만, 그런 것은 노엘에게 문제도 무엇도 아니었다. 지금까지 이 여자가 몇 번이고 죽이려 했지만 어떻게든 됐었다.

"돌아갈 일은 돌아갈 때 생각할게요. 여기까지 온 이상 맨손으로 돌아갈 수 없어요!"

"그런가요. 그럼 자, 보여주십시오. 단 그것을—."

시빌라가—.

"할 수 있다면 말이죠."

웃었다.

도무지 인간의 웃음이라고 생각되지 않았다.

그것은 마치 짐승이자 마치—.

노엘의 본능이 그녀의 무서운 웃음에 기가 눌리는 것 같았다.

시발라의 웃음은 바로 사라졌다.

카론이 앞으로 나가 쇠사슬을 휘두르는 동시에, 방 전체가 새

하얀 빛으로 뒤덮였다.

파지지직!!

그 번개는 노엘의 눈을 찌르고, 시빌라의 옆에 있던 컴퓨터를 파괴했다. 데이터가 사라진 것은 보기만 해도 명백했다.

시빌라는 몸을 뒤집어, 안쪽에 있는 목제 문을 향해 뛰었다. 카론이 쇠사슬을 날렸다. 문에 맞았다. 시빌라가 비명도 지르지 못하고 비틀거렸다. 하지만 다시 일어서, 그녀는 문 저편으로 사라졌다.

"칫, 귀찮게 하는군. 쫓는다!"

방을 나오자, 계단을 뛰어 올라가는 여성용 구두의 딱딱한 소리가 들렸다.

"이 빌딩은 25층 건물이다. 이 위로 올라갔다면 옥상밖에 없다. 더는 도망갈 곳도 없을 터!"

"옥상—."

무심코 노엘이 중얼거리자, 카론도 가라앉은 목소리로 중얼거렸다.

"너와 저 녀석의 결전 장소로 딱 어울리는군."

"……드디어, 이번에는 반드시, 저 여자를……!"

계단을 올라가기 시작했을 때, 노엘은 다시 주머니 안의 스마트폰이 되살아난 것을 깨달았다. 방금 전 시빌라가 전격을 작렬시켰기 때문일 것이다.

○년 ○월 ○일

최근 내가 무엇을 하고 있는지 모르겠다.

이 힘을 손에 넣고 난 후 나는 어떤 것도 망설이지 않게 되었다.

하지만 동시에 내가 무엇을 위해 이런 일을 하고 있는지 나조차도 알 수 없다.

예전의 나의 기록을 보면 그것이 시장님을 위한 것이라는 것은 안다.

하지만 그것을 실감할 수가 없다.

어째서 나는 시장님을 위해……?

……아니, 의심해서는 안 돼.

그것은 분명 나의 원동력이었을 테니까.

일기는 거기에서 끝이 났다.

"이 일기, 읽기를 잘했어요."

"그런가? 얻을 만한 게 아무것도 없다고 생각이 드는데."

"아뇨. 이걸 읽고, 제 행동이 정해졌으니까요……."

노엘은 주머니에 스마트폰을 넣고, 옥상으로 가는 계단을 올라갔다.

귀에 익은 소리가…… 굉음이 들려왔다. 그 음의 의미를 알자 노엘은 약간 마음이 급해졌다.

그 소리는—.

헬리콥터 소리였다.

옥상에서는 바람이 거칠게 일고 있었다. 군사용 헬리콥터가 이제 막 이륙하려 했다. 시빌라는 헬리콥터의 조종이 가능한 걸까. 놀란 노엘이 조종석을 보자 시빌라는…… 조종간을 잡고 있지 않았다.

“뭐……?!”

“바다가 보이는, 밤의 빌딩 옥상. 거기에 저와 노엘 님, 카론 님, 이 세 명. 마치 그날 밤의 재현 같군요.”

시빌라의 목소리가 헬리콥터에 탑재된 스피커를 통해 들려왔다.

“쓸데없는 말도 거기까지다. 시빌라 베커. 너는 오늘 여기서 버로우즈의 야망과 함께 흩어질 거다. 아무리 네가 마인이라고 해도 그 힘이 보머에도 미치지 못한다는 걸 안다!”

카론은 전혀 겁내지 않고 헬리콥터 앞으로 나가, 소리 질렀다. 그 목소리는 귀청이 떨어질 듯한 헬리콥터의 소리조차 뚫고 전해졌다.

"얌전히 내려와서 메모리를 이쪽으로 넘겨라!"

"분명 저는 마인을 쓰러뜨릴 만큼의 힘을 갖고 있진 않죠. 제가 악마와 계약해서 손에 넣은 것은…… **조종하는 힘**이니까요."

파앙, 옥상에 수많은 벼락이 떨어졌다.

옥상에는 리프트 같은 것이 설치된 듯했다. 파직파직하며 전기를 뿜으며 리프트가 움직이고, 4대의 드론이 모습을 냈다.

빌딩 안에 있던 보안 드론과는 색도 모양도 달랐다.

"아쿠에리어스는 해운회사입니다. 해외에서 병기를 밀수하는 것 또한 용이하죠. 이것은 경비용이 아닌, 군사용 드론입니다. 장갑(裝甲)도 화력도, **그럴 듯**한 것입니다."

경비용 드론조차 카론이 애먹을 정도로 딱딱했다. 그래도 스턴건만 무장되어 있어서 다행이었다. 중화기가 달려있다면 감당할 수 없을 것이다. 노엘은 식은땀이 흐르는 것이 느껴졌다.

"저는 계뢰(界雷)의 마인, 〈허구의 시빌라〉. 만물을 조종하는, 악마의 천둥을 사용하는 자입니다. 전기가 통하는 것이라면 무엇이든…… 기계에서 **나 자신의 마음**까지, 자유자재로 컨트롤하는 힘!"

시빌라의 얼굴에 표정이 깃들었다.

"내려와서 메모리를 넘기라고? 그렇게 원하면, 온 힘을 다해서 가져가십시오. 대악마 카론…… 실로 제멋대로에, 이기적인 당신답게!"

어째서인지. 그녀는 카론을…… 미워하고 있었다.

그것이 신경 쓰여서, 노엘은 카론을 올려다보았다. 하지만 카론은 그 시선을 싸움을 걱정하는 것으로 받아들인 것 같았다. 노엘을 내려다보고, 조용히 뒤를 향해 턱을 치켜 올렸다.

언제나처럼 뒤쪽에서 얌전히 있으라는 뜻이었다.

노엘은 자신이 안고 있는 의문을 일단 제쳐두기로 했다. 분명 지금은, 그런 걸 신경 쓸 때가 아니었다.

"카론, 저 드론과 정면으로 싸우면 안 돼요. 노려야 할 것은 본체가 아니라 제어장치에요!"

노엘은 카드키 다발 속에서 『DRONE MASTER』라고 인쇄된 것을 카론에게 건네고 서둘러 그 자리를 피했다.

본래 빌딩 안으로 도망치는 것이 가장 안전하겠지만, 그렇게 할 수 없었다. 싸움을, 눈과 기억에 새겨두고 싶었다.

저 마스터 키가, 밀수된 군사용 드론에도 먹힐지 어떨지 알 수 없었다. 하지만, 없는 것보다 나을 터였다.

헬리콥터 소리와는 비슷한 소리.

드론이 움직이기 시작한 듯하다.

카론도 움직였다.

그는 군사용 드론이 타고 온 리프트를 향해 달리기 시작했다. 리프트에는 콘솔이 설치되어 있었다. 노엘의 보기에는 그것이 드론의 제어장치 같았지만, 그것 또한 확실하지 않았다.

카론의 빠른 다리라면 금방 도달할 터였다— 하지만, 드론이 길을 막았다. 밤의 어둠에 녹아들 듯한 색이었지만, 드론은 때때로 파지직하고 전기를 내뿜었기 때문에 금방 있는 곳을 알 수 있었다.

시빌라의 천둥으로 억지로 움직이게 한 것 같았다. 감정이 없는, 평소의 시빌라의 눈과도 닮은 카메라가 카론을 노려보았다.

"큭!"

드론이 발포하기 시작했다. 드론에 달린 것은 소형 머신 건인 것 같았다. 카론은 옆으로 뛰어서 총격을 피하고, 쇠사슬을 드론에 감았다. 드론이 잡힌 벌이나 파리처럼 마구 날뛰었지만, 카론이 그것을 가뿐히 무기 대신으로 사용했다.

쇠사슬에 연결된 드론은 육상경기의 해머로 변했다. 카론의 컨트롤은 훌륭했다. 휘둘러지는 드론과 돌진하는 드론이 충돌했다.

카론은 드론이 파괴되었는지 확인하지 않았다. 그 정도의 여유조차 없었다. 드론의 파편이 그의 부리에 맞아 튀어 올랐다.

시빌라가 몰던 헬리콥터의 개틀링 건이 파지직하고 전격을 띠었다고 생각하자마자, 굉음을 내며 발포하기 시작했다. 맞는다면 고통을 느끼기도 전에 전신이 산산조각이 날만한 파괴력이었다. 악마라도 정통으로 맞으면 산산조각이 나는 것일까.

그때 보인 카론의 움직임은 노엘의 눈으로는 쫓을 수 없을 만큼 빨랐다.

악마는 마음만 먹으면 총탄조차 피할 수 있는 것일까.

하지만 카론은 드론과 헬리콥터의 총격에서 도망쳐야 하는 상태였다. 노엘은 보고 있자니 살아도 산 것 같지 않았다.

그건 그렇다 치더라도, 이런 심야라고는 해도— 라프라스의 상업구의 랜드마크라고 말할 수 있는 빌딩 옥상에서 군사용 헬리콥터와 드론이 총을 갈기고 있었다. 소동이 일지 않을 리가 없었다. 버로우즈는 이런 대사건이라도 수습할 수 있는 것일까.

카론은 총격을 계속하는 헬리콥터에, 역으로 돌진했다. 개틀링건은 바로 아래는 쏠 수 없었다. 카론은 헬리콥터의 품에 뛰어든 것이었다.

드론이 악착같이 그를 쫓았다. 하지만 그것이 카론의 의도인 듯했다. 그는 몸을 뒤집으면서 쇠사슬을 휘둘러, 쫓아 온 드론을 순식간에 칭칭 묶었다.

빠져나가 헬리콥터의 뒤쪽으로 돌아갔다.

그리고—.

"앗!!"

헬리콥터에서 시빌라의 놀란 목소리가 났다.

카론이 붙잡은 드론을 헬리콥터를 향해 내던진 것이다.

피하지 못하고 헬리콥터의 측면에 드론이 부딪혔다. 회전 날개에 부딪혔다면 조금은 상황이 바뀌었을까. 하지만 기계치인 카론은 헬리콥터의 약점을 몰랐을지도 모른다.

그래도 헬리콥터는 크게 기울었고, 충돌한 드론은 옥상으로 떨어졌다.

귀청이 떨어질 듯한 천둥소리가 울려 퍼졌다.

시빌라가 전력으로 천둥을 일으킨 것 같았다. 상대도 추락하지 않기 위해 필사적인 모양이다. 바직바직 번개를 휘감은 헬리콥터의 기체가 태세를 바로 잡았다.

하지만 그쯤에는 이미 카론이 리프트의 컨트롤에 다다라 있었다.

노엘이 카드키를 쓰는 것을 봤을 터. 아무리 기계치라도 카드키 사용법은 알고 있을 것이었다. 카드키는 노인이라도 간단히 쓸 수 있고, 카론은 바보도 아니니까!

카론이 제어장치를 어떻게 조작했는지 노엘은 보지 못했다.

하지만, 군사용 드론은 4대가 일제히 기능을 멈추고, 옥상에 굴러떨어졌다.

"윽, 어느 틈에 그런 재주를 부릴 수 있게……?!"

"여기까지 나 혼자 우격다짐으로 왔다고 생각하나? 그렇다면 너는 **우리**에게 이길 수 없다!"

"이겼다고 생각하기엔 너무 이르지요, 카론 님. ―자, 기계는 기계답게, 고철이 될 때까지 공격해라!"

다시, 천둥과 번개.

보머 때도 생각했지만, 마인은 물리적으로 쓰러질 때까지 무한으로 능력을 쓸 수 있는 것일까.

시빌라가 만들어내는 악마의 천둥은, 잠들어 있던 드론을 억지로 깨웠다. 하지만 모습이 이상했다. 움직임은 덜덜 떨렸고, 지지직하며 전기를 띠고 있었다. 게다가 총을 쏠 기색도 없이 그저 쏜살같이 카론을 향하고 있을 뿐이었다.

"카론! 드론이 폭발해요!!"

그것은 어느 의미로 자폭 공격이라고 할 수 있었다. 기계는 죽음 따위 무서워하지 않고, 혹사당해도 불만을 말하지 않았다. 시빌라에게 명령받은 대로 고철이 될 때까지 계속 싸울 것이다. 카론이 아주 짧은 순간 노엘을 보았다. 끄덕인 것처럼 보였다.

카론이 물러났다. 검은 바람처럼 달리는 카론의 등 뒤로, 드론이 차례차례 폭발했다. 하지만 한 대가 남았을 때였다. 카론이 갑자기 발길을 되돌렸다.

자신을 향해 돌진해온 드론을 쇠사슬로 붙잡아, 다시 전력을 다해 투척했다.

헬리콥터를 향해—.

"으앗?! 그, 그런 바보 같은!"

하지만 시빌라도 운이 따랐다. 헬리콥터에 부딪히기 직전에 드론은 부하에 견디지 못하고 폭발했다. 그러나 폭풍의 여파를 맞고 헬리콥터의 태세가 다시 위태로워졌다.

“카론은 드론에게 대응할 수 없다고 예상했는데, 이런……! 큭, 아직입니다. 시장님을 위해서라도…… 이 메모리는 넘길 수 없어!”

헬리콥터도 상당히 억지로 움직이고 있었다. 번개가 치고, 헬리콥터는 흔들거리며 뒤로 돌았다. 시빌라가 어떻게 할지 분명했다.

“도망가게 둘 것 같나!!”

드론에서 생겨난 검은 연기를 가르고, 카론이 옥상 가장자리 끝까지 아슬아슬하게 뛰어갔다. 이미 헬리콥터는 빌딩 옥상에서 떠나려 하고 있었다.

날카로운 발톱이 난 그 커다란 손이 윙윙 소리를 내며 헬리콥터를 향했다.

카론의 쇠사슬이— 불길한 붉은빛이 감긴 흉악한 쇠사슬이 멀리 뻗어 나갔다. 그리고 군사용 헬리콥터의 커다란 몸통에 감겼다. 살아 있는 생명체와 같이. 용처럼—.

회전 날개에서 불꽃이 튀기고, 조금씩 하얀 연기가 피어올랐다.

“승부가 났다, 목숨까지 가져갈 생각은 없다. 헬리콥터를 버리고 이쪽으로 뛰어라!”

“누, 누가 그렇게 할 줄……! 아직 나는, 으으윽……!”

시빌라는 아직 포기하지 않았다. 그 얼굴에는, 지금까지 보인 적 없는 초조함이 묻어 있었다. 그녀는 시장의 로봇이 아니라, 한 사람의 인간 여성으로 돌아와 있었다.

헬리콥터가 저항했다. 생명체처럼. 하지만 카론이 쇠사슬을 잡고 있던 양손에 힘을 주었다. 도대체 얼마나 힘이 센 건지, 도망가려고 하는 헬리콥터가 크게 기울었다. 쇠사슬이 끊어질 것 같지도 않았다.

"소용없다, 이 악마의 쇠사슬에서 도망갈 수 없다. ……헬리콥터와 같이 죽고 싶진 않겠지. 너는 졌다. 나와 노엘에게."

"으…… 우오오……!"

"카론! 꼬리 날개에요!"

노엘은 그늘에서 뛰쳐나와, 헬리콥터의 비명에 지지 않도록 큰 소리로 외쳤다.

"뭐?!"

"헬리콥터는 꼬리 날개가 약점이에요! 영화에서 봤어요!"

"알았다!"

카론이 손톱으로 공기를 가르듯 왼팔을 흔들었다. 붉은빛을 내는 쇠사슬이 하나 더 소환되어 헬리콥터의 꼬리 날개에 감겼다. 불꽃이 튀고 폭발이 일어나 검은 연기가 피어났다.

시빌라가 함성과 비명이 섞인 포효를 질렀다.

"우오오오오오오오……!"

이미 헬리콥터는 제어할 수 없는 것이 분명했다. 시빌라는 마침내 조종석에서 옥상으로 뛰어 내려왔다.

헬리콥터는 바다 위에 추락한 것 같았다. 폭발음이 나고, 검은 연기가 옥상까지 자욱했다.

시빌라는 카론과 노엘의 앞에서 힘없이 주저앉았다.

"그럼."

카론이 커다란 오른손을 쥐었다 펴며 두두둑 소리 냈다.

"도망치지 못할 정도로 손발을 부러뜨려줄까. 메모리를 들고 바다에 뛰어들면 안 되니."

시빌라에게 다가가려던 카론을 노엘이 불러세웠다.

"기다려주세요."

"……뭐지, 노엘."

"저, 생각했어요. 당신이 여기에서 시빌라 베커를 쓰러뜨리는 것은 틀린 것이 아닐까하고."

카론이 미간에 찌푸렸다.

"이제 와서 무슨 말을 하는 거냐?! 설마, 그렇게 분노했으면서, 이 녀석을 쓰러뜨리는 것이— 복수하는 것이, 두려워진 것은 아니겠지?"

"아니요, 달라요, 카론. 그런 이야기가 아니에요. **당신이** 시빌라 베커를 쓰러뜨리면 뭐가 될까요?"

"그러니까, 어째서 그렇게 생각하냐고 묻고 있다! 결국 너는 이 녀석의 과거를 알게 되면서 정이라도 들었다는 것이냐?"

노엘은 웃었다. 카론의 착각이 왠지 우스웠다.

시빌라가 지금 혹시나 도망칠 수 있을까하고 생각하고 있다면, 더욱 유쾌하겠지만.

"그것도 아니에요."

노엘은 카론의 앞으로 걸어 나왔다.

"제가 죽이지 않으면 복수가 되지 않는다는 말을 하는 거예요."

시빌라에게 총을 겨눠, 방아쇠를 당기는 것에 주저함은 없었다.

왜냐하면—.

—저는 복수의 마인이니까요!

총알은 아주 가까운 거리에서 시빌라의 왼쪽 어깨에 명중했다. 충격으로 시빌라는 뒤로 쓰러졌다.

"으으윽!!"

그녀가 꼴사나운 비명을 지르지 않은 것이 노엘은 약간 불만이었다.

"……그렇죠, 카론? 당신이 아니라, 저 〈피학의 노엘〉이, 숨통을 끊어야 해요."

총구도 시선도, 시빌라에서 떼지 않았다. 태어나 처음으로 쏜 총의 무게와 반동은 예상 이상의 것이었지만, 견딜 수 있었다. 지금은 그런 것에 놀랄 때가 아니었고, 무슨 일이 있어도 이 여자를, 죽여야 했다. 그 살기가 노엘의 왼팔에 힘을 주고 있었다.

카론이 놀라고 있었다. 그의 얼굴도 모습도, 노엘의 좁은 시야 밖이었지만, 분명히 알 수 있었다.

"그…… 그런 것을 어느새……."

노엘에게 그가 말문이 막힌 것은 처음이었으니까.

"제어실 로커에서 가져왔어요. 이것이 있으면, 이 팔로도 이 녀석에게 복수할 수 있을 것 같아서."

시빌라는 상처를 손으로 누르고 있었다. 노엘은 한 발 더 다가갔다. 그 괴로움을 제대로 보고 싶었다.

"알고 있어요, 시빌라 씨. 당신에게 있어 버로우즈 시장은 동경의 대상. 그런 시장이 **당신의 실수** 때문에 부정의 증거를 폭로 당할 거예요."

시빌라는 노엘을 봤다. 아무 말도 하지 않았다. 무엇을 생각하는지 알 수 없었다.

그것이 마음에 들지 않았기 때문에 노엘은 쐈다.

총알은 시빌라의 오른쪽 다리를 관통했다.

아주 가까운 거리에서는, 총을 쏘는 것은 처음이지만 과연 빗나가지 않았다.

"아아아악!!"

"누가 가만히 있어도 된다고 했죠?"

지금은 이미 이 여자의 어디라도 좋으니 총을 쏘고 싶어 참을 수 없었다.

그래서 다시 방아쇠를 당겼다.

"크윽……!!"

총알은 시빌라의 왼발에 맞은 듯했다.

"분명 뒤엔 버로우즈 시장이 있고, 저를 이용하려고 하는 계획이 있었죠. 하지만 저에게…… 저를 속이고 사지를, 피아노를, 미래를 뺏은 것은 당신. 저주하지 않을 수 없어요……!!"

총을 쐈다.

"아학……!!"

시빌라의 오른팔이 튀어 올라, 힘없이 콘크리트 위에 늘어졌다. 총알은 그 팔을 관통하고 옆구리까지 도달한 것 같았다. 그녀의 정장 자켓이 서서히 붉게 물들었다.

이걸로 그녀의 사지의 자유를 빼앗았다. 그래도 아직 부족했다.

노엘의 증오는 가라앉기는커녕 오히려 활활 타올랐다.

다음은 어디를 쏠까. 그렇게 생각하고 있을 때, 카론이 말을 걸며 끼어들었다.

"어이. 그렇게 쏘지 않아도 이 녀석은 더는 아무것도……."

노엘은 그 말을 무시했다.

"당신이 말한 대로, 정말로 딱 좋은 장소네요. ……예전에 제가 당신에게 그렇게 당했을 때처럼. 이번에는 제가 당신을. ……산산이 조각내어 바다 밑바닥에 던져 드릴게요. 이걸로 조금은 기분이 풀리면 좋겠네요."

고개를 갸웃거리며, 노엘은 웃는 얼굴로 물었다.

"저기요, 시빌라 씨? 뭐라고 말 좀 해보세요."

"……좋을 대로, 하시지요……. 그러면 메모리는 제가 바다 밑바닥까지, 가지고 가겠습니다……."

"헬리콥터를 버린 여자가 이제 와서 무슨 허세를 부리시나요? 당신은, 죽는 것이 무서운 거죠? 허세는 그만두세요."

노엘은 총을 한 손으로 시빌라에게 갖다 대려 했다.

더 가까이에서 몇 발 더 쏘면, 팔 하나나 두 개는 갈가리 찢어지지 않을까. 탄창은 몇 개나 확보해두었다. 그렇게 간단히 죽여줄 생각은 없었다.

나처럼. 애벌레처럼. 몸부림치며 뒹굴다가 죽으면 되는 것이다.

하지만 노엘의 앞을 카론이 가로막았다. 그가 처음으로 노엘의 언동에 진심으로 당황한 것이 느껴졌다.

"이제 그만 해라, 노엘. 이 녀석도 어차피 버로우즈의 말이다. 이 녀석을 죽인다고 아무것도 되지 않아."

노엘은 웃는 얼굴로 카론을 올려다보았다.

"있잖아요, 카론."

"……뭐냐?"

"앞으로 몇 발 더 쏘면, 메모리를 내놓을 것 같아요?"

카론이 눈을 부릅뜨고. 낮은 목소리를 더욱 낮추며 말했다.

"노엘."

노엘은 또다시 그 말을 무시했다.

카론을 밀어내고 웃으며 총구를 시빌라에게 겨눴다.

"저로서는, 당신이 죽기 전에 시장을 배반한다면 최고겠지만요!!"

"……노엘!"

"자, 메모리를 내놔요! 그리고 나에게 사과하고 꼴사납게 죽으라구요!!"

충격.

어, 노엘의 입에서 희미한 목소리가 흘러나왔다.

무슨 일이 일어난 건지 알 수 없었다. 뺨이 아팠다.

"……어?"

"……좀 냉정해져라."

카론이 오른손을 내렸다.

"지금의 너의 그 추한 얼굴을 보여주고 싶군."

노엘은 자신이 그에게 뺨을 맞았다는 것을 가까스로 이해할 수 있었다. 보머의 부하들을 일격으로 날려버렸던 그다. 꽤 힘 조절한 것 같지만…… 아팠다.

총을 쥔 채, 노엘은 세차게 맞은 뺨에 손을 갖다 댔다.

"……뭐……."

"이런 곳에서 잔혹한 살인을 범할 필요는 없다. 지금, 너의 복수에 필요한 것은 메모리다. 죽이지 않아도 간단히 빼앗을 수 있다. 이 여자는 이제 너처럼 손발을 제대로 쓰지 못할 거다. 너도 벌써 알고 있겠지?"

"저…… 저의 복수를 방해하는 건가요?! 이 녀석에겐 시장과 같은 정도의 원한이 있어요! 그것은 당신도 저와 같지 않은가요?!"

"그렇다, 이 녀석은 대악마인 나를 바보 취급했다. 나의 미학을 더럽힌, 몇 번 죽여도 시원찮을 여자다. ……하지만."

카론은 붉은 눈을 내리깔았다.

"—죽이면, 더는 되돌아갈 수 없다."

악마가 그런 말을 하다니.

악마의 이렇게 정직한 말에, 가슴이 에이다니.

노엘은 전혀 생각지 못했다.

어째서—.

이 악마는 내 복수를 도와주는 것이 아니었던가.

뺨의 아픔은 욱신욱신하며 노엘의 의식 속에 침투해왔다.

노엘이 멍하니 바라보았지만, 악마는 눈을 맞추려고도 하지 않았다. 그는 어딘가, 견디기 힘들다는 얼굴이었다. 보고 있을 수 없다고 말하고 싶은 기색이었다.

"내 손조차 닿지 않는 곳으로 가버리고 만다. 그런 일은 **이제** 사절이다."

그리고…… 먼 옛날의 일이 생각난 것 같기도 했다.

"저, 저는 어차피 한 번 사람을 죽인 몸이에요! 게다가, 게다가 저의 목숨 따위, 어차피 복수가 끝나면 〈대가〉로 잃을 거잖아요! 복수가 끝난 후의 일은…… 그런 걸 생각하는 건 의미가 없단 말이에요!"

그것은 거의 비명에 가까웠다. 이 악마를 쏘면 이 정체를 알 수 없는 공포 같은 감정에서 도망칠 수 있을까. 하지만 노엘의 팔은 더는 올라가지 않았다. 왠지 총이 점점 무거워졌기 때문이다.

“복수의 끝의 대가는 아직 정해지지 않았다. 그것은 내가 정할 일이다. ……좀 더 자신을 소중히 해라. 분노와 미움에 몸을 맡기면 마지막엔 반드시…… 파멸하게 될 거다.”

“당신에게는 계약자가 그런 말로에 이르는 것이…… 유쾌한 일이 아니었던가요?

“네가 혼자서 마음대로, 게다가 복수 도중에 파멸하고 미래를 망치는 것은 용서하지 않겠다.”

“……!”

“적어도 지금 우리는 같은 적을 가진 **대등한 관계**니 말이다. 벌써 잊었나? 『그 복수는 너만의 것이 아니다』라는 거다. 보조는 맞춰줬으면 좋겠는데.”

그렇게까지 조용한 목소리로 노엘은 공격받아 고개를 숙일 수밖에 없었다.

“그리고 네가 닥치는 대로 적을 쏴 죽이는 것은, 효율도 상성도 너무 나쁘다. 나는 계약의 대가를 생각하기 이전에, 너에게 적절하고 알맞은 복수를 생각한다. 그러니까 너는 멋대로 서두르지 마라. 이 순간의 저주가 아니라, 얌전히 미래의 희망이라도 보고 있어라.”

“……제 복수인데 당신한테 맞추라니요?”

“내 복수이기도 하다. 악마는 오만한 것이다. 무시는 허락하지 않겠다."

"저…… 저는……."

분명 약간 머리에 피가 거꾸로 솟았던 것일지도 모른다.

하지만, 시빌라와 대치했을 때 느낀 분노와 원망은 진짜였다.

그것이 어째서 지금은…… 깨끗이 없어져 버린 것일까. 그렇기는커녕 손발이 제멋대로 바들바들 떨렸다.

"당신과 정식으로 계약했으니까 복수를 이루고 죽는 것만 생각했어요. 그렇게 생각하니, 자연스럽게 아무것도 무섭지 않게 되어서…… 뭐든 할 수 있을 것만 같아서……."

"대가로 네 영혼을 받을지도 모른다, 고 말한 걸 오해한 것인가. 네가 그것을 받아들이고 각오 굳혀버려서야 재미없지. 게다가 — 꼬맹이가 그렇게까지 짊어질 필요는 없다."

노엘의 손에서 총이 미끄러져 떨어졌다. 다행히 오발하거나 하지 않았다. 힘이 손뿐만이 아니었다.

"……어, 어라?"

의족을 지탱하던 다리 힘도 완전히 사라져, 노엘은 털썩 주저앉았다.

"왜…… 왠지, 독기가 빠져나가니까 힘이 들어가지 않게 되었어요……."

"어울리지 않은 일을 하니까 그렇지."

흥, 부리 속에서 웃으며 카론은 왜인지 딴 쪽을 바라보았다.

시빌라는 결과적으로 목숨은 건졌다. ……그렇게 생각했지만, 그녀는 갑자기 쿨럭하며 기침하며 피를 토해냈다. 옆구리에 맞은 총알이 예상과 달리 중상이었던 듯했다.

바로 처치하지 않으면 아마도 죽을 것이다. 그녀가 그것을 두려워하는 기색은 없었다. 지금은 공포 이상의 생각이, 그녀 안에 있는 것 같았다.

시빌라는 카론을 증오하는 얼굴로 노려보았다.

"……그것이 지금, 당신이 한 악마의 계약입니까? **변하셨군요**, 카론 님……. 예전의 당신이라면 생각할 수 없는……."

카론은 말없이 시빌라를 쏘아보았다. 닥쳐, 라고 말하고 싶어 보였다.

"카론. 당신은 그녀와 그렇게 오래전부터 알고 지낸 사이인가요?"

두 사람 사이에 기묘한 불화가 있다는 것에는 노엘도 이미 눈치채고 있었다. 페빌딩에서 처음 만났다기에는, 이미 서로를 혐오하고 있었다. 시빌라는 카론에게 상당히 뿌리 깊은 원망을 갖고 있는 듯했다.

"아니, 그건……."

그리고 카론은 이 일에 관해 물으면 제대로 대답해주지 않았다.

"……노엘 님. 옛날이야기 하나를 해드리지요."

때때로 기침을 하며 시빌라가 이야기를 했다.

그것은 그녀가 걸어온 인생에 대한 것이었다.

노엘은 들으면서, 스커트 주머니의 무게를 의식하게 되었다. 시빌라가 이야기하는 것은 스마트폰에서 읽은 일기의 내용 그 자체였기 때문이다.

자신의 주변 사람은 바보뿐이라며, 어릴 적부터 쭉 사람을 깔봐왔던 시빌라. 그녀에게도, 유일한 동경의 대상, 존경하는 인물이 있었다.

그것이 러셀 버로우즈. 30세도 되지 않았을 때부터, 그는 시의회 의원으로 활약했다.

어떤 것에도 열정을 느끼지 못했던 시빌라는 그 사람을 목표로 삼았다. 유능했던 시빌라는 단번에 그의 비서 자리에 앉아, 지금까지 시장의 오른팔로서 동분서주해왔다.

지금 생각해보면, 처음 몇 년간은 『수습기간』이었을지도 모른다.

시빌라가 진짜 의미로 버로우즈의 오른팔이 된 것은— 악마와 계약하고 나서였다.

시빌라는 어느 날, 버로우즈의 가짜 얼굴— 아니, 진짜 얼굴을 알게 되었다. 그가 라프라스의 어두운 부분을 이용해서 계속 정점에 머무를 수 있었다는 것을—.

"……하지만 저는 시장님의 곁을 떠나지 않았습니다. ……이 사람의 곁을 떠나면…… 나는 또 삶의 보람을 잃고, 얼빠진 인생을 살아가고 말거라고 생각했던 것입니다.”

버로우즈가 강력히 권유한 것도, 원한 것도 아니었다.

시빌라는 스스로 악마와 계약했다.

“사람을 배신하는 것에도…… 속이는 것에도…… 죽이는 것에도…… 망설이지 않도록. 저는 악의 천둥으로, 모든 감정을 모두 태워버렸습니다.”

뇌세포는 감정전달을 위해 전기신호를 쓰고 있다. 마음과 감정 따윈, 시빌라에겐 덧없는 것이었다.

눈에 보이지 않는 것을 그녀는 믿지 않았다. 가치도 찾을 수 없었다.

“저는…… 제 의사가 없는, 기계가 된 것입니다.”

과거의 자신이 내린 『시장을 도와라』라는 명령에만 따르는 로봇.

거기에는 이제 실감이나 목적 따위는 없었다.

하지만 그것이 시빌라가 선택한 길.

“……꽤나 얄궂은 이야기지요. ……조금은 마음이 풀리셨습니까? 노엘 님.”

“감정을……. 그렇게까지 해서…….”

“후회는 없나? 네가 맺은 계약 **또한** 자신을 위해서가 아니라, 다른 사람을 위한 것이 아닌가.”

"……후회 따위 없습니다. 하지만…… 굳이 말한다면 원망은 하고 있습니다."

시빌라의 냉철한 눈과 말이 카론을 향했다.

이미 그녀가 원망하고 있는 것이 카론이라고 확언하는 것과 다름없었다.

카론이 마른 침을 삼킨 것 같았다. 시빌라는 그에게 불리한 말을 하려 했다.

하지만 카론은 그런 시빌라를 제지할 마음도 없어 보였다. 마치 체념한 것처럼 보였다.

"시장님도, 태어날 때부터 악한 사람은 아니었습니다. 막다른 길에서 **유혹에 진** 결과…… 지금 같은……."

"엇……."

설마.

노엘은 카론을 올려다보았다.

"방향을 잃어 고민하던 시장님의 길을 비뚤어지게 한…… 대악마. 그가 이제 와서 계약자에게 마음을 쓰다니……! **카론 님, 당신 한 일을 용서할 수 없습니다!**"

카론에게 쏘아붙인 그 말.

하나하나 설명하지 않아도 노엘은 알 수 있었다. 알지만, ……믿고 싶지 않은 것일지도 몰랐다.

그것도 그녀의 거짓말, 만들어낸 이야기가 아니냐며 잘라낼 수 없었다.

카론이 주춤하고 있었으니까.

하지만, 카론과 시빌라에게 자세히 따져 물을 수 없었다.

"즐거운 이야기를 하는 것 같군. 괜찮다면 나도 끼워주지 않겠나?"

그 남자가 옥상에 나타났다.

노엘은 설마, 지금 이 남자의 목소리를 듣게 되리라고 생각지도 못했다.

"노엘 양. 역시 와버렸군요. 이 빌딩에."

"……버로우즈."

버로우즈 시장은 안경을 벗은 맨얼굴로 발소리를 높여 이 자리에 끼어들어 왔다.

노엘의 몸에 순간 힘이 돌아왔다. 그보다는 무심코 일어섰다. 버로우즈는 이상한 위압감을 내뿜고 있었다. 노엘은 물론 카론조차도 전혀 장해물로 보고 있지 않은 것이 분명했다.

그는 유유히 시빌라에게 다가가 차가운 눈으로 내려다보았다.

"곤란하군, 시빌라. 아무도 『지라』고 명령하지 않았는데."

"……면목이 없습니다."

시빌라가 기어들어가는 목소리로 사죄했다.

그 목소리가 작았던 것은, 상처 때문인지, 죄송함 때문인지 알 수 없었다.

버로우즈는 눈썹 하나 움직이지 않고 말을 내뱉었다.

"하찮은 데다 쓸모없는 여자군."

너무나도 냉혹한 말이라 노엘은 얼어붙었다. 마치 자신이 그렇게 들은 것 같은 느낌조차 들었다. 그 옆에서 카론이 격분했다.

"큭, 자신의 부하에게 그렇게 말할 필욘 없잖아! 이 녀석은 너를 위해서—."

"너도 마찬가지다, 카론."

버로우즈의 눈을 희번덕 뜨며 카론을 노려보았다.

어디에서부터 시빌라의 이야기를 들었을까— 그 또한 더는 애매한 채로 둘 마음은 없었던 듯했다.

"옛날과 비교해서, 시시한 녀석이 된 것 같군? **내가 알고 있는 대악마 카론**은 라프라스 시장 버로우즈 따위와 비교가 안 될 정도로— 잔인하고, 교활하고, **파트너**에게 엄격하지 않았나!"

"윽……, **러셀**……!"

버로우즈의 이름은 러셀일 터였다.

이 라플라스에서 그를 이름으로 부를 정도로 **친근한** 자는 대체 얼마 있을까.

분명, 다섯 손가락으로도 꼽을 수 있을 것이었다. 그중에 카론이 들어있었다니!

"무, 무슨 말이죠? 옛날이라니, 도대체……?!"

"어떻게 되든 상관없다, 노엘 체르퀘티. 너는 여기에서 죽을 거니까."

황금빛 두 눈동자가 노엘을 쏘아보았다.

다음 순간—.

!

굉음과 함께 그의 등 뒤 바닥을 뚫고 **무언가**가 모습을 나타냈다.

그것은—.

"……아, 악마?!"

카론과 똑같이 온통 검은색이었다. 칠흑 같은 로브를 입고, 눈을 가릴 정도로 후드를 깊게 눌러쓰고 있었다. —하지만, 그 부리는 숨길 수 없었다. 맹금을 연상시키는, 카론보다도 크게 굽어있는 부리. 그 색은 태운 뼈처럼 순백색이었다.

좌르륵, 무거운 소리가 났다. 카론의 것보다도 두껍고 투박한 쇠사슬이, 그 악마의 목걸이에서 늘어져 있었다. 악마는 아무 말이 없었다. 하지만 시선은 느낄 수 있었다.

버로우즈는 돌아보지도 않고, 씩 웃었다.

"해치워줄 거지, 시저? **난 지금 바로 살해당할 것 같다.**"

그, 악마는.

시저라는 것인가.

살짝 얼굴을 들어 올렸다고 생각하자마자, 시저는 돌진해왔다.

빌딩 옥상의 콘크리트가 움푹 파여 파편이 튈 정도의 힘.

카론이 맞받아쳤다.

두 마리의 악마가 말없이 무엇을 했는지, 노엘의 눈에는 전혀 보이지 않았다. 낙뢰처럼 굉음이 났고, 피를 튀기며 나가떨어진 것은— 카론이었다.

"크악……!"

"카, 카론?!"

카론이 밀렸다.

말도 안 돼, 이럴 수가.

노엘은 서둘러 그에게 다가갔다. 피는 오른팔과 가슴에서 흐르고 있었다. 팔에서는…… 뼈, 가. 인간과 같은 하얀색의 뼈가 부러져 튀어나와 있었다.

버로우즈가 활짝 웃었다. 그도 진심으로 기뻐할 수 있는 모양이다.

"대단하군. 구속 상태로 같은 대악마를 상대로 이렇게나 가뿐히."

카론은 언젠가 말을 했었다. 자신은 무투파가 아니라고.

그럼 저것이— 아니 시저가 그렇다는 것인가. 싸움에 특화한 대악마라는 것인가.

"……노엘, 이 녀석은 안 된다, 나와 격이 다르다!"

프라이드가 높은 카론이 바로 패배를 인정했다.

"네?!"

"러셀…… 너, 계약을……?"

"글쎄. 네가 알 필요 없다."

시저는 움직이지 않았다. 말없이 버로우즈의 몇 발 앞에 서 있었다. 노엘을 지금까지 지켜온 대악마가 전투 불능 상태가 되었다.

노엘은 이제— 영문을 알 수 없게 되었다.

"노엘. 미안하다, 여기에선 후퇴할 수밖에 없다. 나로선 저 악마를 이길 수 없어!"

"그, 그런……. 하지만 후퇴한다니 어떻게요?! 게다가 당신과 시장은 대체……?!"

카론이 잽싸게 몸을 뒤집어 왼팔로 노엘을 들어 안았다.

"—살아 남으면 알려주지!"

그대로 옥상 끝을 향해 질주했다.

설마.

"서, 설마…… 거짓말이죠?!"

거짓말도 농담도 아닌 그 설마였다.

카론은 노엘을 안고, 아쿠에리어스 옥상에서 뛰어내렸다.

"꺄아아아아아아아아아아아아아아아아아아아아아아!!"

그날 밤 추락한 빌딩의, 배 이상의 높이. 아무리 아래가 바다라고는 해도, 이 높이에서 떨어진다면 목숨이 남아나질 않는다. ……인간이라면.

이상한 일이었다.

노엘은 의식을 잃기 전에 따뜻하고 커다란 날개가 감싼 듯한 안심감을 느꼈다.

버로우즈는 피투성이가 된 시빌라에게 다가가, 그녀의 옷 주머니를 뒤졌다. 꺼낸 것은, 바로 작은 메모리였다.

눈을 감고, 축 늘어진 시빌라가 힘겹게 눈을 떴다.

"……저는, 시장님께 도움이 되었습니까?"

"……."

"오늘까지 피로 피를 씻어, 당신을 보좌하고……. 저는, 카론 님을 대신할 수 있었을까요……."

버로우즈는 답하지 않았다. 시선을 둘러 본 후 몇 보 걸어갔다.

이윽고 그가 주워 올린 것은, 노엘이 떨어뜨린 권총이었다. 탄창을 꺼냈다. 총알이 남았는지 확인하고 익숙한 손놀림으로 장전했다.

버로우스는 뒤돌아 미소를 짓고 나서야 시빌라에게 말을 던졌다.

"시빌라. 오늘까지 잘 내 수족으로 일해주었구나."

"……시장님……."

"충분하다. 푹 쉬거라. 너는 이제 훌륭한—."

총구가 시빌라의 머리를 향했다.

"고철이니까."

버로우즈가 방아쇠를 당기자 시빌라 베커의 뇌수가 사방으로 튀었다.

NOEL the mortal fate

Movement1 - vow revenge

Intermezzo 2

질리안 리트너는, 항상, 언제나 2등이어야만 했다. 노엘 체르퀘티야말로 1등이야 했으니까.

어느덧 그것이 질리안의 절대적인 모토가 되어 있었다.

두 사람이 만난 것은, 두 사람이 지금보다 더 어릴 적의 일이었다. 음악이 왕성한 라플라스에서도 고레벨로 불리는, 상류층 지구의 피아노 교실. 거기는 5세아부터 성인까지, 본격적으로 피아니스트를 목표하는 자들이 다니는 곳이었다.

학생들은 서로를 라이벌로 보고, 공기는 언제나 삭막했다. 특히 시가지 출신에 집도 그다지 유복하지 않은 질리안에게는 더욱 심했다. 시작한지 얼마 되지 않았을 때는—.

어느 날 레슨이 끝난 후에, 선생님이 학생 전원에게 악보를 나눠주었다. 다음 레슨까지 해야 할 숙제였다.

숙제를 받은 건 처음이라 질리안은 몹시 곤란했었다. 왜냐하면…….

—어쩌지.

부모님이 데리러 오는 동안, 질리안은 교실에 남아 있었다. 평소라면 현관에서 부모님이 기다리고 있었을 테지만. 거기에 찾아온 것은 노엘이었다.

노엘은 질리안을 힐끗 쳐다보고, 피아노 앞에 앉았다. 그리고 숙제 과제곡 **같은 것**을 치기 시작했다.

"아……! 저기."

알아차렸을 땐, 질리안이 연주 도중에 노엘에게 말을 걸었던 것이다. 이런 집중력을 깨뜨리는 짓을 하는 것은 평소에는 상상도 할 수 없었다. 하지만 그때의 질리안은 필사적이었다.

노엘은 손을 멈추고, 노골적으로 불편한 얼굴로 질리안을 노려봤다.

"무슨 일이죠."

"그, 그거…… 숙제 곡……인 거지?"

"네."

"미안, 저…… 그……."

"빨리 용건을 말씀하시죠. 저는 이 곡에 흥미가 있습니다. 처음 보는 곡이니까요."

"여, 역시 그렇구나. 잘 모르는구나, 이런 곡. 그러니까……어…… 실은 나……."

"……?"

"악보를 볼 줄 몰라."

노엘은 그렇지 않아도 큰 눈을 한껏 더 크게 떴다.

"그럼, 당신은 지금까지 어떻게……?"

"미, 미안. 나중에 설명할게, 이 곡…… 한 번이면 되니까, 처음부터 끝까지 쳐주지 않을래?"

여우에 홀린 듯 영문도 모른 채 노엘은 곡을 치기 시작했다.

처음 보는 곡이라고 했는데, 악보를 눈으로 좇으며 물 흐르듯 아름답게 연주해나갔다.

질리안은 멍하니 듣고 있었다. 노엘은 도중에 한 번도 틀리지 않고 연주를 마쳤다. 예상외로 짧은 곡이었다. 연주 후, 질리안은 있는 힘껏 박수를 쳤다.

"쭉 생각했는데, 우리 코스 중에서 제일 대단해, 체르퀘티 씨는!"

"당연하죠. 그래서? 제게 피아노를 **치게 한** 이유를 설명해야겠죠?"

"응. 그럼 이번엔 내가 쳐볼게."

"네? 하지만 당신은……."

여전히 영문을 모르는 모습의 노엘이지만, 질리안에게 자리를 양보해주었다.

질리안은 피아노 앞에 앉아 눈을 감았다. 의식을 기억과 손 끝에 집중시켜서— **노엘이 친 음을 그대로 쳤다**. 연주 기술은 노엘에게는 훨씬 못 미쳤다. 하지만 질리안은 처음으로 친 곡임에도 불구하고 한 번도 음을 틀리지 않았다.

연주가 끝나고 나서 노엘을 보니, 그녀는 눈을 동그랗게 뜬 채로 굳어있었다.

“사실은 나…… 한 번 들은 곡은 까먹지 않아. 그래서…… 악보를 읽지 못해도 지금까지 괜찮았어.”

타고난 그 재능을 알게 되었을 때, 질리안의 부모님은 뛸 듯 기뻐했다. 딸의 재능을 썩힐 수 없다며 부모님은 부족한 살림에도 아끼고 아껴, 신분 차이도 제법 심하다고 말할 수 있는 피아노 교실에 다니게 한 것이었다.

음악은 좋아했고, 피아노 소리도 마음을 편안하게 했다. 질리안은 부모님의 방침을 받아들여, 피아노 교실을 다니기 시작했다.

노엘은 그 이야기를 잠자코 들었다. 하지만 이야기가 끝나자, 기가 막힌 듯 코웃음을 쳤다.

“아무리 놀라운 능력을 갖고 있어도 그걸로는 안 돼요.”

“엇.”

“들은 음을 치기만 해서는, 그저 흉내 내기죠. 악보에는 작곡자의 생각이 담겨 있습니다. 그것을 읽어내지 못하면, 어엿한 연주자가 될 수 없어요!”

“흉내 내기……. 그런가. 나는 체르퀘티 씨의 흉내를 냈던 거구나.”

“뭐라고요?”

“체르퀘티 씨의 피아노가, 이 교실에서 제일인걸! 선생님보다도 잘 친다고 생각한 적도 있어. 음이 깨끗해서 외우기 쉬워. 내 선생님은 체르퀘티 씨라구!"

"……그, 그만 하세요."

노엘은 얼굴이 붉어져서는 질리안을 외면했다.

"제, 제일이라뇨, 당연합니다. 저는 항상 언제나 1등이 아니면 안 되는걸요."

그 말은 평소보다 고자세였지만, 노엘은 머리칼을 만지작거리며 모호하게 말했다. 질리안이 보기에는 그 행동도 귀여워서, 『1등』이었다.

"악보, 읽는 법을 빨리 익히세요. 당신의 능력에 대해서는 모두에겐 비밀로 해드리죠."

"고, 고마워! 나, 노력해서 이 교실에서 **2등**이 될 거야!"

그로부터 얼마 뒤, 질리안은 악보를 읽을 수 있게 되었다.

서로의 집을 오갈 정도로 노엘과 사이가 좋아진 것은 그 후의 일. 하지만 그날의 숙제가, 질리안과 노엘 체르퀘티의 거리를 단숨에 좁힌 것은 확실했다.

노엘도 질리안도, 하루도 피아노에서 떨어지지 않고 무럭무럭 실력을 키워나갔다.

그리고…….

질리안은 웬일인지 『1등』이 되고 말았다.

그럴 생각은 없었는데. 그날도 노엘의 연주가 제일이었는데.

콩쿠르가 있던 날 밤, 노엘은 모습을 감췄다. 이유는 생각할 필요도 없었다. 질리안도 필사적으로 찾았지만, 찾지 못했다. 손 놓고 있는 사이, 왜인지 질리안의 집이 폭파되고…….

"……."

질리안은 얼굴에 붕대를 두르고 있었다. 눈은 시력에 문제가 없다고 했다. 온몸에 온통 멍이 들은 모양이지만, 골절은 없어 금방 퇴원할 수 있다고 했다.

퇴원하면, 바로 다시 노엘을 찾아야 한다. 노엘이 살아 있는 것은 확실했다.

『—평범한 마녀입니다.』

그때 들린 목소리는 분명 노엘의 것이었다. 질리안은 한 번 들은 『음』은 잊지 않았다.

노엘의 것…… 이었지만, 분위기가 완전히 바뀌어 있었다. 그것도 그다지 좋지 않은 방향으로.

자신에 대해, 마녀라고 단정했다는 것은—.

—노엘, 설마 너는 악마와……?

피아노로 1등이 되지 못한 것이 그렇게까지 그녀를 몰아붙인 것일까. 그렇다면 모두 내 탓이었다. 나 같은 게 1등이 되어버렸으니까. 내가 어떻게든 해야 한다.

질리안의 안에서 출구를 찾지 못한 조급함만이 소용돌이 치기 시작했다.

감정의 울림은 질리안의 눈과 귀를 덮었다.

단 하나의 추억만이, 질리안의 머리와 입 속에서 반복되었다. 캐논처럼.

“구해야 해. 노엘을 구해야 해……”

“이번엔 내가 너를 구할게. 나만이 너를 구할 수 있어.”

“구해야 해. 노엘을 살릴 수 있는 건 나뿐이야—.”

NOEL the mortal fate

Movement1 - vow revenge

The banks of the Acheron 1

다시, 라플라스다.

바닷바람이 깃털을 쓰다듬는 감촉. 그 냄새. 거리의 소란스러움. 인간들의 숨결.

오랜만에 **현실**을 느꼈다. 오감은 인간에 소환되고 처음으로 맛보았다. 그것은 예상외로 나쁜 것은 아니었다.

하지만 **다시** 라프라스인 것이다.

몇 번 인간에게 소환당했지만, 이제 정확한 횟수는 기억이 나질 않는다. 하지만, 이렇게 시간 간격 없이 같은 곳에 소환되는 것은 그렇게 자주 있는 일은 아니었다.

아무래도 나는 이 저주받은 도시에서 떠날 수 없는 것 같다. 쇠사슬보다도 강인한, 썩은 인연에 의해 이어지는 듯했다.

그러나 이 라프라스에는 남겨둔 일이 있었다. 다시 여기에 소환된 이 기회를 놓칠 수도 없겠지.

……내가 이 꼬맹이를 도울 마음이 생긴 것은 그런 타산이 있었기 때문이다.

그 지겨운 인간 암컷— 시빌라 베커가 쓰레기같이 바다에 버린 꼬맹이를, 나는 구해냈다.

나 자신이 사지를 뺏은 꼬맹이를 구해냈다.

이 무슨 모순인가. 나는 분명 일그러진 모순을 각별히 사랑하지만…… 나 자신이 모순을 안아서야 어찌하나?

시빌라는 이 꼬맹이를 뭐라고 불렀던가……. 솔직히 이 꼬맹이에게는 거의 흥미가 없었기 때문에 흘려듣고 말았다. 어차피 인간의 이름은 뭐든 별 상관없었다.

손발을 잃은 꼬맹이는 마네킹보다도 가벼웠다.

라프라스의 지리는 기억 속의 것과 거의 변함이 없었다. 피와 바닷물에 젖은, 다 죽어가는 아이를 안고, 나는 슬럼으로 향했다.

은신처로 하기에는 최적인 장소로 마음에 짚이는 곳이 있었지만, 빈사 상태의 아이를 안고 가기에는 약간 멀었다. 밤이 밝기 전에 해결해야 할 것이 너무 많았다. 나도 참 귀찮은 일에 손을 대고 말았다.

금방 적절한 빈집을 찾았다. 집을 채우는 수고를 던 점은 운이 좋았다. 전 집주인이 야반도주 한 것인지, 가구 일체가 그대로 남아 있었다. 적어도 침대는 필요했다.

나는 여기서 드디어 꼬맹이를 내버려 둘 수 있게 되었다. 가볍다고는 해도 몇 시간이나 안고 있으려니 역시 어깨가 뭉쳤다. 무의식 중에 한숨이 흘러나왔다.

머리와 몸통뿐이라도, 재빨리 적절한 처치만 하면 약한 몸이라도 살아갈 것이었다.

하지만 목숨을 건졌다고 해도, 그 후의 고생을 생각하면…… 죽는 게 낫다고 생각하는 자도 있겠지만.

내가 이 아이를 물끄러미 바라본 것은 이때가 처음이었다.

피투성이에 너덜너덜해진 옷은 좋은 옷감으로 만들어져 있었다. 조금밖에 이야기하지 않았지만, 말투도 나쁘지 않았다. 이 아이는 상류층급에서 태어났을 것이다.

어떤 고생도 없이 살아온 게 분명했다. 갖고 싶은 것은 금방 손에 넣었을 터였다.

하지만…… 욕망의 깊이는 태생과 관계없다. 부유한 자도, 가난한 자도, 동등하게, 반드시, 지저분한 욕망을 안고 있다. 인간으로 태어난 이상, 욕망은 죽을 때까지 따라 다닌다. 그것을 이성이나 양식으로 억누르는 자도 있지만, 나는— 본 적이 없다.

당연하다. 나는 대악마.

욕망에 사로잡힌 인간만이 나를 불러냈다.

내가 만난 인간은 모두 어리석고 욕심이 많고, 누군가를 격하게 증오하고 있었다.

내게는 그런 것이 인간이었다. 그러한 무리가 없으면 나는 이렇게 오감도 가지지 못하고, 사고에 이를 수도 없었다. 어떤 의미로는 인간이 어리석은 것에 감사하고 있었다.

하지만…… 이 꼬맹이의 어리석음은…… 달랐다.

대량으로 출혈하고, 차가운 바다에 떨어지는 아이의 얼굴빛은 죽은 자와 큰 차이가 없었다.

내가 아무것도 하지 않으면 지금쯤 진짜로 시체가 되어 있었을 것이다.

『구해줘』

꼬맹이에게 의사가 있었는지 아닌지는, 이 순간 이렇다 할 문제가 아니었다.

아니…….

나와 우연히 눈이 마주친 순간, 우연히 들린 이 아이의 애원을 내가 『제2의 계약』으로 간주한 것은…… 명백한 억지였다.

이미 나는 이 아이와의 계약으로 잘못을 저지르고 말았다.

꼬맹이는 어리석었지만, 특별하게 욕심이 많은 것은 아니었다.

피아노 콩쿠르가 이러쿵저러쿵 했다던가. 어떤 연주자이건 간에, 프로 데뷔하고 싶다, 유명해지고 싶다는 욕망은 극히 흔한 것이었다. 너무 시시해서, 평소라면 거절하는 소원이었다.

그래, 나는 거기에서 거절했어야 했는데.

그리고 이 아이가 살인을 의뢰했을 때 알아차려야 했다.

아니, 정확하게 말하면, 눈치채고 있었다. 이번의 소환은 뭔가 이상하다고.

어째서 나이도 차지 않은 인간 암컷이 사회적으로 성공한 수컷의 죽음을 바라는 것이지?

어째서 피아노와 그 살인이 관계가 있는 것이지?

어째서 거기에 시빌라 베커가 있는 것이지?

나는 좀 더 의문을 가지고 생각했어야만 했다.

이 아이는 분명 어리석었다. 악마의 계약이 무엇인지도 모른 채, 이용당하는 줄도 모른 채, 흔한 소원을 위해 악마를 소환했다. 하지만 그것은 미숙함으로 인한 무지라는 것이었다. 내가 **감상**하고 싶은 어리석음과는 달랐다.

라프라스의 의식이 어떤 것인지는 알고 있었다. 이 아이는 식전 연주자의 자리를 원했다. 어떤 남자를 죽이면 그 자리에 앉을 수 있다고 믿고 있었다— 믿어 의심치 않았다.

그리고 나 또한, 그런 **귀여운 욕망**의 우스꽝스러움에 눈이 멀어, 그 배후에 몸을 숨긴 **거무죽죽한 욕망**을 알아채지 못했다.

그것이 내 잘못이었다.

뭐가 『고결한 계약』이냐. 이 아이의 일을 나는 비웃을 수 있는가? 나 또한 스스로의 어리석음으로 고결한 악마의 계약을 더럽혔다.

이 아이가 양팔, 양다리를 잃을 필요 따위 없었다.

이 아이는 제물로 이용당하고 나는 살인의 도구로 이용당했다.

"……."

나도 모르게 움켜쥔 주먹에 힘이 들어갔다.

나는 대악마다. 소모용 총알이 아니었다.

그리고 이 아이는, 목을 내주기 위한 어린양이 아니었다.

그것을…… 녀석들은…….

내가 제물로서 목을 베고 팔다리를 뜯어 가죽을 벗겨야 했던 것은 녀석들이었다. 사실은 그 녀석들이었다.

대악마의 눈을 속이고, 지불해야 할 대가를 꼬맹이에게 떠넘긴 녀석들은 피 한 방울 흘리지 않고 지금도 태연히 살고 있었다.

아니, 그것보다도, 다.

녀석은 **그 대가**를 짓밟으려 하는 것이 아닌가.

어디까지 악마를 바보로 취급할 셈이냐?

러셀 버로우즈!

"……으……."

"……!"

나의 분노가 폭발할 것 같던 그 순간, 침대 위에서 아이가 신음

소리를 냈다. 이제 의식을 찾았다고 생각했지만, 아무래도 아직 꿈속인 것 같았다.

"……구해…… 줘……."

아이는 잠꼬대를 했다. 자세히 보니 몸을 떨기 시작했다.

그렇군. 지금까지 내가 안고 있어서 춥지 않았던 것이었다. 그것을 깜빡하고 있었다.

나는 좀먹은 담요를 펼쳐, 얼추 먼지를 털어내고 아이에게 덮어 주었다. 하지만, 이것만으로는 아직 부족했다. 옷이 아직 젖어 있었다.

비슷한 사이즈와 디자인의 드레스를 찾아야한다. 그리고 갈아입혀야겠지. 시트도 젖어버렸기 때문에 교체가 필요했다.

……아아, 이거 생각보다 훨씬 귀찮을 것 같았다.

그렇다고는 해도, 시작해버린 이상 이제 돌이킬 수 없었다. 이 꼬맹이와 나는 큰 잘못을 범했고— 그리고 녀석들도 머지않아 이 날 밤의 행동을 후회하게 될 것이다.

"시…… 싫어……."

또 아이가 신음소리를 냈다. 나는 몸을 내밀어 그 얼굴을 들여다보았다.

"주…… 죽는…… 건…… 싫어……. 구해줘……."

이 아이는 악마와 계약했다. 이 나이에 더할 나위 없는 범죄자가 되었다. 더구나 녀석들에게는 죽었어야만 하는 존재. 상처는 막아줬지만, 이대로 방치하면—.

죽는다.

녀석들에게 잡혀, 벌레같이 죽임을 당할 것이다. 아니면 법의 심판을 받아 처벌되겠지.

나는 두 번 다시 실패는 할 수 없었다. 인간들의 소원을 이루어주고, 그에 상응하는 대가를 지불받는 것이 대악마의 존재의의였다.

이 아이를 진짜 의미로『구했다』기에는 아직 부족했다.

—그렇다.

나는…… 문득 생각이 떠올랐다.

이 꼬맹이를 잘하면 이용할 수 있지 않을까?

러셀의 정체와 목적을 이야기하면, 분명『그럴 마음』이 생길 것이다.

녀석들에게 복수를 시키는 것이다.

잘만 하면, 우리가 범한 잘못은 소멸되고, 러셀은 **그 대가** 치르게 될 것이다.

"……후."

이용. 결국 나도 녀석들과 한통속이었다. 무지한 어린아이를 구슬려 자신의 목적을 이루기 위한 말로 쓴다라…….

틀림없는 악마의 소행이었다.

……하지만.

나는 이 꼬맹이에게 선택할 수 있는 여지를 주도록 하자. 복수할지 말지는 이 아이에게 달렸다.

어쩌면— 나를 정말로 그럴 마음이 들게 해줄지도 모른다. 나 또한 녀석들에게 분노와 원망이 있는 것은 사실이었다.

그리고 나는…… 이 꼬맹이에게 사과해야 했다.

나의 경솔함 때문에 짊어지지 않아도 될 대가를 지불하게 된 것을…….

또 모순이다.

나는 이 꼬맹이에게 속죄하면서 이용하려 한다.

전혀 멋진 것은 없었다. 우스꽝스럽고, 어리석고, 웃음거리도 되지 않을 모순이었다.

하지만, 여기까지 온 이상 더는 물러설 수 없었다.

날이 새기 전에 손에 넣어야 할 것이 늘었다. 이 꼬맹이와 얼마간 행동을 같이 하려면, 적어도 스스로 걸을 수 있게 해주어야

한다. 의족이 필요했다.

나는 꼬맹이를 침대에 두고 집을 나가기로 했다.

현관으로 향하는 도중에 발이 멈췄다. 피아노를 발견했기 때문이었다. 제대로 관리받지 못한 싸구려였지만, 좀처럼 슬럼에서 볼 법한 것은 아니었다.

그 꼬맹이가 나를 소환하게 된 계기는 피아노였다. 내가 라프라스에 얽매인 것처럼…… 저 꼬맹이도 피아노와는 떼려야 뗄 수 없는 운명인가.

어차피 저런 몸이 되어버려서야 피아노는 두 번 다시 칠 수 없겠지만.

"우앗."

그 순간 엉겁결에 목소리가 나와버렸다.

어둠 속에서 번쩍 빛나는 황금빛 눈……. 어둠에 녹아드는 나와 같은 색의 털……. 꺼림칙한 짐승.

샤아아악!

검은 고양이가 털을 곤두세우고 뛰어오르더니, 내 앞에서 도망쳤다.

……이런 이런. 좋은 징조 아닌가. 검은 고양이의 환영을 받다니.

나는 한 번 꼬맹이를 둔 집의 출입구를 뒤돌아보았다.

아무 소리도 나지 않았다.

마음에 들지 않는 남자가 지배하는 라프라스지만…… 이 정적은 싫지 않았다. 깃털을 흔드는 미풍도 싫지 않았다. 욕심 많은 인간들의 숨결이 발밑을 흔드는 듯한, 그런 착각조차도 나쁘지 않았다.

그럼…….

다시 시작해볼까.

라프라스에서의 싸움을.

■원작자 후기

원작 게임을 제작한 카나오라고 합니다. 소설판『피학의 노엘』을 손에 쥐어주셔서 감사합니다.

『피학의 노엘』은 연재형식의 어드벤처 게임으로, 이번 소설판 Movement1은 원작의 Season1과 Season2의 내용을 수록하게 되었습니다. 노엘과 카론의 만남과 복수의 시작, 그리고 운명의 상대와의 싸움과 패배와 후퇴, 새로운 악마……. 게임에서는 표현할 수 없었던 세세한 심정과 배경을 기대해주시면 감사하겠습니다.

제 전작인『허백의 꿈』노벨라이즈에서도 집필로 신세를 진 모로쿠치 선생님의 손에 의해, 다양한 장면이 더욱 선명해졌습니다만, 원작자로서 가장 좋아하는 것은 역시 마인과의 전투 신일까요. 보머 전도 시빌라 전도, 손에 땀을 쥐는, 박력 넘치는 장면으로 만들어 주셨습니다. 사실 게임에서도 좀 더 화려하게 전투를 표현하고 싶었습니다만, 캐릭터가 날거나 뛰거나 하는 움직임은 연출이 어려워서, 애초에 게임으로 그렇게까지 하면 액션 난이도가 올라가는 바람에……. 그런 의미로는, 전투 신이 화려해져서 카론도 명예 회복할 수 있었던 것이 아닐까요.

원작 게임은 스마트폰으로도 즐기실 수 있기 때문에, 현재 최신화인 Season5까지 즐겨 주셔도 좋고, 다음 소설을 기다려주셔도 좋을 것 같습니다. 앞으로도 아무쪼록『피학의 노엘』를 응원해주시면 감사하겠습니다.

■작가 후기

본문 집필 담당인 모로쿠치 마사미라고 합니다. 영광스럽게도 『허백의 꿈』에 이어, 카나오 님 원작 프리 게임의 노벨라이즈를 담당하게 되었습니다.

실은 이번 제안을 받았을 당시, 저는 8년 전에 구입한 PC를 사용하고 있었습니다. OS? XP입니다. 아― 서포트도 끝났고 새로 사야지하고 생각하면서 보안 소프트웨어만 갱신하며 조심조심 사용하고 있었습니다만…….

『피학의 노엘』를 온전히 플레이할 수 없었어요.

그런 심각한 문제에 직면하게 되었습니다.

드디어 애용하던 기계가 시대를 따라가지 못하게 된 것이죠. 아니 서포트가 끝난 시점에서 이미 따라가지 못했지만요. 동작은 느릿느릿, 결국에는 오작동으로 진행불가능에.

하지만, 게임을 플레이하지 않고 노벨라이즈를 쓸 수 있을쏘냐!

이러한 이유로 본작을 집필할 즈음에 PC를 새로 사게 되었습니다. Windows10은 쓰기 불편하다고 들었기 때문에 겁이 났었지만, 말로 표현할 수 없는 쾌적함……! 게임도 순식간에 현시점에서 공개된 모든 Season을 클리어할 수 있었습니다.

그런 이유로, 업무 도구를 새로 구입하는 계기를 주신 의미로도, 이번 이 일을 맡게 해주신 것에 감사하고 있습니다.

또 개인적인 취미라 죄송합니다만, 인간 외의 것(人外)×소녀라는 요소를 정말 좋아합니다. 인간 외의 것은 의인화하지 않고 용모가 인간과 멀면 멀수록 좋다는 파(?)입니다.

노엘&카론은 연인이 아닌 파트너 관계입니다만, 제 안에서는 인간 외의 것×소녀을 좋아하는 사람으로서 연애가 있을까 없을까하는 것은 그렇게 큰 문제는 아닙니다. 남자다운 인간 외의 것과 힘이 약한 소녀가 함께 행동한다! 이것만으로 밥 세 공기도 먹을 수 있다는 겁니다!

『피학의 노엘』은 공개 직후부터 잘 알고 있었습니다만(앞에서 쓴 것처럼 온전히 플레이할 수 없었지만요.), 실은 '이 작품도 쓸 수 있게 된다면 좋겠다' 하고 내심 바라고 있었습니다. 그만큼 인간 외의 것×소녀를 좋아합니다.

카론이 너무나 남자답기 때문에 살짝 개인적인 취향도 넣어버린 것 같습니다만, 그의 묘사에 특히 더 힘을 주었던 것 같습니다.

게임 실황도 다수 있는 대인기 본작의 노벨라이즈. 팬 여러분에게 그리고 원작자님께 납득이 갈 정도로 완성되었다면 정말로 다행입니다…… 라니, 납득이 가는 것을 쓰는 게 프로의 책임이겠죠. 하지만, 납득이 되는 작품이 되길, 하고 그만 바라고 맙니다.

만약 합격점을 주셨다면, 다음 권도 잘 부탁드립니다.

그러나저러나 이 게임, 정말로 뒷이야기가 궁금하지요. 저도 한 명의 팬으로서 다음 Season을, 그리고 완결을 기대하고 있습니다.

2017년 5월 모일 모로쿠치 마사미 올림

피학의 노엘 Movement 1

초판 1쇄 발행 2019년 10월 10일

지은이_ Masami Molockchi
일러스트_ Kanawo
편집협력_ Hotate Inaba / Game Magazine 편집부
옮긴이_ 안수지

발행인_ 신현호
편집장_ 김은주
편집진행_ 최은진 · 김기준 · 김승신 · 원현선 · 권세라
편집디자인_ 양우연
국제업무_ 정아라 · 전은지
관리 · 영업_ 김민원 · 조은걸 · 조인희

펴낸곳_ (주)디앤씨미디어
등록_ 2002년 4월 25일 제20-260호
주소_ 서울시 구로구 디지털로 26길 111 JnK디지털타워 503호
전화_ 02-333-2513(대표)
팩시밀리_ 02-333-2514
이메일_ lnovelpiya@naver.com
L노벨 공식 카페_ http://cafe.naver.com/lnovel11

ISBN 979-11-278-5272-6 04830
ISBN 979-11-278-5271-9 (세트)

값 9,000원